はなとゆめ

冲方 丁

角川文庫
19854

目次

主要登場人物

清少納言　本篇の主人公。歌人・清原元輔《きよはらのもとすけ》の娘。
　一条帝の妃・定子の女房として仕えることに。

藤原氏
　定子　藤原道隆の娘。一条帝が元服して初めて迎えた妃となる。
　道隆　定子の父。関白として宮中に君臨し、一条帝の政務を補佐する。
　伊周《これちか》　定子の兄。父・道隆の威光により若くして出世する。父の死後、道長と対立。
　道長　道隆の弟。兄・道隆の死後、宮中の権力を掌握する。
　行成《ゆきなり》　一条帝と道長に信任された蔵人頭《くろうどのとう》。清少納言と交流を深める。

一条帝　時の天皇。妃である定子に深い愛情を注ぐ。

序

いかにしてわたしがあの御方のもとに招かれたか――それを書く前に一つ、わたし自身にいつもの、常なる問いかけをしておくべきでしょう。

花を見ることは、果たして嘆くべきことなのか――と。

世人はよく、「置くを待つ間の」といいます。

白露の置くを待つ間の朝顔は
　見ずぞなかなかあるべかりける

朝、草の葉に白い露が現れて消えるまでの、ほんのいっときの間……それしか咲いてくれない朝顔の花は、むしろ見てしまうことで切ない思いに駆られる。そんなことなら、いっそ花など見ないほうがよかったのではないかと――。

同じように、人の美しさ、栄光、誇りといった「華」もまた、いつか失われてしまうものならば、そもそも求めないほうがよいのだと。

そう考える人は多いでしょう。華が輝かしければ輝かしいほど、失われたときの空虚さは耐えがたいものとなるのですから。

けれども本当にそうなのでしょうか。

わたしは、歌の上の句を世の摂理と思いますし、今では大いに納得しています。ですが残り半分については、今もこれからも決して共感することはないでしょう。

わたしは、途方もない華を見ました。

わたし自身ではなく、あの御方の――わたしのかけがえのないあるじの華を。そしてその華麗な日々は、このわたしにも、ささやかな華を与えて下さったのです。

花を見なければよいというのは、いっそ己の心が石くれであればと願うようなものだ。そう思えて仕方ないときがあるのです。

わたしの心では今も、あの御方の華が息づき、輝き続けています。かつて過ごした日々を思うたび、わたしは自分の幸運を噛《か》みしめるのです。

あの御方のおそばにいられた幸運を。

華の中にいた日々を。

それが果たして憂いではないといえるのか。華を失った後、虚《むな》しい日々を過ごしていないといえるのか。たとえすでに答えは出ていても、わたしは何度となく、わたし自身に問うてきました。

かつての幸運を心にとどめ、その輝きを損なわず、書きつづることができるのか、と。

あの御方の華を通して見た、千年の夢を。

それが長年のわたしの願いであり、今となっては、あの御方へ感謝を献《ささ》げる、ゆいいつのすべなのです。

第一章　小白川《こしらかわ》

一

あの御方と出会う前に、わたしは一度、華が失われる切なさを経験していました。当時のことで特によみがえるのは、

――別れよう。

という穏やかな決心の訪れです。わたしは溜息《ためいき》をつき、よく男たちのいう安堵《あんど》の念にひたったのでした。

相手は、わたしの最初の夫で、橘《たちばな》氏の氏長者《うじのちょうじゃ》の息子、則光《のりみつ》です。そのときはなぜ自分が安堵するのか、わかるようでわかりませんでした。ただ身が軽くなる感じが嬉《うれ》しく、何ら後ろめたさを覚えなかったものです。

未練にとらわれず、よい思い出だけを上手に残せた。いってしまえばそれだけのことです。でもそれがどれほど難しいことか男女の関係を知る人ならわかって下さるでしょ

う。

とりわけ花山帝《かざんてい》の一件のすぐ後であり、父がこの世を去る日が近づいていたことを思えば、よくぞ誰も恨まず、誰にも恨まれずにいられたものだと、今でもほっと胸をなで下ろすのです。

その頃、わたしは二十一歳で、一人息子の則長《のりなが》はまだ五歳でした。

夫の則光は二十二歳。早くも帝《みかど》の蔵人所《くろうどどころ》に勤めることが決まっていました。

蔵人とは何か――当時、若い則光が、よく偉ぶってわたしに話したものです。

「もとは嵯峨《さが》天皇が設立をお命じになった役所で、朝廷の秘事が漏れぬよう文書《もんじょ》を守り、帝のお言葉をほうぼうへお伝えすることを勤めとするのだ」

云々《うんぬん》……わたしもそんなことは幼い頃から父に教わっています。

嵯峨天皇は、位を譲ってくれたはずの兄君の平城《へいぜい》上皇が、再び即位を望んだことに恐れを抱いたのだと。そして平城上皇から京の朝廷を守るため……血を分けた兄君からご自身を守るため、蔵人所と検非違使庁《けびいしちょう》を設けさせた――。

朝廷というのは、そういう場所なのです。

思えばわたしは、その頃すでに知っていたはずでした。血が濃いほど、一族の栄華を求めるほど、同じ一族と争う。朝廷では誰もがその習いから逃れられないことを。

もちろん知っていることと、実際に見聞きし、経験することとは大いに違います。

そのことをのちにわたしも則光も、思い知ることになりましたし、そのときが二人にとっての本当の別れとなったのです。

ですがその頃は二人ともまだ若く、朝廷というものを心底理解してはいませんでした。

何より則光は、そのときただ単に、文書を守る蔵人よりも、武士を束ねる検非違使のほうが向いているという思いに悩んでいたのです。

というのも則光は歌も詠めず漢詩も苦手で、武芸と馬術に心得のある方でした。その腕力《かいなぢから》は確かにものすごく、修験者《しゅげんじゃ》も武士も盗賊のたぐいですらかなわなかったとか。

あるときなど、遠出をした帰りの夜道で三人もの盗賊に襲われるということがありましたが、則光はたった一人で彼ら全員を斬り捨ててしまいました。恐怖で腰が抜けた侍者を逆におぶって帰ってきたとのことですが、わたしはそんなことがあったとは、つゆ知らず。何日かしてから、何かの話の拍子に、

「ああ、そういえばこんなこともあったな」

と面白い出来事のように話すのですから呆《あき》れたものです。

そんな武勇にばかり恵まれた自分が、しばしば帝や殿上人《てんじょうびと》から風流な機転を求められる蔵人の勤めを果たせるだろうか――則光がそう不安がっているのは明らかでした。

かといって特別に引き立ててもらったことに文句をいえるわけがなく、だからくどくどと蔵人の成り立ちだの、将来はきっと出世するなどとわたしに話すことで、要は、自分にいい聞かせているのでした。

則光が引き立てられたのは、もちろん本人の努力も大いにあります。

何も武勇ばかりではなく、漢詩は苦手でも、漢籍のたぐいは実に達者でした。父よりもずっと上手に根気よく、難しい漢文のあれこれをわたしに教えてくれたものです。それなりに品のある立ち居振る舞いは、わたしも嫌いではありませんでした。あと、わたしはそれほど賛同はしませんが、顔も姿もよいだの、人の好《よ》い性格が場を和ませるだのと、若者たちからは人望もあって一目置かれていたのも確かです。ですが、わたしからしてみれば――いえ、今は置いておきましょう。

とにかく重要だったのは、則光がかの花山帝の乳母子《めのとご》であるという事実だったのです。

則光の母親は、少納言乳母《しょうなごんのめのと》と呼ばれた方で、つまり則光は花山帝と乳兄弟でした。則光は花山帝を敬い奉っていましたし、花山帝のほうでも則光を可愛がっておられ、ご自分の寵臣《ちょうしん》となることをお望みだったことでしょう。

ですが――そのわりに則光は自分の手柄をすぐにひょいひょい人に譲ってしまう鷹揚《おうよう》な性格でしたので、わたしを大いに呆れさせたものでした。男ぶりはさぞ評判になったでしょうが、妻としては残念に思うばかりでした。何しろ、橘氏の長男として生まれたにもかかわらず、その家長の座をあっさり弟に持っていかれ、文句もいわず笑っているのですから。何を夫の誉れとしてよいやら、わたしにはさっぱりわからない始末となったものです。

先の盗賊騒ぎも、則光は自分の手柄にせず、それどころか関係ない者が、盗賊どもを斬ったのは自分だなどと語るのを、にこにこして聞いていたとか。後日、襲われたときに腰を抜かした侍者が本当のことを話したので、かえって則光が評判になったわけですが。

それはともかく――そんな則光も、わたしの父にとっては、またとない婿でした。何しろ帝の御乳母の子です。女からしても〝東宮（皇太子）の御乳母〟は実に羨《うらや》ましい立場でした。

どこへでも出入りを許され、どれだけ威張っても誰も文句を言わない……地方を統《す》べる受領《ずりよう》となるべき家などは、娘が東宮の乳母になることを一度は願うものでしょう。乳母とは、いわば女の低きから高きへと続く、大きな階梯《きざはし》の名です。

高貴な子のため、それより位の低い女たちが乳母となる。その乳母たちの子のため、さらに低い位の乳母が雇われる。最も低い場所には乳母を雇うこともできない貧しい女がいて、己の子を育てながら、誰かの乳母か女房になれないかと働き先を探す――。

それよりもっと低い場所では女は生きてはいけません。僧などの慈悲を幸運にも得るか、さもなくば親も子も路傍をさまよい、力尽きて犬や鳥に食われるばかりです。

それほど悲惨な境遇でなくとも、自分の子に乳を吸わせるというのは悲しいことでした。乳母を雇うこともできないほど家勢が傾いてしまった証拠なのですから。

では皇太子をお産みになられる中宮様といった高貴な御方は、誰の子に乳を吸わせるのでしょう？

そんな問いを、何も知らない身分の者が話すのを耳にしたことがあります。のちに実際、中宮様の女房となったわたしは同僚にその話をし、みなで大笑いしたものでした。

もちろん、どのような子にも吸わせません。なぜなら子に乳を吸わせる限り、女は次の子を授かることができないということを高貴な人はよく知っているのです。

中宮様ともなれば一日も早く次の子を、と願われるもの。そんな中宮様が、誰かの子に乳を吸わせ、次の子が授からないようにするなど考えられないことなのです。

わたしはたまたま誰の乳母にもなる機会がありませんでした。位の高い子に乳を吸わせ、そしてその子のお世話をすることを願ったこともあります。その子が大人になったとき、今度は逆に老いた乳母であり養母であるわたしを、実の母にも劣らず尊い存在として、面倒を見てくれるのです。

それがわたしたちの世であり、それゆえ帝の乳母の子である則光は、わたしの父にとっては何もせずとも位が上がるはずの、期待の婿でした。

肝心の花山帝がほんの二年足らずで、自ら位をお捨てになるなどとは誰にも――きっと帝ご自身ですら――思いもよらなかったことなのです。

花山帝のお姿が内裏《だいり》から消えてしまった数日後、則光は珍しく、一緒に月を愛《め》でようなどといい出しました。

そうして月を眺めながら大の男がはらはらと涙を流すのですから、わたしも一緒に泣いたものです。そのときの二人は、ひどく互いを思いやっていました。

「いつか三途《さんず》の川を渡るとき、おれが背負うのがお前でよかった」

則光がぽつんと口にしたことを、今も覚えています。

近頃は歌にも使われなくなった言葉です。女は、初めて契りを交わした男の背に負われて三途の川を渡る――歌ではなく、流行の節回しで吟ずるわけでもなく、そういうことをただ口にしてしまうのが則光でした。

下手でもよいから歌にして欲しかった。今でもそう思います。いわれるだけで嬉しいのですから、あとあとまでもそのときの嬉しさを思い出せるなら、歌の上手《うま》い下手など二の次である、というのが誰にとっても正直なところだと思います。

こんなふうに思い合っていたのに、間もなくわたしたちは夫婦ではなくなりました。そののちも互いを「妹兄《いもせ》」などと呼んで親しくし続けたにもかかわらず、結局はなすすべとてなく、もっとひどい形で別れてしまうのですから、男女というのは不思議なものです。

二

花山帝の一件ののち、五歳の則長をつれて生家に戻ったときの父の顔は、忘れることができません。父は、何事もなかったかのように、にっこり笑って迎えてくれたのです。

困ったとき、悲しいときほど微笑む。果たせぬ思いを別の言葉に変えることで苦しみを遠ざけ、人を笑わせる翁《おきな》――それが父でした。

父が、こうあって欲しいと口にしたことは、娘のわたしから見ても、ほとんど叶《かな》ったことがありませんでした。だからこそ身につけた機転だったのだと、ずいぶん後になって悟ったものです。その気質が、わたしにも受け継がれているのだと。

父の清原元輔《きよはらのもとすけ》は歌人でした。官位が欲しくて欲しくてたまらない歌人。

歌を詠む者としては確かにいっとき栄華を得たといってもよいでしょう。特に「梨壺《なしつぼ》の五人」の一人として勤めた日々は、父にとってまさに我が世の春であったと思います。

帝の撰《せん》たる和歌を編む。今も聖帝と称《たた》えられる、かの村上帝《むらかみてい》の勅命でした。今は昔、醍醐帝《だいごてい》の命を受けて、かの紀貫之《きのつらゆき》をはじめ当代の歌人たちが『古今《こきん》和歌集』を編んだように。父をふくむ五人の歌人は、帝の正妃が使うべき梨壺の殿舎を与えられ、何年もかけて『後撰《ごせん》和歌集』を編み、さらには『万葉集』の和訓を全て施したのでした。

このとき父は河内権《かわちごんの》少掾《しょうじょう》の任官を得ましたし、のちには正官として周防守《すおうのかみ》にもなりました。大蔵少丞《しょうじょう》や、民部《みんぶ》少丞であったこともあります。苦労は重ねましたが、晩年には受領として一国を司《つかさど》る守にもなれましたし、従《じゅ》五位上を賜りました。

帝のおわす清涼殿《せいりょうでん》の、殿上の間に昇るという、れっきとした殿上人としての栄誉にも、晩年のいっときとはいえ、あずかることができたのです。

こうしてみると、父も身分に相応の、それなりに華やかな一生を過ごしたといえるかもしれません。

周防の国にいた頃などはわたしもまだ小さな子供でしたので毎日が楽しく、海辺で暮らす人々など物珍しいことに夢中で、父が苦労をしているなどと思いもしませんでした。父も、曾祖父の清原深養父《ふかやぶ》なども、優れた歌人として名を残した人たちです。しかし歌が評判となり、歌人の名声を得たとしても、官位を得ることはまた別でした。父はもっぱら貴人の方々のために歌を詠みました。彼らが自分を今より高位に導いてくれると信じて。ですが頼みとした方々が応《こた》えてくれることは稀《まれ》でした。むしろ彼ら自身、官位を失ったり、あるいはそれ以上、位を昇ることができずにいたのです。

毎年、除目《じもく》の季節――朝廷で官職が発表される春の頃――になると我が家に大勢の人が集まってくるのを、幼いわたしはひどく楽しみにしていました。

車が庭を埋め尽くし、昔から勤める家人《けにん》たち、田舎の親戚《しんせき》たち、親しい人々が集い、日も高いうちから宴《うたげ》を開いて楽しみます。そうしながら、父の官位の報《しら》せを待つのでした。

ですが使者は来ません。父は、任官の詮議《せんぎ》がとっくに終わったはずの明け方まで待ち、集った人々は次々にいなくなります。昔から仕えてくれている者たちはそれでも残りますが、話題はもう来年のことになり、どの国に空きが出るだろうかと話すのです。

ひどく興ざめした空気の中でも笑おうとする人々。とりわけ父は、そういうときほど洒落《しゃれ》たことをいい、歌に詠み、寂しい場所に残った人々を笑わせようとするのです。

わたしは、父が老いてから生まれた子でしたが、普段、父を老いているなどと思うことはありませんでした。ですが除目を待つ宴が終わる頃の父は、これが本当にわたしの父だろうかと思うほど老け込んで見えるのです。そういうとき、なお人を笑わせようとする父のことが、得体の知れない物ノ怪《もののけ》のように思われるのでした。

決して怖いと感じたわけではないし、実際に父の冗談はいつも面白く、どうしたって人は笑ってしまうのです。それでも、物ノ怪と思ってしまう理由は……わかりません。他に言葉がないのです。


なんであれ、あの宴が、幼い頃は楽しかったなどと今では信じられないほどです。

もちろん、父があくまで官位を求めた気持ちは——我が世の春を待ち侘《わ》びた気持ちは——痛いほどわかります。果たしてそれは家族のためだったでしょうか。確かにそれもあると思います。せっかく見つけた夫と別れてしまうわたしのような娘だったり、源氏の暴れ者に好んで仕える息子もいれば、さっさと僧になってしまう息子もいましたから。自分が子らに富を遺《のこ》してやらねばと思うこともあったでしょう。

ですがやはり父もまた華を欲していたのだと思います。わたしも、のちに信じがたく素晴らしい華を知り、そして失った今だからこそ、父の気持ちがわかるのです。

とはいえ当時のわたしはまだ二十一で、その頃とても評判だった別の華に夢中でした。

その華とは、浄土の華です。

それまでの説経《せっきょう》とはまったく違う、素晴らしいあの世の教えが京で流行していたのです。

則光も父も、浄土にはあまり関心がありませんでした。新しいものを楽しむ余裕がなかったのでしょう。わたしはといえば幼い則長の健康を祈願してもらうなどするうち、すっかり仏縁の説経に埋没しておりました。

特に、顔立ちの美しい講師《こうじ》の僧が、輝くような威厳でもって語るさまなどは実に素晴らしく、その顔をじっと見つめていればこそ、説経の尊さも自然と感じられるのです。

そんなとき、わたしは少しばかり男を羨みました。女は車に乗ったまま庭から説経を聞かねばなりませんが、男であれば座に昇って僧の近くで聞くことができるのですから。

そうして、わたしがすっかり説経に聞き入っているところへ則光や父が使いの者をよこし、早く帰るように、などと伝言されることもしばしばでした。

則光も父も、女がみだりに外出することを好まない、ごく普通の考えの持ち主でしたから、わたしが誰かに顔を見られるかもしれないと思うだけで嫌な気持ちになるのです。

もちろん、わたしとて男に顔を見られて平然としていられるものではありません。

しかし相手は僧であり、高貴な説経の場なのです。僧を見つめるうち、万一、こちらの顔を見られたとしても——恥ずかしい思いはありますが——いわゆる、女は夫や家族にのみ顔を見せるべき、という世の常識からかけ離れた、いかがわしい行いをしてしまったなどと思う道理など、全然ないのです。

むしろこの上なく清浄な場であるのですから、夫や父から帰れといわれたところで、勿体《もったい》なくて帰れるものではありません。

まだ別れる前、一度など、則光から厳命された使いの者があまりにしつこいので、

もとめてもかかる蓮《はちす》の露をおきて
憂き世にまたは帰るものかは

などと書いて帰したこともあります。

自分から望んででも、かかって濡《ぬ》れてしまいたい。そんな蓮の露のような尊い説経を放り出し、どうして辛《つら》い世に再び帰るはずがありましょうか――。

わたしの素直な気持ちでもありますが、わざわざ歌に詠んだのは、そうすれば則光を黙らせることができるからでした。

則光は不思議な方で、歌が苦手なことをかえって盾にし、

「おれに歌を詠むというのは、思いやりがない人のすることだ。おれと絶縁したいというなら、おれに歌を詠むがいい」

以前からそう口にして憚《はばか》らなかったものです。そんな男が、歌詠みの娘といっとき結ばれたのですから、どんな前世の因縁かと今も不思議に思います。最後の別れのときには、まさに則光がいっていた通りになったということもふくめて。

もちろん当時は則光もまだ歌を絶縁状と思うこともなく、ただ不機嫌になるだけでし

た。

わたしは美しいお坊様の気高い説経に没頭し、もうこのまま寺の尼になってしまおうかという気持ちでいるのですから、夫の機嫌を損なったところで全然平気です。

そしてそんなわたしでしたから、当然、あの小白川にも参詣《さんけい》をしたのでした。

三

小白川は、藤原済時《ふじわらのなりとき》様が、父君の故左大臣師尹《もろただ》様から受け継がれたお屋敷です。そこで済時様が法華八講《ほっけはっこう》を催されるというので、世人は素晴らしいことだと噂し、朝夕二回、四日間の講会《こうえ》に大勢の方々が詰めかけることになったのです。

早朝に目覚め、急いで向かいましたが、お屋敷にはすでに隙間がないほど車が集まっており、車を別の車の轅《ながえ》に重ねて、なんとか入れさせてもらったものです。

車の中から講会に集う方々を見て、ふとわたしは、多くの貴人の方々が集っているにもかかわらず、左右大臣がいらっしゃらないことに気づきました。

左大臣は源雅信《みなもとのまさのぶ》様。のちにあの方を――道長《みちなが》様を婿に迎えた御方です。右大臣は藤原兼家《かねいえ》様。わたしが仕えることになるあるじの祖父君です。

思えば、このときから世は変わり始めていました。左右大臣のお姿がないことが、後の全てを――わたしが最愛のあるじと出会うこともふくめて――物語っていたのです。

大臣を除けば、そこには内裏のほぼ全ての方がいらっしゃいました。あまりに大勢が出席したため、内裏のほうは物忌《ものい》みのように静まり、政務は休止となったとか。

三位《さんみ》以上の公卿《くぎょう》の方々はみな赤みのある二藍《ふたあい》の指貫《さしぬき》、直衣《のうし》といったお姿で、薄青い帷子《かたびら》などを透かしていたのを覚えています。少し年のいっている方は、青鈍《あおにび》の指貫に、真っ白い袴《はかま》というお姿がとても涼しげで、みな若々しく振る舞っていました。

御簾《みす》を高く上げられた廂《ひさし》の間《ま》に公卿の方々が並び、次の座では狩装束《かりしょうぞく》や直衣といった風情ある殿上人や若い貴人の方々が忙しそうにしていました。

中でも一門の藤原実方《さねかた》様が、勝手知ったる様子で屋敷に出入りしています。実方様は早くに父の定時《さだとき》様を亡くしたため、叔父《おじ》の済時様の養子となっていたのです。

わたしや則光と歳が近く、則光とは親しい友人でしたので、わたしもお顔だけでなく実方様の歌の達者なことや、風流な物腰をよく知っていました。

のちに則光よりもわたしのほうが彼と親しくなるなどとは思いもしなかったことで、彼の恋多き気性も知っていましたから、なおさらわたしにとって意外なことでした。

日が少し高くなった頃、右大臣兼家様の長子たる道隆《みちたか》様がいらっしゃいました。

他ならぬ、のちのわたしのあるじたる御方の父君です。その頃はまだ従三位で、二藍の直衣に指貫、濃い蘇芳《すおう》の袴をお召しで、みなが薄青い涼しげな装いをしている中、渋い赤みが暑苦しい感じがするかと思えば、むしろ立派に見えたものです。

六月のひどく暑い日で、貴人の方々が一様に赤い扇を用いる様子は、撫子《なでしこ》の花が咲き乱れているようでした。夏は赤、とは陰陽師《おんみょうじ》が教えるところの卦《け》です。春は青、秋は白、冬は黒と、その頃ずいぶんもてはやされていた陰陽師の安倍晴明《あべのせいめい》様が陰陽の道を説いたため、こういう畏《かしこ》まった所では、ほとんどみな同じ色の扇を用いるようになっていました。

誰もが華やかで優劣というものがつけがたい中、直衣一つを着ただけといった、すっきりとした出《い》で立ちでいらっしゃったのが、あの花山帝が最も信頼なさっていた藤原義《よし》懐《ちか》様でした。

義懐様の姉君こそ、花山帝をお産みになった皇太后様なのです。

若い義懐様が帝の叔父《おじ》としてあっという間に位を昇るさまは貴人の方々ですら驚きを隠せないほどだったとか。

義懐様は風流人として知られ、またご本人もそうあろうと振る舞っておいででしたので、女車のほうを見ては使いをやって呼び掛け、それをみなが面白く見守っていました。あとから来た女車が、混雑で往生し、池の近くに立たせてあるのをご覧になると、義懐様が実方様にお命じになられました。

「我々の口上をふさわしく伝えられそうな風情のある者を一人呼んで参れ」

あえて衆目の前で女車に声をかけ、歌の一つもやり取りしようというのです。場を賑《にぎ》わせ、ご自分が華やぎの中心にいるのだと知らしめるためでしょう。

公卿の方々が女へ贈る言葉を考えると、使いの者を車のそばへ行かせ、呼び掛けさせました。しかし、なかなか返事がありません。

義懐様も、道隆様や他の方々も、使いの者が首尾よくことを運ぶのを期待しつつ、面白そうに笑っています。

ですがなかなか返事はなく、いったん車から離れた使いの者を、車から差し出された扇が呼び戻したりします。時間をかけて出来上がった歌を、改め直すためでしょうか。わたしにはどうにも、すべきでないことに思われたものです。

道隆様や他の方々が、

「どうだ、どうなった」

と楽しげにお訊《き》きになりますが、ようやく戻ってきた使いの者は義懐様に言いつけられたからか、気取った態度で参上します。

「早く言え。あまりに風情を見せすぎては、返事をし損なうぞ」

道隆様がおっしゃるのへ、使いの者が、

「これより申し上げることも、お返事をし損なったのと同じでございます――」

そういうのがわたしにも聞こえました。

どうやらよい返事ではなかったようです。

道隆様の叔父君でいらっしゃる大納言の為光《ためみつ》様などは、とりわけ興味津々のご様子で、

「女はどう言っていたのだ」

と覗《のぞ》き込むのへ、

「まっすぐな木を無理に折るようなものだとさ――」

道隆様がおっしゃると、為光様がお笑いになるので、みなが揃って笑い出しました。その声は車のあるじである女性にも聞こえたことでしょう。自分の返事が公卿の方々の笑いの種になっているのです。いったいどういう気持ちで聞いていたのか、そもそも彼女が誰であったのか、今となってはわかりません。

「誰の車であろうか」

「次は歌を贈ろう」

などと座の方々が口々におっしゃるうちに、ようやく講師が現れ、一斉に静まり返ってしまいました。

結局、場を賑わせ、注目を浴びようとする義懐様の試みは不首尾に終わったのです。女車も、説経の間に気づけばいなくなっていました。あんなふうに使いの者をよこされ、みなに注目されながら返事をするのは大変なことだ……。わたしは自分の番が来るなどとは予想もせず、そう思ったものです。

朝座《あさざ》の講師の清範《せいはん》様は、それはもう尊く美しいお姿で、高座も光に満ちるようでした。ですが残念なことに暑さが実にやりきれません。せっかくの説経も遠く感じられ、ただ池を眺めるときだけなんとなく涼しげな気持ちになる有様です。

雑念ばかり浮かび、ふと則光の衣を用意せねばならないところを放ってきたのが気に掛かります。夫を持って初めて、内裏に勤める男が呆れるほど多くの衣を必要とするのを知り、この先いったいどれほど衣を縫い、布を染めるのかと途方に暮れていたのです。どうにも落ち着かず、結局、朝座の説経を聞き終えたところで帰ることに決めました。車の轅が折り重なって蝟集《いしゅう》しているので、使いをやってどいてくれるよう頼んだところ、みな高座に少しでも近づきたいのでしょう、一斉に場所を空け始めました。するとその様子に気づいた公卿の方々が振り返って、なんと中座するわたしを笑い、非難し始めるではありませんか。

わたしはあしらうこともできず、肩身の狭い思いで去るしかありません。先の女車のあるじも、こんないたたまれない思いをしたのかと情けなくなるばかりです。

そこへふと、

「やや、『まかぬるもまたよし』ということさ」

そんな声とともに、どっと笑いが起こるのが聞こえました。

聞き間違えようもありません。義懐様が、わたしのために声をかけて下さったのです。しかもまさに説経に出てきた、法華経の一節にちなんでのお言葉でした。

釈迦《しゃか》が法を説こうとすると、自分はとっくに悟りを得ているとおごり高ぶった五千人もの人々が、席を立って退いたといいます。釈迦はこれを止めず、「かくのごとき増上《ぞうじょう》慢《まん》の人、退《く》くもまたよし」といい放ったとか。

わたしは、義懐様の素晴らしい機転に感心しました。が、とにかく狼狽《うろた》え慌ててその場を去ることしかできません。ようやくお屋敷を出たところで、このまま先の女車のように黙って消えてはいけないと思い、義懐様へ感謝とお詫《わ》びと、決して説経を聞いていなかったわけではないことをお伝えするために、使いの者をやりました。

「あなた様とて、五千人の中の一人でないとは限りませんよ」

咄嗟《とっさ》に、そう返事をさせたのです。

釈迦のように振る舞う義懐様を、揶揄《やゆ》したように思われるでしょうか？　いいえ。これがそのときのわたしに――二十一の世間知らずな女に――できた精一杯の機転でした。

それはまぎれもない感謝の言葉でありましたし、義懐様が面白がって下さるとわかっていました。それはまた結局、則光が花山帝の乳兄弟で、以前から帝の若き叔父である義懐様を見知っていたからこそできた返事だったのです。

はからずも、わたしのその言葉は一人歩きをすることになり、

「五千人の返事がずいぶん評判だぞ。おれも鼻が高い」

翌日、則光からそんなふうにいわれて驚いたのを覚えています。

則光は喜んでいるようでいて、少しばかり複雑な顔をしていました。妻の評判が、自分の評判に影響するということが、この武勇の人にはどうにもなじめないのです。衆目の中で機転を利かせるなど、人前に出ることを慎むべき女がすることではない。それが則光の本音でした。自分の母親が、内裏に勤めたからこそ今の立場があるにもかかわらず。

それは、わたしにとって窮屈な思いをさせられるだけでなく、この人と自分はわかり

合えないのではないか――と、ややもすると心が冷たくなるたぐいの考え方でした。たとえ、それがごく一般的な常識であったとしてもです。

則光のほうでも、そうした話題になるとわたしとの仲が険悪になると知っているせいか、それ以上は何もいいません。ただ、義懐様がお声をかけて下さったという点を、夫婦揃って嬉しく思う、というふうに話を進めましたし、わたしもそれに付き合うのはやぶさかではありません。

「義懐様は、今の帝が即位される前は、公卿ではなかった。なのに、ほんの僅《わず》かの間に中納言だ。まさに我が世の春を迎えておられる」

則光は感嘆し、わたしも深く共感したものです。

それから、たった数日後のことでした。

花山帝が位を捨てて髪を下ろしておしまいになるとともに、義懐様までもが出家してしまわれたのは。

四

義懐様は、ひどく短い間に出世をし過ぎた方でした。

公卿とは、多くの貴人の中でもたった二十名かそこらしかいない、まさに内裏の頂点たる栄華を手に入れた人々なのです。

帝をお助け申し上げ、政《まつりごと》を決める人々。その輪の中に三十に満たない歳で加えられ、飛ぶように位を昇ったのも、花山帝が心から義懐様を頼みとされたからでした。

ですが右大臣たる兼家様は――小白川の八講に現れなかったあの方は――貴人の方々が義懐様の昇進を憎らしく思うのを利用し、あえて政務を蔑《ないがし》ろにして諸事を滞らせ、義懐様がろくに働けぬようにしてしまわれたのだとか。

若い義懐様はそれでも花山帝に忠実な方々とともに、ご尽力されていたのです。

花山帝その人が突然、内裏から姿を消してしまわれたのはそんな折のことでした。

原因は、やはり花山帝ご自身にあったというべきでしょうか。

花山帝は即位される前から、見境のない熱情の持ち主として知られておりました。ご自身が愛情を抱く方に対し、驚くほど執着されるのです。そして結果的に、愛情を注がれた方々は、ことごとく身を滅ぼしていったのでした。

お若いまま位を昇った義懐様もその一人で、さらに顕《あき》らかなのは忯子《しし》という方でした。為光様の娘で、花山帝がその愛を一身に注いだ女性です。

その忯子殿が亡くなられたのは十七歳、花山帝が十八歳のときのことでした。

多くの女性が入内《じゅだい》し、帝の妃となるものですが、花山帝はほとんど忯子殿一人を愛したそうです。忯子殿はやがて懐妊しましたが、花山帝が離れることを嫌がり、里下がりを許さず、いつまでも彼女を内裏にとどめたのだとか。

子を妊《はら》んだ女は、清らかであるべき内裏において、どういい訳をしても穢《けが》れた身です。

もし悪阻《つわり》がひどければ、ものも食べられず衰弱し、母子ともども命が絶えることになります。そんなことになれば、内裏は死の穢れにも見舞われてしまうのです。

忯子殿がひどく衰えてようやく里下がりが許されたかと思えば、今度は、花山帝は忯子殿の快癒の祈禱《きとう》を次々に命じられたのだそうです。

大切な財宝さえもなげうって祈禱料にしてしまうかたわら、忯子殿はもの一つ食べられないというのに、次から次へと精のつくものを送りつけ、

「帝のご寵愛は、もはや異常だ」

忯子殿の父君であられる為光様は、天を仰ぐほかありませんでした。

しかし花山帝の熱情はやまず、なんと恋しさのあまり彼女を内裏に戻すようお命じになったのでした。

「冗談ではない。娘が死んでしまう」

むろん為光様は必死に拒みましたが、当の忯子殿が花山帝の愛に逆らえなかったのでしょう、貴人たちが穢れを忌むのも憚ることなく、忯子殿は内裏に戻ったのでした。

そうして花山帝は、昼も夜も、食事もとらず忯子殿を寝所で抱いて過ごされたとか。

やっと再び里下がりが許されたとき、忯子殿は痩《や》せ衰え、そのまま十七という若さで腹の子ともども亡くなったのでした。

確かに非業の死ともいうべき哀れなことでしょう。しかしこれは決して花山帝のみに当てはまることではありません。

朝廷は、愛のせいで人が死ぬ場所であるのですから。

帝の愛は、普通の人間の愛ではありません。現人神《あらひとがみ》たる御方のおそばにいるだけで誰もが運命の激変に見舞われます。帝の軽い言葉一つが、その人のその後を一変させるのです。

そのような御方の愛が、人の運命を変えずにいられるものでしょうか。

果たして忯子殿はただ哀れであったのか、それとも……と、わたしのような者が答えのない問いを覗き込むようになったのも、やはり、帝の愛を目の当たりにしたからなのでしょう。

忯子殿亡き後、花山帝の慟哭《どうこく》は凄《すさ》まじいばかりだったそうです。その荒ぶる思いに任せて浄土の教えを学び、やがては修行を欲するまでになったとか。

腹の子とともに死んだ女は、成仏することができない——これはよくいわれることです。花山帝はこのことにも苦しみました。忯子殿とその子は永遠に浄土へ辿《たど》り着くことがない。来世に彼女たちはいない。彼女たちのためにも念仏を唱えたい。

ですが本来、帝の身で、帰依《きえ》することなどできません。神事を行う身で、仏事を行うのは異常なことです。それなのに、花山寺の阿闍梨《あじゃり》を侍らせて説経を求めたのです。

実は、この阿闍梨の背後にいたのが、あの右大臣である兼家様だった——のちにわたしはその驚くべき話を、殿上人の方々から聞かされたのです。

兼家様は、花山帝を疎んじていました。何をしでかすかわからない帝。親近者ばかりを愛するのみならず、愛した相手を滅ぼしてしまう恐ろしい御方。

何より兼家様は、摂関家の習いとして、己の血筋にあたる御方を帝として擁することに執念を燃やしておられたのです。

しかも兼家様は、そのとき六十に近いお歳でした。これ以上は待てない……。そういう思いから、兼家様はついに帝位を巡り、謀《はかりごと》を決するお覚悟を抱いたのです。

当時、息子の一人である道兼《みちかね》様が、蔵人として花山帝に侍っていらっしゃいました。その道兼様と、花山寺の阿闍梨に、帝を仏道に引き込むようお命じになられ、

「帝が出家されたならば、わたしもお供し、帝の弟子となりましょう」

などと道兼様に語らせて帝の信用を得させたのです。そして機が熟したとみるや、

「さあ。今こそ、ともに出家いたしましょう」

と道兼様は、花山帝を強引に内裏から連れ出してしまわれたのでした。

花山帝がすっかり髪を下ろしてしまうと、道兼様は急にその場を離れ、

「わたしは今一度、父に出家前の姿を見せてから、必ずや戻って参ります」

と言ったのだそうです。その身辺を、兼家様がつけた屈強な源氏武者たちが守るさまに、

「朕《われ》を謀《たばか》ったな！」

花山帝が泣いて叫んだときは、万事が手遅れでした。道兼様は背を向け、そのまま帝のもとから去ってしまわれました。

内裏では帝のお姿がないことから、聞いたこともないほどの大混乱に陥ったといいます。義懐様が、ようやく駆けつけたとき、すでに花山帝は落飾《らくしょく》の人となっていました。そのお姿に望みを失った義懐様もまた、その場で髪を下ろし、謀った道兼様に代わって、花山帝のお供をされたのです。

これこそ、まさに小白川で八講が催された直後に起こったことでした。

あれほど若く輝きに満ちていた義懐様が、法師になってしまわれた――父も則光も、そしてもちろんわたしも、しみじみと心にしみる思いでした。花山帝が即位されてから、たった二年ほどのことであったのです。

そしてそういうとき、人は決まってあの白露と朝顔の歌を持ち出すのです。置くを待つ間の……と。

確かにいっときの華でしたし、残念に思われることばかりです。けれども、

「花を見ねばよかった――」

たとえその思いが多くの人の胸のうちにあるとしても、わたしはそうは思えません。当時の義懐様は確かに輝いておられたのですし、さらにわたしがそののち出会うことになる最愛のあるじは、誰にもまして光輝に満ちあふれていたのですから。

ずっとのちのことですが、わたしの最後の夫が死の床に就いたとき、彼が繰り返しわ

たしに望んだことは、女房として参内《さんだい》していた頃のわたしの思い出話を聞かせることでした。

決して彼自身の思い出を語るのではなく。国の守として武者たちに殺伐とした平定の務めを命じてきた彼は、いつの間にか自分の仕事については何も語らなくなっていました。

わたしは彼の望み通り、わたしがあの『枕』に記したようなことを繰り返しお話ししました。彼は、まるでそれこそが自分の思い出であるかのように、しばしば微笑んで目を閉じ、感慨にふける様子でいたのを覚えています。

そういうとき、わたしは思うのです。花を見てよかったと。わたしや、わたしの同僚たち、そしてわたしの最愛のあるじが、どれほど幸福であったことかと。

選ばれた方々にしかこの世にあらわせない華の素晴らしさ。それにふれることで初めて見ることのできる夢の数々。そんな華と夢を見せてくれた方への感謝を抱くとき、なぜ浄土に憧《あこが》れる自分がいまだ世を捨てないのか、その理由が、はっきりわかる気がするのです。

「わたしは花を見たかった」

そっと呟《つぶや》くとき、わたしの心には決まって幸福に満ちた思いがよみがえります。

その思いは、浄土への憧れよりもさらに強く、わたしの目をこの現世《うつしよ》に向けさせるのです。

五

花山帝の一件ののち京の人々は大いに戸惑いながら新たな世を迎えました。

則光はだんだんとわたしに会いに来なくなり、いつしかわたしも彼との別れを心に決めていました。夫が通わなくなり、妻も呼ばなくなれば離婚ということになるのですから、今はもう、しごく簡単なことのように思い出されますが、やはり当時は安堵の念にひたるほどの決心であったのでしょう。

則光は仕官し、父は七十九歳となったその年、肥後《ひご》守に任じられました。

則光や父が任官されたのは、ひとえに彼らの働きぶりゆえであったと思います。ときに、わたしのあの「五千人」の返答や、他にも義懐様や貴人の方々に贈った歌や返答が、則光や父の評価を高めることにもなった、などと言ってくれる方がいるのも確かです。そんなふうに言われれば誰だって嬉しくなるものですが、もちろんそんなことでたやすく官位を得られるはずもありません。

とはいえ則光でも父でもなく、他ならぬこのわたしが内裏に招かれたときは、わたしに対する評判というもの自体が信じられず、ひたすら恐れおののいたものですが。

老いて任官された父が、どのような思いで任地へ旅立ったかはわかりません。わたしも息子の則長も、同行することは選びませんでした。ただ、やはり父もまた己の春を

──己自身の華を求めて旅立っていったのだと思います。

旅立ちの日が、父との永《なが》の別れだと心のどこかでわかっていたのでしょう。

それから四年後、父がかの地で亡くなったという報せを得たとき、驚きはさしてありませんでした。あったのは、悲しみと、そして言祝《ことほ》ぐ思いです。

望みに望んだ五位の身となって亡くなった……そんな父が、一人寂しく世を去ったとはどうしても思えません。きっと最期まで人を笑わせ、今生《こんじょう》の華を夢見たことでしょう。

わたしは生家に暮らし、相変わらず講師の説経を聞くことを楽しみにしていました。ときには則長を抱いて参詣することもあり、この子はどんな女性を背負って三途の川を渡り、浄土へ連れていくのだろう、などと考えたものです。

いずれ想像もしなかった華を見ることになり、代わりにあの『枕』がわたしに託されるなどとは思いもよらぬまま……。

最愛のあるじとともに過ごすことになる、あの日々が訪れるのは、それからまだ少し先のことであったのです。

第二章　清涼殿《せいりょうでん》

一

花山院の一件から四年後、わたしが二十五歳になった正暦《しょうりゃく》元年も、今振り返れば多くのことごとが重なり合って起こった年でした。

まずわたしにとって重要だったのは、ある恋が終わりを告げたということ。則光と別れたわたしは、育てる子もおらず、ただ生家で時を過ごしておりました。結局、男子は父親が育てるもので、息子の則長とは滅多に会えなくなっていたのです。

兄たちは肥後の国へ赴任した父に頼まれて、わたしのために新たな夫を見つけるといっていましたが、どこまで本気であったかわかりません。父に可愛がられて育ったわたしは、父から教養を注ぎ込まれただけでなく宅地をも継承しておりました。

女が家や土地を継ぐのは当然のこととはいえ、やはり家長である男が財産の扱いを決めたがるもので、財をなすことに疎かった兄たちには面白くないことでした。そればかりか姉の嫁ぎ先からも、清原の家は妹ばかりひいきをされている、とからかわれたものです。

なんであれ、わたしは困窮するということもなく、二人目の夫がわたしの人生に登場する瞬間を待つ一方で、諸方と手紙や歌をやり取りすることに時を費やしていました。

多くは父や夫を通して知り合った方々で、わたしはそもそも男女を問わず好んでやり取りをするたちでしたので、その頃はまだ歌を詠むことにも文を書くことにも恥を覚えず、億劫《おっくう》がることもない代わり、燃えるような喜びを感じることもありませんでした。

出仕をしてはどうかというお話が立て続けに舞い込んできたのは、そんな折のことです。

ひとつ目は、父や長兄である雅楽頭《うたのかみ》の為成《ためしげ》が家司《けいし》として働いていた、小野宮《おののみや》家でした。

父はかねてから小野宮家、すなわち太政大臣《だいじょう》であられた藤原実頼《さねより》様のご一家と親しくしておりました。父は歌人の才があっただけでなく、財務のすべてにも長《た》けておりましたので、小野宮家からずいぶん重宝されたのです。

小野宮家には長兄が仕えただけでなく、長姉も同家に仕えた方に嫁いだことから、とにかく慣れ親しんだ一家なのです。

そのため新鮮さこそありませんでしたが、結果、これが次の出仕に結びつきました。

そのお相手こそ、かの小白川のあるじである藤原済時様の妻の一人です。済時様にとって公私にわたりかけがえのない女性で、なんといっても二男二女をお産みになり、長女はのちに三条天皇《さんじょう》の皇后になられ、次女はさらにのち敦道《あつみち》親王の妃となられたのです。

当時はまだ子も若く、済時様はどうにかして娘を皇家に迎えてもらおうと必死でした。そんな済時様の家の誰かが、わたしが小野宮家で、しばしば代筆をしていると聞き、実際にわたしの文と歌を読んで、面白がって下さったのだそうです。

当初は、何をどう勘違いされたものか、わたしを娘の乳母《めのと》にとも思っていたようですが、子を産んで六年以上も経つわたしに乳が出るはずがありません。

その一方で、済時様の妻である方が、よりいっそうわたしの文を気に入り、そばに置くことを望まれたのだそうです。

わたしはこの出仕の話にこそ、胸が高鳴りました。ひとえに、名誉であったからです。

これは、財産のない者が、仕方なく女房として働き、子を育てる、といったものではありませんでした。わたし自身に差し迫った生活の不安があるわけではなく、わたしが産んだのは男子でしたので、父親の則光が自分の家を継がせるために育てていて、わたしの手元にはおりませんでした。

もちろん、産んだ子がそばにいない、という空白を埋めたい気持ちもありました。ですがそれ以上に、この出仕こそ未知の世界への入り口であったのです。

日頃、人に顔を見せるということはなく、自邸の壺庭《つぼにわ》でのみ四季を感じ、従者《ずさ》たちに指示をする際にも、自分が優れた主人なのか、それとも愚かな女なのか、まったく知るすべがない。そんなわたしが、貴い家柄の妻たる方にふれ、皇家のありようをも知る方々のそばに仕えるというのは、まさにいつも読む物語の世界に招かれているような思いがするものなのです。

兄たちは当然のごとく、あまり面白がりませんでした。妹ばかり貴人に招かれるのが気にくわないというのでしょう。

そういえば別れた夫の則光も、彼の知人友人の方々がいつしか、夫ではなくわたしとの歌のやり取りを望むようになると、途端に複雑な顔をするようになったものでした。わたしのほうは、そんな夫の思いなどよそに、好きなように、面白いと思った方々とのやり取りに夢中になるのが常でしたが。

このときも、わたしはひどくこの話を面白がり、出仕することをすぐに決めました。牛車《ぎっしゃ》に乗って先方のお屋敷へ赴きながら、どんな華を見ることになるのだろうと、ずっとわくわくしていたのを覚えています。

思えばそうした心は、わたしだけでなく、ひもすがら家の中にいて、ただ訪れる者を待つほかない女であれば、誰しも抱くものであったでしょう。

ですがそれだけでなく、今も昔も同じように、仏の教えに強く惹《ひ》かれるからこその思いもあったのです。

今ここではない、別のどこかへの憧《あこが》れ。

それがとりわけ、当時のわたしの心のうちで、強くくすぶっていたのです。

仏の教えは、あの世には美しく完璧《かんぺき》な場所が——浄土があると説いています。つまり、浄土のような完璧な世界がある一方で、現実のこの世界は不完全でいびつであり、救いがない、ということなのです。

そんな現実を生きるからこそ、完璧である浄土への希望が燃え上がるわけですし、できれば不完全な現世にいる間に、生きたまま、そのような世界を垣間《かいま》見たい。そう思うのは、この世に生きる、どんな人々にとっても、ごく自然なことでありましょう。

そして大内裏《だいだいり》に囲まれた内裏こそ——帝《みかど》のおわす皇居こそ、この現世において、最も浄土に近い場所であるに違いないのです。現世にあって、この上なく美しく、人に生きる甲斐《かい》を与えてくれるはずの場所。

それが、今も昔も、わたしが持つ、最も熱烈な信仰であるのです。

のちにわたしは確かに生きながらにして内裏という名の浄土を見ましたし、それはまた、地獄の一端を垣間見ることにもなりました。

ですが当時、済時様の妻に出仕することを決めたわたしは、ただ自分よりはるかに皇家に近い方々のいる場所に行けるというだけで、天にも昇る心地であったのです。

事実、その出仕は、わたしにとって、なんといっても楽しい日々となりました。局《つぼね》を与えられ、他の女房たちとも和やかに、面白く過ごしました。あるじから誉められることも多く、女房たちから羨《うらや》ましがられ、秘訣《ひけつ》はなんだと問われたこともあります。あるじに誉められる秘訣。そんなものがあれば、誰も苦労はしません。実際、済時様もその妻も子も、ひどく気むずかしい方々で、冷や冷やすることも大いにあったのです。

ただ、一つだけいえるのは、出仕をすることで、こんな自分にも特技があるのだと知ることができたということです。

まず第一にそれは、記憶するということでした。

ちょっとした言葉のやり取り。誰がどんな装いをしていたか。あるいは誰々の手蹟《しゅせき》。誰々が描いた絵。

どれも、たいてい一度見聞きすれば忘れることなどありませんでした。

父が歌人であり、子のわたしも多くの歌を諳《そら》んじているのが当然だったからでしょうか。わたしにとって何かを覚えておくということは、この上なく自然なことであったのです。

そして、もう一つ。こちらは、ときに誉められますが、ときに大いに笑われたり、啞《あ》然《ぜん》とされたりするもので、特技というよりわたしの性《さが》というべきものかもしれません。

それは、「あわい」を見るのが好きであるということでした。

誰も面白いとは思わないような、ものごとの白黒定かでない、うっすらと、ほのかなもの。そうしたものに、喩《たと》えようもなく惹かれるのです。

あるじと女房たちが壺庭に集い、二つに分かれて花合わせをするときなど、みなが用意された草花に歌を添え、互いに評し、優劣を競う中で、わたしはつい、花の色の濃さや薄さ、ふと現れては消える香りなどを口にしてしまうのでした。

当然、歌とは関係がありません。歌は、花のどこがどう美しいなどとはいいません。梅も桜もすべて美であり、その美をあらわすため、月の光や、雪や、炎に喩えるのです。花弁が大きかろうと小さかろうと、葉の色がどうであろうと、枝がどのような形をしていようと、梅はただ梅で、桜はただ桜であるに過ぎません。

ですがわたしは、そうしたかすかな違いに大きな差を感じるとき、何か見たこともない美にふれたような感動を覚えるのです。

和歌には詠まれない。漢詩にもならない。そういう微妙な「あや」に心惹かれ、ときには胸を衝《つ》かれるような思いがして、物狂おしくなる。それを自分だけが面白いと思うだけでは飽きたらず、どうにかして他の人にも伝えたい。そう思ってしまうのが、つまりこの、わたしという人間であることを、この出仕で初めて知ったのです。

そのお陰で、わたしは次の、より重大な出仕の話を得ることにもなるのですし、ひいては、あの『枕』が授けられた理由にもなったのだと思います。

ですが、当時のわたしは、そうした己の性《さが》をともすると疎んじ、どうにかして消せないか、と思うこともありました。

二

特に、恋を失ったときは、わたし自身の性格に悩み、いつまでも苦しんだものです。

済時様の妻方へ出仕し、女房として過ごしたのは一年かそこらの間でしたが、そこで得たものといえば、ただ面白いひととときばかりではありませんでした。

　多くの女房たちがそうであるように、よく男たちから文をもらったのです。そしてそのうちの一人と、大いに本気になってしまったのでした。

　わたしが出仕を終え、再び生家に戻ってからも、その方とだけは文のやり取りが続きました。そのことがとても楽しく、幸せで、しかし結果をいえば、これは辛《つら》い恋でした。

　恋はあまねきもの――京人にとって、「恋はして当然」なのですから、わたしのこの恋も、さして特別とはいえないでしょう。

「世」といえば男女の恋模様をいい、「ものがたる」といえば男女が愛の言葉を交わすことをいうように。三十にもなれば女は恋はしなくなる、と今も昔もいいます。今でこそわたしもそんなことはないと信じられますが、当時、二十四であったわたしは、これが人生で最後の恋だろうなどと本気で思っていたのです。

　相手は貴人であり、そして歌人でした。当時から歌に優れていましたし、今ではさらに名高い人になってしまい、守《かみ》となって京を離れ、さらには浄土へ旅立ったのですから、この上なく遠い存在となってしまいました。

　ですが当時の彼は、わたしの歌の返事が早いことを誉めてくれましたし、わたしの父の元輔が歌人としてどれほど優れていたかということも改めて教えてくれました。

　娘であるわたしが、和魂《わこん》だけでなく漢才《かんざい》もあることを――漢詩や漢文の能力を、父から受け継いでいることを――喜ばしいことだともいってくれました。

女は、みだりに漢才をひけらかすものではない、というのが今も昔も変わらぬ世の態度です。わたしも当然、漢文など読めない、というふうに、ひどく遠慮がちにしていました。

ですから彼の誉め言葉に、閉ざされていた戸を開け放ち、清新な風をわたしの胸の内に吹き込んでくれるかのような思いを抱いたのです。

わたしは彼に夢中になりました。彼と彼の詠む歌に。

ですが、やがてわたしは歌以上のものを、訪れてくれた彼に語るようになったのです。歌にはしようのない「あわい」のものごと。どの漢詩にもない、花の色の濃淡のような、ほのかなものに触れる一瞬の喜びを。わたしだけの美を。

彼は微笑んで受け入れてくれたかに見えて、やはりその実、困惑していたのでしょう。良き理解者として振る舞ってくれましたし、わたしのそうした喜びを、どうにかして歌や文にする工夫も、一緒に考えてくれたものです。

しかしついに彼がわたしの喜びに共感することはなくなりました。それは彼が求める歌の道とは別物となっていったのです。

ただそれでも、彼はわたしの「あわい」を最後まで面白がってくれたのだと思います。

というのも、彼から贈られた沢山の歌のうち、今でも忘れられないものの一つに、こういう歌があるからです。

かくとだにえやは伊吹のさしも草
　さしも知らじな燃ゆる思ひを

こんなにも、あなたを熱く思っていることを伝えたい。けれどもあなたは、わたしの恋がこれほどまでに燃え広がっていようとは、夢にも思わないだろう――。

この歌の巧みさは、わたしなどには文句のつけようがありません。ですが同時に、その巧みさに、なんともいえない微妙な語尾を混ぜているということこそ、彼がわたしに伝えたかったことなのでしょう。他の多くの歌にはあまり見られないような、どちらともつかない「あわい」の言葉。

思えば、わたしが、彼のような歌人にふさわしい歌を返せないことに気後れしていたように、彼もまた、わたしのような「あわい」を理解できないことに、同じような思いを抱いていたのかもしれません。

男は、恋人が才気を発することを、はじめは喜ぶものです。なんとなれば、恋人を育て、導いたのは自分なのだという自負心があるのですから。

しかしやがて男にはない才気を女が発揮し始めると、今度は途端に男を不安にさせるのでしょう。それまで面白がっていたのが嘘のように、恋人を批判し始めるものなのです。

恋人にした女が、たとえどのような些細《ささい》なことであれ、男である自分より優れていることが落ち着かない。若い男であればいっそう、そう思ってしまうものです。

もちろん、そんなふうにわたしが考えるようになったのは、ずっとのちのことでした。当時のわたしは、相手を安心させ、喜ばせるためなら、幾らでも愚かな自分を演じることができましたし、そういうこともふくめて、実際、愚かで無邪気であったと思います。

なんであれ、いつしか彼はわたしを訪れなくなりました。彼が離れていく気配を察し、様々に彼をつなぎ止めようとしましたが、どうしようもありませんでした。

あるいは、わたしの心持ちが、かえって彼を遠ざけることになったのかもしれません。わたしは、ただ貴人の恋人であることに満足しませんでした。彼が夫となってくれることを望んだのです。それも、何人もの妻の一人ではなく、ゆいいつの存在として。

一人の夫に対する、一人の妻になりたい――。

それこそ本来、世の女たち全ての願いであるのでしょう。多くの女がその願いを諦《あきら》める中で、わたしは決して諦めませんでした。二人目三人目という立場になりたくはない。

そういう、いわばわたしのもう一つの性《さが》は、今も変わりがありません。

最も思う人から、最も思われるのでなければ、恋はただ苦しいものに過ぎない――。

これが、わたしの変わらぬ信仰でした。たとえそのような願いを女が訴えたところで、世は一人の男が多くの女と「ものがたる」ことをよしとするとしても。

ゆいいつ無二の恋人でありたい……そう望んだ結果、わたしは恋そのものを失いました。

もちろん後悔もあります。彼が訪れなくなった苦しみは想像以上で、男の訪れを待つしかない女の人生を、ずいぶんと恨んだものでした。

これが、わたしの二十四歳から二十五歳になるまでの間にあったことです。

そして二十五歳になったその年、わたしは、二人目の夫を得ることとなったのでした。

三

わたしの二人目の夫は、名を藤原信義《のぶよし》といいます。

則光とは異なり、歌や文に明るく、和やかな方でした。なんでも思ったことを正直に喋《しゃべ》るという欠点はありましたが、その無邪気さがわたしを苛立《いらだ》たせることは……まあ、それほどではありませんでした。

遠地へ赴任していた父の代わりに、兄たちがこの結婚を進めてくれましたが、結局のところ、わたしと信義を結びつけたのは互いの父親でした。

わたしの父は歌人の元輔で、信義の父もまた、参議の藤原元輔だったのです。

この二人の元輔は仲が良く、わたしと信義も、あちらの元輔、こちらの元輔、などと、互いの父が同名であることを面白がったものです。

共通するものがある男女ほど結ばれやすいのが世の常で、これが、わたしと信義を親密にさせ、やがては夫婦の縁を持つきっかけとなったのでした。

わたしは常々、自分が最も愛し、かつ相手がわたしを最も愛する、そういう相手でなければ結婚はしないなどといい、兄たちが勧める相手を頑として拒んでいました。

一方で父は赴任先から、わたしの夫を探すよう兄たちに命じており、兄たちは、これで父からうるさくいわれずに済む、などといって胸をなで下ろすのでした。父がなぜそうもわたしの結婚を急がせたのか。それを悟ったのは、父が亡くなった後のことです。父は、自分の寿命をうすうす察し、わたしの生活の先行きを案じてくれていたのでしょう。

そんな父の思いも知らず、わたしはさる貴人との辛い恋をしたばかりでしたが、そんなことはおくびにも出さず、信義から届けられるようになった歌に返事をしていました。信義も、わたしの恋について察していたようですが、むやみと恋の競争に血眼になる、といった殿上人《てんじょうびと》の方々がよく見せるような態度をあらわにすることもなく、穏やかにわたしたちは結ばれました。

父が亡くなったのは、その直後のことでした。

そしてそれからしばらくの間、わたしは異様なほどの不安に襲われるようになったのです。

毎年の除目《じもく》の季節に、父が官位を授けられるのを待って宴《うたげ》を催していた頃とは、まったく異なる不安でした。

宴を単純に喜んでいた子供のころのわたしは、無位無官のまま結局は悄然《しょうぜん》とするほかない父に、ぞっとするような虚《むな》しさを感じました。いつも明るく機知に富んだ父が、猟《りょう》官《かん》の執着をあらわにすることで、まるで別人に見えてしまうことへの不安だったのです。ですがその父が亡くなり、わたしはようやく、自分自身の生活が全て父によって与えられ、守られてきたことを、身に沁《し》みて悟ったのです。

むろん、ただちに窮乏するわけではありませんでしたし、二人目の夫がいるのです。父を喪《うしな》った悲しみはともかく、今後の生活に対する不安まで抱く必要はないはずでした。ですが、これもまた前世の因縁でしょうか。わたしはいずれ夫も喪うのではないか、という予感じみた不安に襲われるようになったのです。

事実これは現実となるのですが、当時はまだ信義も壮健で、わたしの不安を一笑に付し、

「ならば子を沢山作ろう。君の頭の良さと、わたしの顔の良さを持った子を。そうすれば子が大人になったとき、夫のわたしに代わり、君を養ってくれるぞ」

などと、ぬけぬけといったものです。

確かに、信義は容姿に恵まれていましたし、参議の子として恥じぬ品のよさを持ってはいました。ですが同時にこれは、その頃、関白に就かれた道隆様の受け売りでもあったのだと、のちにわたしは知りました。

道隆様は、妻を選ぶとき、このように考えたのだそうです。

「わたしは家柄もよく、財産も豊富にあり、また何しろ顔かたちもよければ、気品まである。ではいったい何が欠けているのか。よくよく考えたところ、どうもわたしには、知性、教養、博識といったものが足らないようだ。要するに、頭がよくない」

思わず呆《あき》れてしまうようなおっしゃりようですが、道隆様は完全に本気でした。

「よし、わたしは頭のよい女と夫婦になろう。わたしの子たちには、ぜひ親のよいところだけを受け継いで欲しいものだ」

ということで冷泉帝《れいぜいてい》ののちに即位された円融帝《えんゆうてい》に仕える、高内侍《こうのないし》様こと高階貴子《たかしなのきし》様に、恋をしたのだそうです。

確かに貴子様は、それはもう優れた御方でした。その漢才は抜群で、名だたる女官の中でたちまち筆頭と目されるようになった御方なのです。

ですが何しろ道隆様に比べて、身分が釣り合いません。それを道隆様は、正妻に迎えようとしたのです。このため貴子様の両親ともに気後れし、結婚に反対したとか。

しかし、道隆様は気にもしません。これはと見定めたならば一路これあるのみと追い求め、なんでも手に入れてしまうのが道隆様という人であるのです。

もちろん道隆様の念頭には、我が娘を帝の中宮《ちゅうぐう》に、という野心がおありでした。そのために帝を魅了するような娘を産んでくれるであろう、優れた女性を伴侶《はんりょ》としたかったのは当然のことなのです。

そんな思惑があったとはいえ、そもそも人の魅力というものを追い求めた結果、この恋はわたしが知る中でも特に素晴らしいものの一つとなりました。もちろんわたしが知る限り、最も気高い恋をしたのは、わたしのあるじたちです。そしてそのあるじの両親である貴子様と道隆様もまた、わたしにとっては理想ともいえる恋を成就させたのでした。

貴子様はついに正妻となり、道隆様を迎えることを決意されたときの思いを、このように歌に詠んだそうです。

　忘れじの行く末まではかたければ
　けふを限りの命ともがな

何があろうとも、一生、あなたを忘れない――たとえそんなふうに固く誓ったところで、人の心は移ろうもの。それは恋を知る女であれば、誰しもが抱く苦しみ。だからわたしは、この喜びとともに、今日を限りの命として燃え尽きてしまいたい――。

そんな決意をする方も、させる方も、なんと素晴らしいことでしょうか。

互いにないものを尊重し、求め合ったお二人が心を移ろわせることは、ついになかったのだとわたしは思います。

ともあれ、これは道隆様と貴子様のお話です。わたしのほうはといえば、夫の信義が何をいってくれようと、結局のところちっとも安心しませんでした。

そしていつしか、誰かを頼って安心させてもらうということ自体、間違っていると考えるようになったのです。

誰かに安心を求める限り、今度は、その誰かを喪うことを恐れ、不安に苛《さいな》まれてしまう。では、どうしたら不安を消せるのでしょうか。普通なら世の無常を悟って仏にすがるところでしょうが、わたしはいってみれば、己にすがったのです。

父の訃報《ふほう》が届いてのち、わたしはますます頻繁に人と文をやり取りするようになりました。歌や文はいつも——今にいたるも、ずっと——わたしの不安を宥《なだ》めてくれました。

自分は孤絶してはいない。女房としていつでも出仕できる。あるいは夫が働きやすいよう、知己の人々に夫婦ともども快く思ってもらえるよう努めている。そういった安心以上に、真っ白い紙に何かを書くということ、詠むということそのものが、もっと面白いこと、美しいもの、価値あるものへとわたしを導いてくれる気がするのです。

もう一つ、わたしを安心させてくれたのが、財務でした。

父は歌人にしては珍しく財の管理に長け、重宝されました。わたしもその血を引いたのでしょう。わたしはもっぱら自分と夫の財産を細かに把握するようになりました。

財産をひたすらに求めては、かえって思ったように得られないと不安を抱くものです。しかし自然と得られる財産を管理し、いたずらに費やさないよう工夫することは、好きな書物を集めて大事に管理するのと同じく、骨は折れますが、楽しいことなのです。

わたしはいったん財務に取りかかると、やがて娯楽のように毎日行うようになりました。

いつしか貴人の家司《けいし》などから、財産を管理する方法を本格的に教えてもらうようにもなり、ますます自分の小さな財を整え、把握し、予測することが好きになりました。紙なども手に入れるたび財として数えるわたしを、夫は呆れて笑うばかりでしたが、この父譲りの癖は、結局のところ兄や夫を頼るよりずっとわたしを安心させてくれたのです。

父の死に深い衝撃を受け、不安にめそめそしていたかと思えば、急にふてぶてしくなり、家や土地を売り買いするまでになったわたしに、夫の信義は、戸惑うやら呆れるやら、家の中で不思議なことが起こっているかのように人々に話すのでした。

ですが結局のところ、人は、自分より心安らかでいる誰かの言葉を、やがては信じるようになるものです。

一年もすると夫のほうが、だんだんと、わたしを頼るようになり、

「君がいない世なんて、わたしには考えられないよ。君が家にいるだけで安心する」

いつしかそんな甘えたことまでいうようになったものです。

そのためか、わたしはいっそうふてぶてしくなり、いつか老いたときなどは、塀の土などは崩れるに任せてしまうほうが面白い、などと口にするようになりました。

見栄を張り、無理をして屋敷を整えるよりも、そのときどきの年齢に応じて、分相応

に生きるほうが美しいし楽しい。そんな楽観を得るまでになったのです。

信義からは笑われましたが、わたしは歳を取るごとにそう思うようになっていきました。

つい最近、本当に生家の垣根が雪に倒れたときは、隣に住む赤染衛門《あかぞめえもん》が気づき、

あともなく雪降る里の荒れたるを
いづれ昔の垣根とかみる

と詠みつつ報《しら》せてくれました。わたしと同じく出仕の経験のある赤染衛門は、何くれとなく優しく、気遣いをしてくれる女性でした。

ところが、生家のかたわらに住んでいたわたしは、垣根を直すどころか、そんなことに財を費やすのも面倒で、むしろ隔てのなくなった雪景色が面白くなってしまい、

いにしへと今日とのことをはしにして
後の世までし思ひわたらむ

過去と今とが、未来への橋となってわたしの思いを渡してくれるようね――という歌を思い出して返したものでした。

もちろん二十六歳だった当時はまだ、そこまで割り切っていたわけではありません。仏の道に心を傾ける一方で、いってみれば現世という不完全な世や、不自由に住まうしかないこの身のうちに、自分なりに安心できる心の壺庭を造ろうとしていたのです。

そんな心のさまを文に綴《つづ》り、あるいは訪れてくれた友人たちに話すうち、

「女で機知に富み、才媛《さいえん》なるは、元輔の娘」

などという風評が、いつの間にか広まったのでした。そして驚いたことに、内裏の方々までもが真に受けるようになったのです。

信義と結婚して三年が経とうとしていた頃……忘れもしない、正暦四年の夏のことでした。

お世話になっている小野宮家から手紙が届けられ、

「年内にも出仕して欲しいとのことなのですけれど、いかがかしら？」

と尋ねられたのです。

「あら、素敵。ぜひともそうしたいものです。それで、どちらのお家ですか？」

わたしはなんとも気楽にそうお返しし、

「家とは少し違うわね――」

間もなく返ってきたいたずらげな返答に、息を呑《の》んで凍り付いたのでした。

「宮中よ」

四

その出仕のお相手こそ、なんといっても、これまで女房として働いた、どのお屋敷よりも飛び抜けて貴い場所にいる御方でした。

藤原定子《ていし》様――。

花山帝ののち即位された一条帝《いちじょうてい》と結ばれて三年が経つ御方……すなわち後宮で最も貴い立場におられる中宮様のもとへ、出仕せよ、というのです。

しかもこの話をお決めになったのは、定子様の父君であられる道隆様であり、その弟である道長様だというのです。

この年、摂政をやめ関白《かんぱく》となられた道隆様は、中宮様のお世話をする大夫《だいぶ》であった道長様に、いっそう中宮様にふさわしい女房を集めるよう命じていたのです。

道隆様が、定子様のために優れた女房を片端から集めていらっしゃる――そういう噂を、わたしも知ってはいましたし、親しい友人たちとも、

「もし、内裏に出仕するお話などもらってしまったら、どうしましょう」

などと話し、笑い合ったこともあります。

ですが、中宮様の侍臣《じしん》といえば、まさに内裏の華でなければならない人々です。

自らの振る舞いが、すなわち中宮様の華となり、内裏を彩る。そういう強い自負がな

ければ、勤まるわけがありません。

よりにもよって、そんなお話が来るなどとは夢にも思っておらず、畏《おそ》れ多い出仕の口を頂いてしまったわたしは、ひどく狼狽《うろた》え、ほとんど怯《おび》えていました。

夫や友人たちに、どうしよう、どうしよう、と涙ながらに訴えたものの、いったい自分が何を相談しているのかも、わけがわからないという混乱のきわみにあったのです。

もちろん内裏への憧れは、今も昔も強烈にわたしの心に根付いています。

ですが当時わたしが夢見ていたのは、あくまで、この不完全な世で、生きながらにして完全な世を、つまり浄土を垣間見せてくれるような華を、この目で見ることでした。

「もしそれが成就されたなら、どんなにか幸せでしょう……」

うっとりしながらそう語ることが、いうなれば、わたしの憧れの限界だったのです。

よもや自らその華の一部となり、貴い人々の輝きを守る、などという重責を背負うことは、間違っても当時のわたしの願いなどではなかったのです。

「わたしにそんなお勤めが果たせるわけがありません……。きっと何かの手違いです……」

めそめそするわたしに、夫の信義は言いました。

「まあ、そういわずに。君ならきっと大丈夫だ。何しろこんな機会は滅多にあるものじゃない。もし君が頑張って、中宮様の覚えがめでたくなれば、夫であるわたしにとっても名誉なことじゃないか。そうなれば、わたしのほうも何かとよいことがあるはずだぞ」

あからさまに妻を自分の栄達の頼りにしたがる夫に、わたしは呆れ返りました。頼られているという点では嬉《うれ》しくもあり、誇らしくもありましたが、それにしたって少しはわたしが恐れおののいていることに同情してくれてもよさそうなものです。とはいえ夫の励ましが有り難かったのは確かですし、そもそも夫が拒めば、この話を進めるのは容易ではなかったでしょう。

ただでさえ、女房として働く女に対する世間の偏見ははなはだしいのですから。女房ともなれば、普通は話すこともない低い身分の者からも声をかけられ、多くの男たちと自ら親しく会話をせねばなりません。

部屋の奥にいるべき女が、親しくもない男と言葉を交わすだけでも、はしたないと思う女たちが大勢いるのです。そんな世にあって、家の者からさげすまれることなく、宮中に出仕できるというのは、それはそれで幸せなことでした。

ただし、夫の後押しがなかったら、出仕はしなかったのかといえば、決してそうではなかったでしょう。わたしが恐れおののきながらも出仕を決意した理由は、何よりも、恋い焦がれていたからなのです。

あたかも、あの苦しい恋の最中に贈られた、「さしも草」の歌のように。

いつまでも消えず、じりじりと焦げつく恋の火は、まさに内裏への思いそのものでした。

わたしは、多くの人々がそうであったように、内裏というこの世の浄土そのものに、恋をしていたのです。

「長年の恋が叶《かな》う――」

いつしかその思いが、わたしの心を支え、勇を奮う気を起こさせたのでしょう。

そうして正暦四年の冬、わたしは家を出ました。

少ない従者をつれ、かの憧れの朝廷に、それはもう心の底から怯えながら、しかし同時に胸ときめかせつつ、足を踏み入れたのです。

思えばこのときすでに――信義と結婚し、父を喪った正暦元年に――わたしはあるじとの間に、不思議と相似《あいに》た縁を持っていました。

その年、一条帝が元服され、初めて迎えられた妃こそ、定子様であったのです。

それから間もなく、定子様の御祖父であられる兼家様が出家され、父君の道隆様が関白となられ、次いで摂政となられました。そして兼家様が世を去ったのは、それからしばらくした後のことなのです。

前世の因縁というものでしょうか。まさにわたしが再び夫を持ち、父を喪った年、定子様は帝の妃となられ、御祖父を喪われたのです。

一方、道隆様は中宮様の父君として宮中に君臨し、一条帝をお助けしつつ、若き権中納言《ごんのちゅうなごん》であった藤原道長様を、定子様のお世話をする中宮大夫としたのでした。

一条帝、道隆様、定子様、そして道長様――。

宮中に大なる華が生まれたその年、すでに次なる華もまた芽生えようとしていたのだと、いったい誰に見通すことができたでしょうか。

宮中に出仕したわたしは、己が目にした華がどんな運命を辿《たど》るのかなど、つゆほども考えていませんでした。

正直、初めて参内した日のことは熱に浮かされていたようで、よく覚えていません。ただひたすら感動に震え、与えられた局に畳を敷いて横たわり、あるいは、おずおずと長い廊下を進みながら、

「わたしは今、内裏にいる……」

繰り返し、そう呟《つぶや》いたことばかり思い出されるのです。

元旦詣《がんたんもう》での後などで、牛車の中から内裏を覗《のぞ》いたことはありましたが、低い身分の者たちが働くのを垣間見るのが精一杯で、まさか自分がその中に入れる日が来るなどとは、それまで想像すらできませんでした。

そのとき、わたしに与えられた局は、弘徽殿《こきでん》の細殿《ほそどの》です。

中宮様の御在所である登花殿《とうかでん》と、帝のおられる清涼殿の、間にある殿舎の局で、わたしの他に何人かの女房がおり、上司の女房がみなの管理をしていました。

わたしの最初の上司は、弁《べん》のおもとと呼ばれる、親切で頭の良い女性でした。

殿方のいる前で歌を披露するときは決まってあがってしまい、何をいっているのかわからないほど小声になるという少々焦《じ》れったいような奥ゆかしいところもありましたが、

右も左もわからないわたしにとっては、あれこれ教えてくれる有り難い存在です。

この「おもと」というのは、やや年配の女房を呼ぶときの名で、わたしは当初、父の最後の赴任先にちなみ、「肥後のおもと」と呼ばれていました。

女房の呼び名は、父兄や夫の官職がもとになるのが常で、このためどういった出自の女房か自然とわかるようになっているのです。わたしの場合、明らかに現在の夫よりも、亡き父のほうが宮中で名を知られており、

「あの肥後守の――歌人元輔の娘が、参内出仕したらしい」

といった噂は、ぱっと広がるもので、この呼び名であればこそ、わたしが何者か、貴人の方々にもわかってもらえるのです。

内裏の後宮に来て、わたしは改めて父元輔の歌名の高さを知って驚きました。

つまりは歌人として名高くとも出世はまた別の話ということを再認識させられたわけですが、初めて後宮に入ったわたしにとって父の評判を知るのは嬉しい反面、恐ろしいことでもありました。

「元輔の娘なら、こうしたことが得意なのではないか――」

と勝手に評価が一人歩きし、わたしがまだ何もしていないうちから、殿方も女房たちも、あれこれ試してやろうと待ちかまえているのには肝を潰《つぶ》したものです。

内裏にいるのだという感動でもはや胸がいっぱいのわたしは、自分を試そうとする人々に応《こた》えてやろうなどという気持ちはまったくありません。

それどころか、何かと物を知らず、恥ずかしい思いをすることばかりで、あるじの前にもなかなか出られず、しょっちゅう局の壁代《かべしろ》の内側に閉じこもって涙する日々でした。中宮様に仕える女房たちはみな若く聡明《そうめい》で、家格も申し分なく、綺麗《きれい》な方々ばかりです。

当時のわたしは、くつろいでいる時ですら皇家や貴人の方々の目に留まるよう、期待をもって堂々と振る舞う女房たちに、完全に気後れしておりました。

上司であった弁のおもとからして、わたしより五つも年下で、くせっ毛に悩んでしょっちゅう付け毛をするわたしの悩みなどとは無縁の、艶《つや》やかな髪の持ち主だったのです。彼女たちに比べれば、わたしは二十八歳という色褪《いろあ》せた中年の女に過ぎません。なんと場違いな存在だろうと自分を恨み、昼間人目につくことを嫌いました。そんなわたしにとって夜に参上することは、他に選択肢のない、仕方のないことだったのです。暗い廊下を辿って中宮様の御前へ参上しても、御帳《みちょう》や壁代に隠れ、縮こまったり腹這《はらば》ったまま顔を伏せたりし、上﨟《じょうろう》の女房に何か頼まれない限り、ひたすらじっとしていました。

小さく目立たず、そのうちお暇《いとま》を頂戴《ちょうだい》して去るまでの間、適当に過ごしていよう。恥をかかないためにはそうするしかない……その頃は本気でそう考えていたのです。

しかし宮中はそれほど甘い場所ではなく、特に中宮定子様の女房たる者に、そのような怠慢は決して許されないのだということを、わたしはほどなくして思い知りました。

五

「あそこの壁に隠れているのは、誰?」

中宮定子様が、だしぬけに問われました。

壁というのは壁代のことで、殿内の御簾《みす》の内側にかける布の帳《とばり》のことです。

そこに、わたしはひたすら這いつくばるようにして身を隠していました。

今思えばそんな部屋の端まで退き、べったり身を伏せていたのですから、茵《しとね》にお座りになっている中宮様からは、かえって目立って見えたことでしょう。

「肥後のおもとでございます、中宮様」

答えたのは宰相《さいしょう》の君と呼ばれる、若い怜悧《れいり》な女房です。

中宮様に侍《はべ》る人々の中でも、才ある女性といえばまずこの人、と評判でした。

と同時に、わたしにとっては義理の従妹《いとこ》にあたる方なのです。というのも宰相の君の父である藤原重輔《しげすけ》は、わたしの夫の父である藤原元輔の弟なのでした。

もちろん互いに面識もありましたので、宰相の君は、縮こまるわたしを遠慮なく面白がっています。

「こちらへ呼んで。絵など見てもらいましょう」

中宮様がわたしにも聞こえるようにおっしゃいます。宰相の君がわたしに近寄り、

「さ、お呼びですよ」

くすくす笑いながら短く言いつけました。

わたしは心の臓が口から転げ出るかと思われるほど動悸《どうき》がし、口の中でもごもごと要領を得ない返事をするので精一杯です。それでも呼ばれたからには行かねばならず、ひたすら顔を伏せながら、中宮様のおそばに参りました。

あるじはその年、十七歳。わたしより十一も年下とはとても思えない威厳と品格をお持ちの御方でした。

髪も黒々として長く艶やかで、容貌《ようぼう》は美麗そのもの、途方もない知性の持ち主。まさに美男で人品に優れた道隆様と、才媛と名高い貴子様のそれぞれの輝かしさを一身に受け継いだ御方なのです。

その中宮様が、他の女房たちに文机《ふづくえ》に絵を広げさせ、

「あら、この絵は、何という物語の場面だったかしら」

などと、わたしに優しくお尋ねになります。

「や……、あの……」

わたしが返答に窮するのを気にもなさらず、

「こちらの絵は、どの人が描いたものかしらね」

と、あれこれと絵について呟くようにお話しされるのです。

かねてからわたしが達者だと言われていたのは筆蹟を覚えることで、絵は今ひとつで

したから、なかなか答えることができません。そもそも模写が困難な絵を、自由に取り寄せて目にすることができるのは、貴人の中でも限られた人々の特権なのです。

わたしがそうたやすく答えられるとは中宮様も思われていなかったのでしょう。今思えば珍しい絵を見せることで、わたしの心を和ませようというご配慮だったのです。

しかし絵がよく見えるよう、宰相の君が高坏《たかつき》に火を灯《とも》したせいで、わたしはそれどころではなくなってしまいました。

高坏を逆さにして伏せ、台尻《だいじり》に灯火を入れて机に置くのですから、机自体が照り輝くような有様で、絵ばかりか机に侍るわたしの顔まで真っ向から照らされてしまいます。夜というものは万物をまた違うすがたに見せるもので、ほのかな灯《あか》りの中でこそ、わたしのような者も、よい気配をもって侍ることができようというものです。しかし、こうもはっきり照らされては、わたしのくせっ毛なども、かえって昼間よりはっきり周りにわかり、それこそ顔が火を噴きそうなほどの恥ずかしさでした。

しかし中宮様のまさに御前に侍り、じきじきに話しかけられては逃げ出すこともできません。じっと我慢して、なるべく灯りを意識しないよう、ほとんど意地になって絵を眺めていたものです。そうするうち、いつしか中宮様の語り口調に宥められるようにして、わたしはあるとき急に心がすっと和らぐのを覚えました。強《こわ》ばっていたものが湯の中で溶けるような、なんとも不思議な心持ちでした。

気づけばわたしは絵ではなく中宮様を見ておりました。袖《そで》からお出しになっていらっしゃる手がちらりと見え、その淡紅《うすあか》い梅色をした指のつややかさに、溜息《ためいき》がこぼれそうになったのを覚えています。

大変冷たい季節でしたので、炭火の温《ぬく》もりがかえって色づかせるのでしょう。

(なんという素晴らしい御方が、この世にいらっしゃるのだろう)

わたしは陶然とし、まさに現世で浄土に住まう御方を目にする思いでした。

一方で、中宮様はわたしのことをどう思われていたのでしょうか。

恥じ入るばかりで中宮様がお尋ねになることにもろくに答えられないわたしを、どうして情けなく思わず、内裏にふさわしくない者とみなさなかったのでしょう。

結論からいえば、中宮様は相手が誰であっても、そのようにお思いになることのない御方なのです。必ず、その人なりの才を発見し、柔らかに導いてしまう。その人自身に、その人ならではの華があることを悟らせる――。

それが、中宮定子様であるのだと、わたしはこののち繰り返し知ることとなるのです。

もちろんこのときのわたしには、中宮様からどのように思われているかと考える余裕すらありません。貴い人を間近に見た感動で目が覚めきっていましたが、しばらくすると今度は暁が近づくことに狼狽えていました。

なんとしても日の光のもとで侍るのを嫌がり、

「わたしは、そろそろ――」

早めに局に戻ろうと辞去しようとするわたしを、

「葛城《かずらき》の神も、もう少しいなさい」

中宮様は、そんなふうにお笑いになってとどめるのです。

葛城の神とは一言主神《ひとことぬしのかみ》のことです。役《えん》の行者が葛城と金峰《きんぶ》の山に橋を架けたとき、両山の神々が従ったものの、葛城の一言主神だけは己の醜いすがたを恥じ、夜にのみ働いたとか。

これが、内裏におけるわたしの最初の綽名《あだな》となりました。

女房として出仕する間、沢山の素晴らしい人々と出会いましたが、彼らがわたしに与えた綽名はどれも笑ってしまうような、あんまり名誉とは思えないものばかりで、思えばこの「葛城の神」が始まりだったのでしょう。

宰相の君などは眠そうな顔で、さりげなく引っ込んでしまい、わたしは暁闇《ぎょうあん》の中で顔を見られるのが恥ずかしく、伏して腹這いになったまま、もはや身動きもできません。

しかも女房たちの数が少なくなった分、中宮様からより多くお声をかけられるようになってしまいました。

格子をお上げすることもできず、いつしか御座所《おましどころ》の外に掃司《かもんづかさ》の女官《にょうかん》たちが現れ、

「どなたか、掛け金を外して下さい」

急《せ》くように声をかけてきます。

普段ならとっくに格子を上げているのでしょう。わたしはぎくりとしましたが、

「まな《ダメよ》」

中宮様がお止めになり、女房の一人におっしゃいました。

「葛城の神がいるから。もう少しそっとさせなさい」

女房が伝えると、女官たちはくすくす面白そうに笑いながら退《さ》がっていきます。まさかわたし一人のために中宮様がお気を遣って下さるとは意外や意外で、嬉しいやら恥ずかしいやら、ますます丸まって這い伏せ、どうにもしようがありません。

そんなわたしに中宮様はなお話しかけてきます。この絵は何をあらわしているのか、この手蹟は誰のものか、などとお尋ねになるのです。

当然、見たこともないものばかりでしたが、ひと晩がかりで話を振られ続けたせいか、ようやく受け答えをするのにも慣れ、間違いを覚悟で、あの詩の絵でしょう、あの方の手蹟でしょう、などと、一つ一つ答えてゆきました。何人かまだ残っている女房たちも、わたしの答えにうなずいたり、首を傾げたりします。

そうするうち、ふと中宮様が口をつぐみ、じっとわたしを見つめました。

その眼差《まなざ》しは黎明《れいめい》の中できらきらと輝き、何かを発見したような喜びをたたえています。

後になってわかったことですが、わたしは中宮様が尋ねる絵や手蹟について、一つとして間違わずに答えていたのだとか。

そのことに中宮様は驚かれたのでしたが、しかし本当に驚くべきことは、このときすでに中宮様が、いかにして、わたしの華を咲かせるか思案していたということなのです。

「では、この絵にふさわしい詩は何かしら」

　中宮様は、これまでとは違うことをお尋ねになりました。

　絵はまさに『白氏文集《はくしもんじゆう》』に納められた、香炉峰《こうろほう》の雪を描いたもので、わたしは何も考えずに、白居易《はくきょい》の詩を諳《そら》んじました。

「香炉峰の雪は簾《すだれ》をかかげて看《み》る――」

　というくだりで、思わず、閉じたままの格子をちらりと振り返ってしまいました。

　外では明るい日差しのもと、雪が降り積もっているはずです。なのに中宮様は、わたしのために、まだ格子と御簾とを閉ざしたままなのでした。

　詩を口にし終えると、中宮様がにっこりと微笑んでおっしゃいました。

「局に下がりたいのでしょう。早くお帰り。夜になったら、疾《はや》く来るのですよ」

　わたしは慌ててお詫《わ》びと感謝の言葉を述べ、そそくさと退出しました。

　すると待ちかねていた女官たちが、片っ端から格子を上げてゆきます。登花殿の御前は幅が狭く、開かれる格子に追いやられるようにして焦りながら進み、局に下がる直前、ふと内裏の雪景色に見とれていました。

　地上のあらゆる場所に降り注ぐ雪も、こうして貴い場所に降り積もることで、見たこともない輝きに満ちているようです。

　日中閉じこもってばかりで、この美しさを見ないのは勿体《もったい》ない。そんなふうに中宮様はわたしを諭してくれたのだ。そのためにあの絵を見せ、白居易の詩を口にさせたのだ。

このときわたしは、ただそう理解し、ありがたさに涙すらにじむのでした。

局に戻ったわたしを、同僚の女房たちが迎え、ねぎらってくれました。ようやく休めると思い、わたしはぐったりと自分の畳の上に横たわりました。ですがその昼すぎ、なんと、

「中宮様からですよ」

女房の一人が、文を持ってくるではありませんか。

見れば、どなたか筆が達者な女房が、中宮様のお言葉を優雅に記し、

「今日はぜひ、日があるうちに参上しなさい。雪に曇っていますから、姿があらわになることもありません」

わたしに、そう呼び掛けているのです。

中宮様が、ここまで下臈《げろう》の女房に過ぎないわたしを気遣って下さる理由など、まるでわかりません。わたしはむしろますます狼狽え、どうしても日中に参上できず、

「今日も、葛城の神がおこしね」

などと、夜にしか参上できないわたしを中宮様はお笑いになります。

そして昼になると、またもや中宮様からのお招きの言葉が伝えられる――ということが何日か繰り返されました。

それでも参上できないわたしに、とうとう上司である弁のおもとが腹を立て、

「見苦しい」

ぴしりと叱りつけました。

「そのように引きこもってばかりいるもんじゃあ、ありません。内裏ではいったいどれほど多くの女房が、御前に伺う許しも得られないまま働いていると思っているの。その中であなたは、本当に、呆気《あつけ》ないほどたやすく、中宮様に侍ることを許されたのですよ」

殿方の前では決まって緊張して小声になるはずの弁のおもとが、こちらが驚いてしまうほど、はきはきとした物言いで、真摯《しんし》にわたしを叱ってくれるのです。

わたしは思わず甘えました。

「でも……なぜ、わたしなどを、中宮様はお呼びになるのか、さっぱりわからないの……」

しょげ返って泣きつきましたが、

「中宮様にはそうお思いになられるわけがあるのよ。たとえお相手が中宮様でなくても、人の好意にそむくのは見ていて憎たらしいわ。そもそも、中宮様のご好意にお応えすることこそ、あなたの勤めでしょう。さあ頑張って。勇気を出しなさいよ」

弱気なわたしを、さんざんに責めたり励ましたりして、出仕をせき立てます。

年下の上司にこうまでいわれては、とにかく無我夢中の思いであるじにお応えするしかありません。わたしは内裏に参上したときと同じくらい怯えながら、ついに日がまだ明るいうちに中宮様の御前へ参上したのでした。

外は雪が深く降り積もり、日差しに輝いて、どこもかしこも明るい景色です。ですが参上したわたしは、常ならぬ様子の中宮様の御座所に驚きました。

中宮様は格子をすっかり閉ざしたまま、まるで夜であるかのように、炭櫃《すびつ》に火を熾《おこ》させ、女房たちにあれこれと話しかけているのです。

当然、御座所は薄暗く、さすがに真夜中のようではありませんが、確かにわたしの姿が昼間のようにあらわになることはありませんでした。

これもまた、わたしが来ると聞き知った中宮様のお気遣いなのでしょう。いったいなぜそこまで大事に思ってくれるのか、まったくわからないまま、わたしは中宮様への感謝でいっぱいになっていました。

ですが、違ったのです。

中宮様は、女房たちの話に耳を傾けていらっしゃったかと思うと、その話が一段落するや否や、ふいにわたしにその輝くような潑剌《はつらつ》とした眼差しを向け、

「清少納言《せいしょうなごん》」

とお呼びになったのです。

女房たちがきょとんとし、わたしも呆気に取られてしまいました。

本当に自分がそう呼ばれたのかどうか、咄嗟《とっさ》に問い返したい思いもありました。「肥後のおもと」というのがわたしの呼び名であったはずなのです。

しかし中宮様はこのときはっきりと、わたしの父の姓である「清原」、そしてわたし

の当時の夫の官職である「少納言」を重ねて、呼び名としたのでした。それはまぎれもなく、わたしの名であったのです。

しかも、「肥後のおもと」といった父兄の任地にちなむのとは異なり、「少納言」という官職での呼び方は、のちのちわたしを下臈としてではなく、それより上の、半ば中臈《ちゅうろう》の身分で扱うことを意味していました。

これこそまさに皇家の力であったのです。

人の運命を変えることのできる力。たった一言、その名を呼ばれただけで、わたしは不安を覚えながらも、気づけば痺《しび》れるような驚きと喜びに打たれていました。

「香炉峰の雪は、いかがかしら？」

続けて中宮様が口にされた問いかけに、わたしは胸中に火を熾されたような思いを味わったのです。

（このために、たびたびわたしを招き、格子を下げたままにしていたのか――）

このときようやく、わたしは、中宮様の御心を理解していました。

葛城の神、とわたしを呼んだときからすでに、中宮様はいかにして目の前にいる女房を開花させるか、という算段を講じていたのです。

わたしは熱に浮かされたような思いで、格子に歩み寄りました。いつも閉ざされているることを願っていたその掛け金を自ら外し、そして掃司の女官に呼び掛けました。

南面《みなみおもて》の一枚格子のほうが開けやすくはありましたが、わたしが選んだのは西面の二枚格子です。外の格子の上半分を女官に引き上げてもらい、それからわたしは、内側にかかる御簾を巻き上げ、高くかかげてみせました。

たちまち女房たちが感嘆の声を上げます。

当然のことながら、日差しがたっぷりとわたしの姿を照らし出します。それが、まさにあるじの願いであったことをわたしは卒然と悟りました。この瞬間、わたしは本当の意味で、中宮様のおられる後宮に存在することになったのです。

わたしが選んだ西面の庭には屋垣があり、その向こうには、雷鳴壺《かんなりのつぼ》と呼ばれる襲芳舎《しゅうほうしゃ》があります。その殿舎との間に広がる雪景色が清らかに輝いて、いっそうわたしの姿をあらわにします。南面だと、弘徽殿との間をつなぐ切馬道《きりめどう》に面し、雪景色の広がりは見えません。二枚格子のうち、下半分の格子をあえてそのままにしたのは、

「香炉峰の雪は簾をかかげて看る」

白居易の詩にちなみ、隙間から見るという体裁を、遊び心として示したかったからです。

「綺麗《きれい》な雪ね」

中宮様はそういって満足そうにお笑いになります。

他の女房たちも我に返ったように口々にわたしの行いを評しました。

「遺愛寺《いあいじ》の鐘は枕をそばだてて聴き、香炉峰の雪は簾をかかげて看る――」

「つまり、簾を上げて雪を見せよと、そういうことでしたのね」

「詩は知っているけれど、そんなふうにお答えするなんて考えもしなかったわ」

わたしを叱ってくれた弁のおもとも、

「中宮様にお仕えする人は、まさにこうあるべきね」

率先してわたしを優れた女房として称《たた》えてくれたのです。そうかと思えば、

「葛城の神が、やっと顔を出しましたよ」

宰相の君が、いつもの怜悧な微笑を浮かべ、そっと中宮様にささやくのが聞こえました。

わたしはこのとき、自分がこれまで閉じこもっていた格子を、自ら引き上げさせられたことに、いいしれぬ喜びを感じ、身震いする思いでおりました。

わたしを羞《は》じらわせず日の下に出させるだけでなく、同時に、わたしの中で蓄えられる一方の、睡《ねむ》るだけだった漢詩の知識を、機転として披露することを覚えさせる——。

それはまさに、人に華を教えるということでした。その人ならではの華があることを、そしてまたその華が披露するに値するということを、その人自身に教え、導くのです。

まさにわたしはこのとき、

「清少納言」

中宮様がお与え下さった名のもとで、自分の中に隠れていた華の一端を見出《みいだ》したのでした。

こののち、わたしは自分でも不思議に思うほど、大勢の女房たちの前でも堂々と振る

舞えるようになっていきました。ですが、このときわたしは、わたし自身の華を知った喜びにばかり震えていたのではありません。

それ以上に、中宮様という御方を知った喜びに打たれていたのです。

藤原定子様——僅《わず》か、十七歳。

その若さにしてすでに、人を見抜き、導き、そしてその才能をその人自身に開花させるという、優れた君主の気風と知恵とを身に備えておいでなのでした。

(なんという御方がこの世にいるのだ——)

この世の浄土たる内裏において、わたしはこの比類無きあるじと出会わせてくれた天命への喜びと感謝に、ただ震えるばかりでした。

六

中宮様のお心遣いのお陰で、文字通り日の当たる場所にも出られるようになったわたしですが、やはりまだ気後れしてしまうことが多々ありました。

新参者がただちに馴染《なじ》めるような場所であるはずもなく、気軽にくつろぐことなど到底できず、常に衣服はしっかり着込んでおりましたし、わたしより立場が上の女房たちの前では遠慮して発言することもままなりません。

とりわけ貴人の殿方がいらっしゃるときなどは、姿を見られることが恥ずかしく、なんで身の程も知らず内裏の女房になどなってしまったのだろうと後悔したものでした。しかも女が引きこもろうとすればするほど、かえって面白がって表に出そうとする方もいらっしゃるのです。

中でも、中宮様の兄君である伊周《これちか》様が、そうでした。

「香炉峰の雪」を中宮様にご覧になっていただいてのちの十一月のはじめ頃のことです。中宮様は午《うま》一刻の膳《おもの》(午前十一時の朝食)をお済ましになると、わたしたちのいる廂《ひさし》の間《ま》近くにお座りになりました。

中宮様は白い御衣《みぞ》に、紅の表着《うわぎ》を羽織り、濡《ぬ》れたように黒々とした髪が衣にかかって、たいそう美しいお姿です。このような美しさは、人が想像で描く美人画でしかお目にかかれないものだ――と思っていたわたしは、中宮様のお姿を目にするたび、まるで夢でも見ているような思いに襲われるのでした。

食膳の席では、陪膳《ばいぜん》のお役目にある上臈たちが、しずしずとお膳を下げて女蔵人《にょくろうど》に渡しています。怜悧な態度で取り仕切っているのは、やはり宰相の君です。上臈の中でもやや年上の二十四歳でしたが、それでもわたしより四つも若いのです。義理の従妹として親しみがある分、彼女の堂々とした態度には感心しっぱなしでした。

上臈には他に、上品な作法について誰よりも詳しいと評判の中納言《ちゅうなごん》の君がいます。彼女の父君は、関白道隆様の叔父《おじ》である右兵衛督《うひょうえのかみ》こと忠君《ただきみ》様です。またさらには美貌で知られた小若君《こわかぎみ》もいて、みなつつがなくお勤めをこなしています。

御前では炭櫃にたっぷりと火を熾していましたが、そのそばには誰もおらず、次の間の長炭櫃の周囲に、中﨟より下の女房たちが勢揃いしていました。

わたしの上司である弁のおもとは始終にこやかに、中宮様へのお手紙を取り次いだり、お言葉を頂戴して代筆を指示したりと忙しげです。

不器用で初々しい小兵衛《こひょうえ》や、愛嬌《あいきょう》いっぱいの右京《うきょう》、いつも冷静で斜に構えたところのある右衛門《うえもん》など、わたしよりずっと若い女房たちが他にも大勢いて、立ったり座ったりと堅苦しさのない軽快な身ごなしでした。

わたしが新参者として隙なく着こなそう、上品にしていようと窮屈な思いでいるのをよそに、みなのくつろいだ出《い》で立ちや、伸びやかな様子が、大変うらやましく感じられたものです。

奥のほうでは、中宮様に整理など言いつけられたのか、何人か集まって絵などを見ています。今こうして思い出すだけでも、みな実に優雅で、個性的な女性たちばかりでした。

女房たちは、次々に良い条件を求めてあるじを変えてゆく「渡り」が普通で、内裏も例外ではありません。もちろん中宮様にお仕えするのは大変名誉なことですが、ただそれだけでは、父君の道隆様にどれほど権勢があっても、なかなか華やかになるものではなく、人もいつかないものでした。

なのに多くの名家の、それも才媛と称された方々が望んで侍るのは、ひとえに中宮定子様の魅力と手腕が――女房たちに華を持たせる心遣いが――きわめて優れているからなのです。

そんな女房たちが、あるとき一斉にざわめき出し、わたしをぎょっとさせました。

――おー、しー。

という鋭い先払いの声が、登花殿の廂の向こうから聞こえてきたのでした。

もちろんこれは貴人の到来を告げる声で、

「殿がいらっしゃるようですね」

宰相の君が、中宮様にそっと告げます。

殿といえば関白道隆様以外にありません。みな何かを言いつけられる前に、すぐに片付けを始め、

「疾《はや》く、疾く」

弁のおもとが女房たちを急かします。十代の小兵衛や右京などは、真に受けてずいぶん慌ただしく動きますが、

「はい、はい」

生返事をしながら淡々と従うのは右衛門で、焦ったところでどうなるものでもないという態度が、わたしには好ましく感じられたものです。それでつい右衛門に、

「どうにかして局に戻ってしまえないかしら」

弱気なことをこっそりささやきました。もし弁のおもとに聞かれていたら、きっとま

た「見苦しい」と叱られてしまったことでしょう。

右衛門も内心では同じように思ったのでしょうが、

「何を言うの。せっかく殿がいらっしゃるのに。見ないのは勿体ないわよ」

けろりと笑ってそそのかすのでした。

わたしはそれでも局に下がろうと考えましたが、身軽に動ける出で立ちではありません。どうにか奥に引きこもったものの、やはり右衛門の言う通り内裏の貴人を見たいという思いは強く、ついつい几帳の隙間からちらちらとのぞいておりました。

見れば、参上なさったのは道隆様ではありません。その本妻である貴子様のご長男、つまり中宮様の同腹の兄君である伊周様です。

伊周様は、このとき二十歳の若さで、すでに権大納言という高位にありました。

これは当時、中宮様づきの大夫として宮司《みやづかさ》を束ねる道長様と、同じ官職だったのです。飛び抜けて若い伊周様が、名だたる叔父たちに並び、あるいは飛び越して昇位したのも、全て道隆様の意向であったのですから、その権勢のほどがわかろうというものです。

その日、伊周様は紫の指貫《さしぬき》と直衣《のうし》という出で立ちでした。紫は皇家につらなる者にしか許されない禁色《きんじき》です。この紫の装束が、真っ白い雪に映えるさまは、なんとも艶《あで》やかで、万人の目を奪わずにはいません。

伊周様はそのお姿で、廂の柱に背を預けるようにしてお座りになり、

「昨日今日と、物忌《ものい》みでしたが、雪がずいぶん降ったので、中宮様のご様子はいかがか

と気掛かりでしてね」

にこやかにおっしゃると、中宮様も微笑まれて、

「道もなし、と思いましたのに、よくぞお出で下さいました」

「感心なこととご覧になるかと思いまして」

伊周様はお笑いになったものでした。

お二人とも、今は亡き歌人、平兼盛《たいらのかねもり》様が、

山里は雪降り積みて道もなし
今日来む人をあはれとは見む

と詠んだ歌をもとに会話をしているのでした。

道が隠れてしまうほどの雪が降る日にわざわざ来訪してくれる人をこそ、大切に思おう。そのような歌を、日常の何気ない挨拶《あいさつ》に織り込んでしまう。そういう当意即妙の華こそ、中宮様やその御一族の魅力なのです。

伊周様も、中宮様の華に気後れすることなく堂々とお応えしていらっしゃいます。そんな、物語でしか読めないような会話を現実に聞いたわたしは、すっかり夢中になってのぞき込んでいました。

几帳の陰に隠れたわたしをよそに、女房たちがさっそく伊周様をもてなし、口々に冗

談を言います。伊周様の言葉にも、恥ずかしがることなく応え、笑い合う女房たちの様子は、どこか遠い世界の出来事をのぞき見ているようでした。かえってわたしのほうが緊張し、顔がほてったり、目のくらむような思いをしたりと、大いに恐縮するばかりです。

「おや、御几帳の後ろにいるのは誰だ？」

ふいに伊周様が問いかけ、わたしを仰天させました。女房たちも面白がってけしかけたのでしょう。伊周様が立ち上がり、なんと真っ直ぐわたしのいるほうへ近づいてきます。

さすがに他の場所が目的に違いない。わたしのところへなどいらっしゃるわけがない。手に汗を握りながらそう思っていたにもかかわらず、伊周様はわたしのすぐそばにお座りになると、

「君が清少納言か。元輔の娘の噂は、いろいろと聞いている」

などと話しかけてくるではありませんか。

わたしはうろたえ、慌てましたが、逃げることもできず、要領を得ない返事をするのが精一杯です。なのに伊周様はさらにあれこれ話しかけ、まだ参内する前のわたしがなにがしの手蹟を言い当てたとか、誰それに対する手紙の歌が評判になったとか、どこで聞いたかわからないような噂についてお話しになるのです。

伊周様といえば、帝の行幸に供奉《ぐぶ》する方で、わたしからすれば行列を見物する際にち

らりと見えるだけでありがたい存在でした。

あれがかの貴公子かと牛車の中で胸ときめかせるばかりで、逆に、伊周様がこちらを向こうものなら、万一にもわたしなどの姿を見られないよう慌てて牛車の簾をふさぎ、扇で顔を隠すのが常でした。

そんなわたしが几帳に隠れることもできず、呆れるほど間近に伊周様と顔を合わせるのです。身の程知らずにも出仕している自分を恨み、緊張に汗が出るばかりで、とても当意即妙に返すことなどできはしません。

かと思えば、ゆいいつの顔を隠すすべである扇まで、伊周様がひょいと取ってしまい、

「ふうん。良い絵だ。誰に描かせたのだね？」

などと、こちらの美意識を試すようなことを尋ねてきます。

知りません……、とか細い声で答えても、なかなか扇を返しては下さいません。わたしの顔を隠すものは髪と袖だけです。髪も貧弱なくせっ毛で、袖を押し当てた頰も白粉《おしろい》がまだらになって、さぞ見苦しい有様だったことでしょう。

情けない目に遭っているわたしを、中宮様がさすがに哀れにお思い下さったか、

「大納言殿、これをご覧になって。どなたの手蹟でしたかしら」

伊周様をお呼びになり、わたしから遠ざけようとして下さいます。

「こちらへ頂戴して拝見しますよ」

ですが伊周様は一向に動きません。

「まあまあ、どうぞこちらへ」

なおも中宮様がお呼びになりますが、

「清少納言が、わたしをつかんで放さないのですよ」

呆れたことに伊周様がそんなことを言うので、女房たちがさざめき笑いました。

いかにも今風な若い男性の物言いですが、相手が同じくらいの年齢の女房ならまだしも、わたしのような三十路《みそじ》に近い者にとっては、ただただ不釣り合いで気まずく、恥ずかしいことこの上ありません。

中宮様は、女房たちに言って手箱から冊子を出させ、伊周様に見せますが、

「はて、誰の手蹟でしたかな」

それすらも伊周様ははぐらかし、

「清少納言に見せましょう。彼女なら、世の手蹟を全て知っているとか」

どうにかしてわたしに返事をさせようと、そんな無茶なことまで言うのです。

こんなふうに一人の殿方ですらもてあまし、満足に返答できないのに、

——おー、しー。

なんと新たな先払いの声が聞こえ、わたしをぎょっとさせました。

「今度こそ、関白様でしょう」

宰相の君が告げた通り、中宮様の父君である道隆様がいらっしゃったのです。

「ご機嫌麗しゅう、中宮様。おや、大納言は、どこの姫君につかまっているのかね」

道隆様は常に明るい軽口を叩《たた》いて人を魅了することで知られています。けれども、このときのわたしにとって、それはもはや軽口などというものではありません。内裏筆頭の御方の言葉なのです。困惑が衝撃となって気が遠くなりそうでした。

「清少納言に、どうにかして返事をさせようとしていたのですよ」

伊周様がおっしゃり、道隆様がお笑いになりながら近づいてくるさまは、もはや人の情など超越した、神仏の化身か何かが迫ってくるように思われたものです。

結局このあとすぐ、中宮様のお気遣いでようやく解放されたわけですが、このように勤めはじめの頃は実に手ひどくからかわれ、ただ惑乱し、この先やっていけるのかと不安になってばかりいました。

それでも出仕を辞めなかったのは、やはり内裏への恋心があったからでしょう。ゆかしき場所をまだ離れたくはないと心が訴えていたのです。それに、貴い方々がまさかわたしに華を持たせようとして下さるとは、驚きであり、ときに耐えがたい重荷でもありましたが、やはりそれは望外の幸福であったのです。

七

とはいえ不思議なもので、しばらくすると日々怯えていたわたしですら、だんだんと内裏に慣れてゆきました。

きっと多くの女房たちも、わたしのように戸惑いながら内裏というこの世の浄土を受け入れていったのでしょう。神仏の化身に見えた方々も、やがてみな人間であるのだと思えるようになっていったのです。

人間としての伊周様は、中宮様とは違う意味で、ご両親から良いところを受け継いだ方でした。当代きっての漢文の名手であり、その機転をもって朗らかな笑いをもたらす。その気位の高さゆえに、若さに似合わぬほど高位の官職を授けられても、いささかも気後れするところがありません。そしてそれゆえ憎まれ、恐れられた方でもありました。

今でも真っ白い紙の束を見ると思い出します。

あるとき伊周様がとても上等な紙を、帝と中宮様に献上なさったときのことを。そしてその紙を、中宮様がわたしに授けて下さったときのことを。

わたしがそれを受け取った瞬間を。

中宮様と伊周様が微笑ましげに過ごされていた日々の中でも、それは特別な光景としてわたしの心に焼き付き、気づけば何度も何度も思い出しているのです。

紙と、中宮様と、伊周様――これらがわたしの中で、どれほど分かちがたく結びついているかを思い知るにつけ、どうしてもある考えが湧いてくるのです。

もし伊周様がいなければ中宮様のお暮らしはどう変わっていただろうかと。

果たして伊周様がいなかったら、わたしは『枕』を書いていただろうかと……。

確かなことは、伊周様もまた内裏の華であったということです。才能と優雅さを躊躇《ちゅうちょ》なく披露するさまは、関白の後継者たる誇りに満ちておりました。

どれほどの高位を賜っても当然のように受け入れ、良くも悪くも人の目を惹かずにはおかない。その思うがままの振る舞いゆえに、敬意と憎しみとを等しく御身に集めてしまう。それが伊周様の華でした。

八

ようやく中宮様の御前で働けるようになったものの、当時のわたしは、まだまだ内裏の荘厳さに驚きっぱなしでした。

伊周様にさんざんからかわれてから、しばらくのちのことです。やがて十一月になり、内裏は五節《ごせち》の頃を迎えました。

帝と朝廷にとって大変重要な神事である新嘗祭《にいなめさい》、そしてそのあとには、豊明節会《とよのあかりのせちえ》が催されるのです。

新嘗祭は、秋の収穫を天地の神に捧《ささ》げるもので、神嘉殿《しんかでん》で行われます。「とよのあかり」、つまり酒に酔って顔が赤らむわけで、酒宴をこう呼ぶのです。

新嘗祭や豊明節会では、選ばれた四、五人の舞姫が、五節の舞を披露します。

舞姫は、公卿《くぎょう》や殿上人、女御《にょうご》などが選出した、十三歳前後の若い娘たちで、「少女《おとめ》」と呼ばれていました。

五節の頃は宮中がひときわ華やぎます。灯火や炭焚《た》きなど火を司《つかさど》る殿司《とのもづかさ》の女官たちは、下臈の中でも花形とされていますが、五節の頃は特に色とりどりの幣《しで》を髪留めにつけるなどして、いっそう煌《きら》びやかに存在を示すのです。

殿中のどこでも女たちはしゃれた姿で座り、殿上人たちは直衣を肩脱ぎにしたお姿で拍子をとって歌や詩を朗詠し、五節の舞姫たちがいる局の前を練り歩いたりします。

宮仕えにすっかり慣れた人々ですら心ときめかせるのですから、新参のわたしなどは天界の祭礼にでも紛れ込んでしまった心地で、ひたすら陶酔しておりました。

丑《うし》・寅《とら》・卯《う》・辰《たつ》の日の四日間にわたって続き、一日目の夜には、後宮の常寧殿《じょうねいでん》で舞姫たちが帝の御前で初めて試演する、帳台試《ちょうだいのこころみ》があります。

大勢の方々が、今年の舞姫たちをいち早く見たがりますが、行事の進行役を務める蔵人たちが、堅苦しく咎《とが》め、しっかり戸を押さえています。

「どなたも入らないで下さい。不公平になりますから。絶対に入らないで下さい」

わたしも、さすがに今ここで舞姫を見るのは無理だと思いましたが、宰相の君はいつもの怜悧な調子で、

「さ、行きましょう」

平然と告げたものでした。すると中納言の君を先頭に、中宮様づきの女房たちが、一斉に舞姫たちのいる間へ入ってゆきます。

わたしをふくめ二十人以上もおり、

「これは……、いやはや、どうにも参った」

　蔵人たちはみな呆気に取られて棒立ちになっています。

　その隙に、舞姫の付き人たちまでもが、ぞろぞろと入ってしまいました。

　厳《いか》めしい顔で戸を押さえていた蔵人たちが、咎めることもできずにいるのが滑稽《こっけい》で、わたしや右衛門などは忍び笑いをこらえるのに必死になっていたものです。

　帝の御前で失礼なのではという不安もありましたが、まだお若い一条帝は、この様子をかえって面白がり、鷹揚《おうよう》に試演の見物をお許しになられたのでした。

　中では可愛らしい舞姫たちが、眠たげな顔で座っています。朝から参内の準備をし、夜までずっと重く着慣れない衣裳《いしょう》を身につけているのですから疲れて当然です。中には帝の御前であるにもかかわらず、眠気に耐えかねて目を閉じてしまっている舞姫もいましたが、その可憐《かれん》な様子を誰も咎めようとはしませんでした。

　二日目の寅の日は無礼講であるため、ひどく騒がしくなります。

　清涼殿で舞姫が舞う直前、帝の御前で盃《さかずき》をたまわった殿上人たちが、後宮に設けられた五節の局を練り歩くのです。帝が神事を司る鎮魂祭《たましずめのまつり》が行われ、中宮様も清涼殿の控えの間である上の御局におられます。

　三日目の卯の日に新嘗祭があり、舞姫に付き添う童女《わらわ》たちを帝が御覧になる儀があります。

　舞姫とその付き人にとっては、三日にわたる厳しい予行演習です。初めて内裏に参上する少女もおり、その緊張と疲労はどれほどでしょう。試演が終わるや否や気を失って倒れ、蔵人に背負われて退出する少女もいるという話でした。

そうして四日目の辰の日、いよいよ五節の舞が披露され、豊明節会が催されました。

四人の舞姫のうち一人は、中宮様がお選びになった右馬頭《うまのかみ》の娘です。のちに「中将《ちゅうじょうの》典侍《ないしのすけ》」、あるいは「馬の中将」とも呼ばれ、評判の上臈として活躍しますが、このときはまだ十二歳のいかにも初々しい少女でした。

彼女が常寧殿から紫宸殿《ししんでん》の座へ参上する際、付き添いの童女たちや付き人たちと一緒に、わたしたち中宮様の女房たちもついてゆきます。

そしてこの送迎について、特に中宮様から厳しく言いつけられていましたので、気後れして引き下がってしまいたいわたしのような女房も同道しなければなりませんでした。

なぜ中宮様がそのようにおっしゃるのか、わたしや右衛門などは不審に思ったものです。

そしてまさに五節の舞の直前、その意図が明らかになったのでした。

なんと女房たち全員に、いきなり青摺《あおずり》の祭服が与えられたのです。白い布に藍《あい》で草木鳥の紋様を摺りだした小忌《おみ》の衣で、もちろん本来は神事に仕える男性の衣です。

本来の祭服とは異なり、艶だしをした白い布に、草木鳥の紋様を描き染めにし、胸元を赤紐《あかひも》で結び下げて重ね着するのですが、これを二十人からなる女房たちに加え、舞姫の童女たちも身につけました。

そうしてわたしたちが紫宸殿の座に到着し、青摺の祭服姿で簾際に居並ぶと、殿上人をはじめ帝までもがどよめきました。本来の小忌の公達《きんだち》も、

「小忌の女房とは」

と口々に感嘆の声を上げたものです。

これこそ中宮様が当日まで厳重に秘した、とっておきの華だったのです。

小忌の衣のお陰で、かえって誰もがなまめかしく見え、美しい童女たちも、それまでにも増して魅力を放っていました。

中宮様は、舞姫をただ献上するのではなく、その花道を女房たちに飾らせ、しかもあえて神事の祭服を用意させたのです。ただでさえ色とりどりの彩色に満ちた行事に、さらに華やかな衣裳を加えるのではなく、逆に落ち着きのある男装の女たちを、ずらりと並べることで、驚くべき鮮やかさを出現させてしまう。なんという非凡な発想かと、わたしたち女房のみならず見る者全てを驚嘆させたのでした。

人々の予想を覆し、常に清新な趣向をもたらす。そうしながら、決して場を乱さず、むしろ新たな習慣であるかのように人々に受け入れさせてしまう——。

それが、まさに中宮様の華であったのです。

わたしはこの趣向に興奮し、こんな自分が、今まさに中宮様の華の一端を担っているという喜びを初めて抱きました。もちろん人前で注目を浴びるのは相変わらず大変恥ずかしいことでしたが、大勢が同じような姿でいるのですから心強いものです。

それまでに比べずっと堂々と座るわたしの近くで、

「……恐ろしい御方だ」

ふと、そんな低い呟きが聞こえました。

振り返ると、簾際の柱のそばに道長様が立ち、帝や殿上人のほうをじっと見ています。

このとき道長様は、中宮職の大夫として、わたしたちや宮司を管理する立場にありましたので、上臈の女房たちに話があって、すぐ近くにいたのでしょう。

道長様は、振る舞いや出で立ちに非常に気を遣う方で、派手というより意外な存在感を示すことを好むなど、中宮様と似た気質でいらっしゃると思うことがしばしばありました。

であれば中宮様のお気持ちを汲《く》み取ることに長けているかと思いきや、聞くところによれば道長様は中宮職を道隆様から命じられたことが不満で、ひどく怠けがちだったとか。

事実、このときわたしは道長様が大夫として、中宮様の趣向が首尾良く成功したことを喜んでいるようには見えませんでした。

ではどう見えたか……。わたしの目には、むしろ戦慄《せんりつ》しているようで、なぜか見てはいけないものを見てしまった気持ちにさせられたものです。

しかし気づけば道長様は表情を消し、こちらに背を向け、ご自身の席へ戻ってゆきました。わたしもこのとき道長様の態度について深く考えることはありませんでしたし、すぐにそれどころではなくなりました。

並んで座っている女房の一人が、

「どなたか、これを結んで下さい」

と言い出したのです。四人ほど向こうに座る、若い小兵衛が、ほどけてしまった赤紐を結び直そうと、不器用そうにもじもじしています。

そして、てっきり近くの女房が助けてあげるものと思っていたところへ、だしぬけに殿方が近寄ってきました。

「どれ、お見せ下さい。わたしがやりましょう」

わたしはその聞き覚えのある声に、どきりとしました。

(実方様――)

その昔、小白川のお屋敷で催された法華八講に、わたしが参上したときと変わらず、あちこち忙しげに動き回っていました。とはいえ、このときすでに従《じゅ》四位上の右近中将という位にあり、わたしと知り合った頃に比べ、ずいぶん出世していました。

小兵衛がどぎまぎするのも構わず、実方様は、やけにゆったりとした所作で紐を結び直しています。わたしはすぐに、その目論《もくろ》みに気づきました。こういうとき実方様は、あえて注目を集めようとすることを、わたしは知っていたのです。

果たして小兵衛が御礼を述べることもできず恐縮しているのへ、

あしひきの山井の水は氷《こお》れるを
いかなるひもの解くるなるらむ

実方様が、朗々と歌を詠みかけました。

山の湧き水が凍るほどの冬と同じく、あなたはわたしに打ち解けてくれないのに、いったいどういう氷《ひ》も解け、この紐も解けたのでしょう——。

わざわざ人目の多い場所を選んで、行為に即した歌を詠む。それが昔から変わらない、実方様の華であることをわたしは思い出していました。特に、恋にまつわる歌は必ずといっていいほど、「場面」を作って演出したがったことを。

のちのことですが、あるとき花見の会で雨に見舞われた際、実方様はあえて花の下で雨宿りをし、濡れながら歌を詠んでみせたそうです。

そしてその際、これまたのちにわたしと親しくなる藤原行成《ゆきなり》様という殿上人から、

「歌の見事さはともかく、やっていることは、あほらしい」

などと評されたことで実方様は恨みを抱き、ついには宮中で罵《のの》り合うことになったとか。

それはさておき、このとき小兵衛は、名のある歌人から歌を詠みかけられたのです。しっかり応じねば中宮様の女房として不甲斐ないと悪評が立ちかねません。そばにいた中宮職の宮司たちが緊張の面持ちとなり、小兵衛の返歌を今か今かと待ちかまえてい

ます。

いくら才能のある女性でも、まだ若い上に、これほど大勢の人が聞いている場で自然と歌を返せるものではありません。肩を丸めて青い顔になる小兵衛を、宮司たちが急かし、ついには仏の加護を祈って、ピシリと指を鳴らす始末でした。

その様子があまりに気の毒でしたので、わたしは代わりに返歌を考えつくと、こっそり上司の弁のおもとに耳打ちしました。

うは氷あはにむすべるひもなれば
かざす日かげにゆるぶばかりを

水面《みなも》に浮かぶ薄《うす》ら氷《ひ》のように、あえて軽く結んでおいた紐なのですから。日が差せばすぐに解ける氷のように、蘿《ひかげ》（ヒカゲカズラのつる）をかざす小忌の公達に会うと、すぐに解けるのです――。

こうした歌は、少し離れた場所にいる者のほうが、心苦しさがない分、返しを思いつきやすいものです。それにわたしにとって実方様へ歌を返すことは、たやすいことでもありました。

かつて――。

二人目の夫を持つ以前、わたしがひどく苦しい恋をした相手こそ、この実方様だったのですから。

弁のおもとは、わたしから歌を聞き、若手を助けるべく返歌を告げようとしました。ですが、これまた宮司たちがやきもきすることに、弁のおもとは仕官の経験を積んでいるのとは裏腹に、殿方の前ではどうにも緊張するたちなのです。

しかも相手が実方様一人ならともかく、そばにいる殿方がみな返歌を待ち構えており、道長様でさえ、わざわざ戻ってきて、わたしの近くに立って耳をそばだてます。

弁のおもとは緊張のあまり、それはもう消え入りそうな声で、ぼそぼそとわたしの歌を口にしました。宮司たちがいっそうせわしく指を鳴らして仏の加護を祈り、情けなさそうに呟きました。

「せっかく清少納言が代歌を作ってくれたのに……」

道長様がわたしを振り返り、御簾越しに、しげしげと見つめてくるのがわかって、思わず身をすくめました。

ほどよきところで引き下がろうとしていた実方様も、急に勢い込んで、

「なんですって？　なんとおっしゃった？」

御簾に耳を押し当ててまで、歌の子細を聞き出そうとするのです。

わたしはそんな実方様の態度に、嬉しいと思うより、呆気に取られてしまいました。

かつて恋をした女から、思いもよらぬところで歌を返された。そのことが実方様に、執着を覚えさせたのだということを、わたしだけが悟ったのです。

そしてこのとき、それこそ過去の恋の苦しみが氷解するように、わたしは急に気分がすっきりするのを感じました。夫を再び持ち、父が亡くなり、この世の浄土たる内裏を知り、中宮様の素晴らしさに感動する――そうした経験が、わたしの心を大きくし、悲しい恋を人知れずしまっておける場所を作ってくれたのでしょうか。

結局、いよいよ五節の舞が披露される頃合いになり、実方様はついに返歌を聞き取れぬまま席に着かざるを得ませんでした。それで良かったのだと気楽に思い切ってしまえる自分を、過去のわたしが、どこか遠くから不思議そうに眺めているようでした。

道長様も再びわたしに背を向けて立ち去り、みな着座してのち、舞姫たちが演舞の舞台へ上がりました。

三夜にわたってわたしもその試演を見てきましたが、やはり改めて見ると、かの僧正遍昭《へんじょう》の歌を思い出さずにはいられませんでした。

あまつ風雲の通ひ路吹きとぢよ
をとめの姿しばしとどめむ

天の風よ、雲の通い路を閉じておくれ。美しい乙女たちの姿は今しばらくとどめたいから……そう詠んだ思いに、わたしもすっかり共感したものです。

やがて五節の舞はつつがなく終わりました。どの少女たちも緊張と疲労で倒れることなく、そのまま退出してゆきます。

「小忌の女房」であるわたしたちも舞姫の後について、紫宸殿から仁寿殿《じじゅうでん》を通り抜け、清涼殿の縁側から、弘徽殿の上《うえ》の御局に参上しました。

そこへ中宮様もいらっしゃって、みなに微笑みかけました。

「素晴らしい五節でしたね」

その笑顔は華であると同時に、それこそどんな氷をも解かしてしまう日輪のようでした。

わたしは自分が誉められたわけでもないのに、誇らしさで身が熱くなり、思わず物陰で手を合わせたものです。そうして、このあるじに出会わせてくれた神仏と、わたしを同じ世に生み出してくれた宿縁に、改めて感謝の念を献《ささ》げるのでした。

九

十一月の五節の頃を経験してのち、めくるめくような日々が過ぎていきました。

内裏はまさに行事の宝庫で、日本のあらゆる国々が倣うところなのです。

十二月は、御仏名《おぶつみよう》があり、また内侍所《ないしどころ》の御神楽《みかぐら》があり、そして大晦日《おおみそか》には悪鬼を追い払う追儺《ついな》の行事が催されます。

追儺の行事では四つの目を持つ黄金の仮面をかぶった黒衣朱裳の方相氏《ほうそうし》が、紺の衣の従者二十人を率い、盾《たて》を矛《ほこ》で打ち鳴らして鬼を払います。この恐ろしくも楽しい行事は、さながらこの世の浄土である内裏の中に、地獄をもあらわすようで、わたしたち女房は、どきどきしながら手に汗を握って見物するのが常でした。

一月はとみに行事が多く、元旦や、雪間の若菜摘み、七日には勇壮な白馬《あおうま》の節会《せちえ》があり、そののちは種々の官位が発表され、女も叙位があるため大変賑《にぎ》やかです。踏歌《とうか》の宴もあれば、賭射《のりゆみ》もあり、数日おきに宴が催され、そのたびに内裏の華はいったいいつになれば一通り見終えるのかと気が遠くなる思いがしました。

それでも一月が終われば華やぎも一段落します。これでやっと、この世の浄土のうち冬の季節のものは存分に見ることができた……そう思った矢先、今度はさらに途方もない華の中に投げ込まれることとなったのです。

その年の二月、梅の花がほころび、わたしは桜が咲くのはいつの日かと待ちかまえておりました。仲の良い女房の右衛門から、

「春は花を賭《か》けるからね」

と言われていたからです。

これは花や歌を競い合わせたり、桜の枝を賭けて碁を打ったりと、女房同士の遊技が盛んになるということです。

碁は得意でしたし、競い合うときは上臈も下臈もなく勝者があるじから褒美を賜るのですから、わたしも右衛門や右京の君など若手と一緒になって練習に余念がありません

でした。

また、二月といえば読経《どきょう》の季節です。

内裏では盧舎那仏《るしゃなぶつ》をまつり、寺々から僧を呼び寄せ、紫宸殿や清涼殿で大般若経《だいはんにゃきょう》を読経させ、国と帝の安寧を祈願します。僧は百名を超えることもあり、浄土に焦がれる思いを抱く身としては、その光景を見るだけで多大な御利益があるに違いないと思われるほどの荘厳さです。

内裏の読経に合わせて、京の様々なお屋敷でも様々な読経や供養が営まれます。

そしてこの年の二月、関白道隆様もまた、仏事を営むことをお決めになったのでした。

しかも、まさに右に出るもののない壮大さで。

道隆様は、北の吉田野にある積善寺《さくぜんじ》を、京の東の法興院《ほうこういん》に移させ、これを御願寺《ごがんじ》とされるよう帝に奏請しておりました。御願寺というのは、帝の御願を特に修法する寺で、皇家を檀越《だんおつ》とし、また帝が譲位なされてのちの居住の地となるのです。

この積善寺で営まれる仏事に、中宮様も参加されることから、わたしたち女房陣も大挙して内裏を出ることになりました。

行き先は、道隆様のお屋敷である東三条院の隣に、中宮様のために建てられた、二条の北宮《きたのみや》というところです。

二月六日、わたしたちは内裏を出発しましたが、ここで少々、揉《も》め事が起こりました。女房たちがみな乗車の順番を守らず、我先にと乗り込み騒ぐので、わたしや右衛門などは、どうにも見苦しいと感じ、ついていけません。

「祭の行列みたい。車が倒れてしまいそう」

わたしがぼやくと、右衛門も白けた顔でうなずきました。

「ま、のんびり行きましょう。車がなくて御前に上がれないときは、きっと中宮様にお知らせがいって、他の車を寄越して下さるわよ」

そんなわけで、わたしと右衛門が後ろに下がっている間、女房たちはそれはもう押し合いへし合いしながら出発していきます。

「これで全員ですか？」

宮司が大声で訊《き》くので、別の者が慌てて呼び掛けました。

「まだです。ここにいらっしゃいます」

「どなたが残っているのですか」

宮司が苛々《いらいら》と困惑したように言います。采女《うねめ》や刀自《とじ》といった女官たちを乗車させようとしていたのです。もちろん身分の低い彼女たちを、典侍《ないしのすけ》、命婦《みょうぶ》、女蔵人といった女房たちより先に乗せてしまえば、役人たちは責任を追及されてしまうでしょう。

「困ったことをしてくれたもんだ」

ろくに確認もせずばたばたと乗せたくせに、ぶつぶつ文句を言う役人たちに、右衛門が冷たく言い放ちます。

「お先にどうぞ。乗せたい方を乗せなさい。わたしたちは後回しでけっこうです」

今ひとつ要領がつかめずにいたわたしは、宮司たちの横柄な態度にも気後れせず、ぴしりと物を言う右衛門に感心し、のちのち大いに見習ったものです。

「宮様の女房が、そんなにも意地悪でいらっしゃったとは」

宮司たちがわめくので、わたしたちはいかにも仕方ないという様子で乗り込みました。後に続く車は女官たちのもので、女房たちに比べ、警護もろくになければ松明《たいまつ》で明るく照らすこともありません。わたしたちの牛車もずいぶん人手が少なく、わたしと右衛門はかえって珍しがって、くすくす笑って暗さを楽しみながら二条の北宮に到着しました。

その頃にはもちろん中宮様の御輿《みこし》はとっくに到着していて、

「清少納言を呼んでちょうだい」

中宮様が言いつけたものの、

「どこかしら」

「どこにいるの」

若い右京や小左近《こさこん》が右往左往し、到着を待ち構えますが、わたしたちは一向に現れません。

「おかしいわ」

「二人とも、いったいどうしたのかしら」

女房たちが不審がりますが、わたしも右衛門もそんなことになっているとは思いもせず、ようやく到着したお屋敷に感心したりしていました。

「建てたばかりとお聞きしていたけれど、立派に何もかも揃っているわね」

右衛門がしげしげと見ながら言うのへ、

「本当ね。空き家とは思えないわ。ずっとどなたかが住んでいたみたい」

わたしも、調度の立派さに驚き、珍しがっていました。

そこへ女房たちが飛んできて、

「やっと現れた」

「いたわよ。ここにいたわ」

早く早く、とわたしたちを引っ立てて御前へ参上させます。

中宮様は、わたしが初めて見る不機嫌なお顔で、

「なぜなかなか現れなかったのです？　まさか死んだのではとさえ思えるほどでしたよ」

怒りを込めてお咎めになるのへ、わたしなどは恐縮して一言も返せません。

かと思えば、

「それは無理でございますよ」

右衛門がしゃらっと返しました。

「最後の車に乗った者が、そんなに早く参上などできません。これでも女官たちがわたしたちを気の毒がって、車を譲ったのです。途上、暗くて怖くて、心細いことでした」

どうしてまあ、こんなにもすらすらと都合の良いことを言えてしまうのでしょう。わたしは、若くてほっそりとした右衛門の、驚くほどの肝の太さに感心してしまいました。

「宮司たちが悪いのですね」

中宮様がおっしゃいました。美しい頰が紅く染まっています。

「なんと気の利かない者たちでしょう。清少納言などはまだよくわからないでしょうから遠慮したのでしょうが、右衛門などは、宮司を叱りつけるべきでした」

わたしは、中宮様がこれほど怒るとは思いもよらず、仰天しました。つまりそれだけ女房たちを大切に思って下さっているのであり、

（わたしたちを安全につれて来られなかったことに、衝撃を受けているのだ——）

ということが痛いほど伝わってきて、ありがたさに涙がにじむやら、申し訳ないやらで、ますます言葉を失ってしまいます。

中宮様はこのときだけでなく、常に、移動の際には女房たちにお気を遣われ、何か不都合なことはないかと細かく把握しようとなさる方なのです。

なんと立派なあるじなのか——と感涙を隠すわたしをよそに、右衛門がどこまでも涼しげな顔で返します。

「されど、人を押しのけて走って出るわけにも参りませんよ」

我先にと内裏を出た女房たちには、さぞ耳の痛いことでしたでしょう。

でもよくよく考えてみるに、先に出れば、それだけ立派な車に乗れるし、しっかりし

た警護をつけてもらえるのですから、無理のないことなのです。

「あさましいこと」

中宮様のお怒りの矛先が、今度は女房たちに向けられました。

「身分違いの車に乗ったところで、誰からも偉いとは思われないでしょう。定められた通りに、やんごとなく振る舞うからこそ、人々に賞賛されるのです」

宰相の君をはじめ古参の女房たちが畏縮《いしゅく》するさまは確かに気分の良いものですが、さすがに自分の発言のせいで仲間が咎められては右衛門も黙っているわけにはいきません。

「まあ、遅い車に乗りますと、先がつかえて車を降りるまでが長く、辛いのでしょうね」

などと、今度は先に乗った女房たちを代弁し、中宮様を宥めるのでした。見た目は綺麗でほっそりした娘なのに、どこまでも器用で肝が太くて面の皮が厚い。そういう右衛門の存在が、わたしには実にありがたい限りでした。

どうにか中宮様がご機嫌を直されたときには夜も更け、わたしなどは眠くて眠くて、局を確認するや否や、ことんと寝てしまったものです。

十

翌朝、うららかな日差しのもとで目覚めると、わたしは改めてこの真新しいお屋敷の立派さに目を奪われました。調度も見事なもので、もう何年も中宮様がここで過ごされているかのようです。気づけば、御座所に獅子《しし》や狛犬《こまいぬ》の置物があったりして、

「いったいいつ入り込んだの？」

　彼らに話しかけながら壺庭に出たわたしは、

「――えッ!?」

　そこに満開の桜を見て、驚愕《きょうがく》しました。

　桜の花が咲いたら競い合わせが行われる、というので、歌を準備し、碁の練習をしていたわけで、まさかこんなにも早咲きの桜があるはずがありません。

　よくよく見れば、それはなんと巨大な造花であったのです。幹や枝を運ばせるだけでなく、数え切れないほどの花弁を紙で作らせ、しかも遠目には本物にしか見えないほど精巧に、ほんのりとした花の色合いまで再現しています。

　これほどの造花を作るのにいったいどれだけ大勢の苦労があったことでしょう。しかも雨が降ればおしまいだというのに、惜しみもせずそれを庭に据えてしまうのです。

（これが関白道隆様の華なのだ――）

　二条の北宮のお屋敷全体は、もともと小さな家がごちゃごちゃ並んでいた場所をすっかり整地して建てたもので、木立も花も小川もなく、見どころのない場所でした。それを、屋敷の調度や、人の手による造花などで飾る。単純でいながら豪壮きわまりない趣向には、呆気に取られるばかりです。

　その道隆様は、昼頃になって、お住まいである東三条院の南院から、隣に建てた二条にお越しになりました。青鈍《あおにび》の指貫に、桜色の直衣、紅の御衣をお召しで、わたしたちは中宮様をはじめ、みな紅梅色、萌黄《もえぎ》色、柳の色を身に着け、一足早く春爛漫《らんまん》として輝く風情で、見ているだけで浮き浮きとしてきます。

　道隆様は中宮様の御前にお座りになり、父親ではあるがいかにも立場は臣下である、というご様子で、

「中宮様には、何のご不満もありますまい。こんなにも大勢の美女ばかりを並べて御覧になるというのは、まことに羨ましい」

などと、立て続けに面白いことを口にされるのです。

「しかもみな良家のお嬢さんがたとは。実に大したものですな。中宮様におかれましては、よくよく彼女たちをいたわってさしあげなされよ」

　そんなことを道隆様から真顔で言われては、みなついつい笑ってしまいます。そもそも中宮様のため、これはと思える女房を揃えるようたびたび命じ、候補に挙がった者たちをもっぱら選別してきたのは道隆様ご自身なのですから。

「それにしてもあなたがたは、中宮様の性格をご存じで、おそばに上がられたのかな。いかに欲張りで物惜しみする方であることか。わたしは中宮様がお生まれになったときからお仕えしているが、ご褒美の一つもないのだよ。これは陰口ではないですよ。本当のことなのです」

父娘であることと主従であることを、こんなふうに面白おかしく、巧妙にすり替えながらお話しする道隆様に、女房たちも大笑いです。

「まことですぞ。あなたがたはわたしを馬鹿者と思って笑うのでしょう。ああ恥ずかしい」

関白様ともあろう御方がこうまで戯《おど》けることに驚きましたが、その冗談ごとはとても気遣いがあって洗練されています。わたしは感心し、また笑ううち、ふと亡き父を思い出して、切ない気持ちになりました。父もまた、人を笑わせることに長けていると評判だったのです。

父がどんな冗談を宮中で披露したか、あまり知りません。ただ、父と違い、道隆様がこうしてご健在であることが、とても頼もしく思われたものです。もし道隆様に万一のことがあったら……そんな畏れ多いことが脳裏をよぎりました。ですが場の華やかさが、わたしの勝手な不安などすぐに消してしまい、あとはただ、何の憂いも煩いもない心持ちでいられたものです。

そうこうするうち、内裏から式部丞《しきぶのじょう》のなにがしという勅使の者が現れ、帝からの手紙が届けられました。それを、道隆様が受け取り、懸け紙の封を解きつつ、

「これはまた、ゆかしき御文ですな。中宮様のお許しがあれば、開けて見てみましょう」

などとおっしゃいます。中宮様がにっこり微笑まれますが、否定も肯定もしません。

もちろんこれも半ば道隆様の冗談ごとで、

「中宮様ははらはらしておいでのようだ。畏れ多いことでもある」

笑いながら、手紙を開かず、うやうやしく中宮様に渡します。

中宮様も手紙を開けようとなさいません。ただ、大切そうに手にしたままです。慌てて お開きになるようなはしたなさもなく、といって帝をないがしろにはせず、道隆様へのご配慮も忘れない――本当に、十八歳になったばかりとは思えない見事なお心遣いでした。

「わたしはあちらへ行って、使者への禄《ろく》をととのえてきましょう」

道隆様もお気を利かせて席を立ち、勅使をもてなすため茵《しとね》を立つ女房たちを追って、几帳のほうへ行ってしまわれました。

使いの者への禄は、女性の装束が下賜されるのが普通です。このときも道隆様は紅梅のものを用意してお与えになったようでした。

その間、中宮様は、ようやく帝からの手紙をお開きになり、返事を書かれる際にはご自身の御衣と同じ色合いの紙をお選びになっていました。帝が返事をお読みになるとき、中宮様の今のお姿をはっきりとご想像できるように。

夫婦でありながら、たやすくお顔を合わせられないことへの中宮様のお気遣いは、察する人がほとんどいないような、こんな細かいところにも行き渡っているのです。

勅使が帰る頃、中宮様の妹君である姫たちと、母君の貴子様がいらっしゃいました。

妹君たちは、中宮様とは年の離れた三人の年子で、みな中宮様に負けじと紅梅の御衣をまとっていらっしゃいます。

次女の原子《げんし》様は十四歳。今風の華やぎに満ちた御方で、この翌年に居貞《おきさだ》親王の妃となられ、淑景舎《しげいしゃ》を御局としたことから、淑景舎様と呼ばれていました。

三女は十三歳。驚くほど大柄で、しかも男勝りな性格であったため、のち敦道親王を婿に迎えたものの、あっという間にご破鏡《はきょう》となってしまったとか……。

四女は十二歳。のちに御匣殿《みくしげどの》となった御方です。御匣殿とは、後宮の北、貞観殿《じょうがんでん》の中にあった部署の一つです。裁縫を司り、その長を御匣殿別当《べっとう》といいますが、この別当を略して御匣殿と呼ぶのです。

どの御方も後ろ姿しか見ることができず、どうにかして……と思いましたが、貴子様が几帳ですっかり塞《ふさ》がせてしまいました。身分の低い者には姿を見せない、という意図があからさまで、中宮様とのあまりの違いに驚き、ちょっと嫌な気持ちになったものです。

貴子様はもともと受領《ずりょう》階級で、道隆様とは身分違いの結婚でした。道隆様が強く望んだこととはいえ、貴子様としてはご自分の出自を意識してしまうのでしょう。

それでかえって、下々の者たちとは違うというところを強く主張し、同じく受領の父を持つわたしのような者の眼差しから、遠ざかろうとしていたのかもしれません。

中宮様ご家族の団らんから外れて寄り集まった女房たちの中には、仏事の衣裳や扇の

ことなど話し合う者もいます。こういうときは女房同士で競い合うのが普通ですから、

「わたしは別に。いつものものの、ありあわせのものを着ていくわ」

などと秘密めかし、

「またそんなこと言って」

と同僚たちから憎らしがられたりするのです。

みな準備をするため、夜には実家に下がりたがりますので、中宮様も無理に引き留めません。

ご家族は毎日、中宮様にお会いになるためにいらっしゃって、なんとも大勢が侍り、とても華やいでいます。それとともに、帝からの手紙を届ける勅使も日参し、中宮様に対する一条帝のご寵愛のほどが窺《うかが》われます。

一方、道隆様が造らせた桜は、朝露と日差しであっという間に色褪せ、しなびてゆきました。紙でできているのだから当然とはいえ、ひどく残念で、しかも到着の二日後の夜は雨が降ってしまったのですから、文字通りまったくの形無しです。

九日の雨上がりの早朝、まだ暗いうちに御階《みはし》に出ると、果たして造花はみすぼらしく濡れそぼち、わたしは古い歌を連想しました。

桜花露に濡れたる顔見れば
泣きて別れし人ぞ恋しき

桜の花が濡れる様子に、泣いて別れた人を思う、という歌ですが、露に濡れるのが、しわくちゃになる紙の花では、あんまりです。

「泣いて別れた顔に比べると、ずいぶん見劣りするわねえ」

残念に思って口にすると、御帳台から、

「夜は雨が降っていたようだけど、桜はどうかしら？」

と中宮様が目を覚まされておっしゃるのが聞こえてきました。

そのときふいに、白い衣の侍たちが、下人をつれて現れ、

「殿から暗いうちにやれと言われていたのに。夜が明けてしまったじゃないか」

「困った困った。さ、疾《はや》く疾く」

などと互いに急かし、桜に近寄りました。どうやら道隆様に命じられて、東三条のお屋敷のほうから来たようです。何をする気かと思えば、よってたかって桜の木を曳《ひ》き倒し、丸ごと持っていこうとするではありませんか。

屈強な男たちが、わたしたちに気づかれないよう、薄明の時間に、こそこそ働く様子がおかしくて、わたしはここぞとばかりに何か言ってやりたくなりました。

山守は言はば言はなむ高砂《たかさご》の
尾上《おのえ》の桜折りてかざさむ

山の番人は、文句を言うならば言え。峰の桜を、今日は折り取り、髪に挿してやろう——素性《そせい》法師の有名な歌がふとひらめき、

「言わば言わなん、ということですか」

そう声をかけようとも思いましたが、しかし相手が侍では通じないでしょう。いっそ、

「ネズミの真似でもしているの？」

これくらいわかりやすく、からかってあげたほうがよいかも——などと思案する間に、上臈の女房である小若君がするすると出てきてしまったので、ここは身分の高い者を立てるため、わたしは引き下がるしかありません。

「花を盗むのはどなた？　いけないことですよ」

小若君が声をかけると、侍たちは大慌てで下人とともに木を引きずりながら逃げてしまいました。

それにしてもさすがは道隆様です。造花の始末をどうするのかと思っていたら、丸ごと消し去ってしまうのですから、どこまでも単純で、豪快な華をお持ちの御方だと感心しました。

間もなく掃司《かもんづかさ》の女官が次々に格子を上げ、殿司《とのもづかさ》の女官も昨夜の灯の後片付けをしたり、お掃除《きよめ》を手伝ったりしてのち、中宮様が起きていらっしゃって、

「まあ、呆れた。花はどこへ？　明け方、花盗人《はなぬすびと》を咎めているようでしたが、枝を少し

取っていく程度かと思っていました。誰がしたの？　見た人はいる？」

　とお尋ねになるのへ、小若君が答えて言いました。

「暗くてよく見えませんでしたが、白っぽい者がいたので、花を折る気かと咎めましたのでございます」

「そうなの。根まで綺麗さっぱり盗んでいくなんて。きっと、殿がやらせたのですね」

　中宮様がおっしゃいました。わたしは、

（今なら――）

　と思い、そもそも侍たちを咎められなかったこともあって、よき機会を得たとばかりに、

「きっと春の風がしたことでございましょう」

　自分にできる限りのやんごとない調子で言いました。春の風は、花を吹き散らしてしまうため、古歌などでは恨みや咎の対象として詠まれるのです。

　中宮様はすぐに微笑み、

「黙っていると思ったら、そんなしゃれたことを言おうとしていたの。盗人ではなく、ずいぶん風流なこと」

　女房たちが遅れて意味に気づき、くすくす笑ってくれます。

　中宮様は、春の風と言われて、すぐさま数多《あまた》の古歌を思い浮かべたのでしょう。中宮様こそ、いつもながら本当に風流な御方です。わたしは上臈たちを差し置いて発言した

興奮もあって、このやり取りに胸がどきどきしっぱなしでした。

中宮様と伊周様の会話に感動してから三ヶ月余——こうしてわたしは、物語の中でしか知ることがなかったみやびな会話に、おっかなびっくり踏み込んだのです。

そして、そんなわたしの努力に対する、いわば中宮様の「褒賞」は、わたしの想像をはるかに超えるものとなったのでした。

ほどなくして関白道隆様がいらっしゃり、

「なんと、あの桜がなくなっているぞ。どうして、まんまと盗ませたのだ。こんなにもだらしのない女房たちだったとは。寝坊なせいで気づかなかったのかね」

美男で知られる御方が、そんなことを白々しく真面目な調子でおっしゃるものですから、中宮様もわたしたちも、つい笑いをもらしてしまいます。

わたしはこのとき、寝起き顔を殿方に見られるのが恥ずかしく、みなの背後におりました。なのに関白様の面白さのせいか、先ほど中宮様に誉めていただいたせいか、思わず、

「されどわたしは、『我より先に』と思っていました」

と小声で口にしていました。

桜見に有明の月に出でたれば
我より先に露ぞおきける

という歌を引いたのです。有明の頃にわたしが起きたときには、露が置かれて先に桜を見ていた。つまり関白様がいた。ということは、桜を盗ませたのは露の責任、すなわち関白様のしわざであると、真っ向から反論したわけです。

いくら風雅な会話に加わりたい一心とはいえ、関白様の意図をあらわにするような差し出た真似をしたことに後から気づき、わたしはひやりとしました。

「ははあ、やはり見つけたのはそなたか、清少納言」

ですが関白様はすかさずわたしの声を聞きつけ、

「他の女房たちなら外に出て見ることはなかろう。宰相の君や、そなたくらいのものだ」

と実に鷹揚にお笑いになります。

中宮様も、どうやらわたしの言葉を喜んで下さるご様子で、

「殿のしわざとわかっていたのに、清少納言は、春風を咎めたのですよ」

そう告げ、関白様に劣らず朗らかに笑って下さったのです。

関白様は急にまた真面目な顔になっておっしゃいました。

「それは哀れな。春風に咎はないぞ。『いまは山田を作る』というものだ」

山田さへ今は作るを散る花の

かごとを風に負ほせざらなむ

お返しに、関白様はかの紀貫之の歌を引いたのです。田作りの季節になれば桜が散るのも当然なのだから、春風に苦情《かごと》を押しつけ、咎めるのは哀れだ。そんなふうに、一瞬で、しかもごく自然に歌を引いて返すのですから、やはり中宮様のお父上だと思わされました。

さらに関白様は、紀貫之の歌をその場で朗々と吟詠してみせ、声も姿も素晴らしく優雅で、女房たちを陶然とさせます。かと思うと、飄々《ひょうひょう》とした調子に戻って、

「なんとも、しゃくなことだ。あれほど厳しく命じたはずの侍どもさえ見つけてしまうとは。中宮様のおそばには、実に小うるさい番人がいるものだ」

そんな冗談ごとを口にします。

もちろん、わたしを揶揄《やゆ》しつつ、お誉め下さっているのです。新参のわたしのため、他の女房たちに配慮しながら、一方では、中宮様に対し、わたしを重用に値する臣下であると評価して下さった。その関白様の意外なほど細やかな気遣いに、わたしはすっかり感激し、頬を火照《ほて》らせるばかりでした。

その上、実際に侍たちを咎めた小若君まで、

「清少納言は、独り言まで、歌を引いて呟くのですよ」

わたしが濡れた造花を、『泣きて別れ』た顔に喩えたことを話題にしてくれたのです。

「残念。そんなところを、わたくしも見てみたかったのに」

中宮様にそうおっしゃって頂くことほど嬉しく、また畏れ多いことはありません。

なんとか関白様のように優雅に冗談ごとを述べて場を和ませたい。そう願いましたが、とても無理で、ただ顔を真っ赤にして小さくなるばかりでした。

こんなわたしでも、本当に中宮様の番人になれるのなら、どんなに幸せなことだろう。

わたしのそんな思いを、中宮様も察して下さったのでしょうか。

この頃から、中宮様のわたしの扱いは目に見えて変わっていきました。同時にわたしの心もますます中宮様という存在に引き寄せられていったのです。

十一

二条北宮に到着後、しばらくして女房たちは法要に備え、衣裳などを用意するため里に下がります。わたしも御前から下がるむねを申し上げると、

「もう少し日が近くなってからね」

中宮様から留まるよう言われてしまいました。それでも下がらないわけにはいかず、やっと実家に戻ると、今度は中宮様からお手紙が来て驚かされました。

『花の心開けざるや。いかに、いかに』

宮中で読まない者はいない『白氏文集』の「長相思《ちょうそうし》」の句です。

草ひらけて花の心開く、君を思ひて春日遅し――春たけなわに、花の心はまだ開かないのか、わたくしのことを恋しく思い出さないのか、とおっしゃるのです。里に下がったばかりなのに帰参の遅さをお咎めになる、中宮様のいたずらっぽい微笑みが目に浮かぶようでした。

『秋にはまだ早うございますが、夜に九度のぼる心持ちがいたします』

わたしは同じ漢詩の句を引いてそうお返ししました。

身は里にあれど、魂魄《こんぱく》だけは夜ごと九度もおそばに飛んでおります――。敬愛を言葉にしながら、追従《ついしょう》だと思われるだろうか、本心であることをおわかり下さるだろうか、などと手紙を出した後で急に心配になり、はらはらするのです。

そんな自分に驚き、不思議に思いながらも、ほんの短い期間でこうしてあるじに手紙を差し上げられるようになったことが嬉しく、幸せでした。

けれどもそれすらまだ始まりに過ぎなかったのです。

そろそろ法要の頃だろうと思い二条邸に戻ると、なんと翌日の寅の刻（午前四時）には出発するというので、慌てて支度をしました。

ですが結局は明け方になり、そのことについて、中宮様はわざわざわたしたちを、

「長く待たせてしまいましたね」

といたわって下さるのです。

出発のときも中宮様はまず女房たちが全員邸《やしき》を出るのを見届けるとおっしゃり、なん

と妹君たちや母君である貴子様までもが勢揃いして御簾《みす》越しにこちらを御覧になるのです。

二条邸を初めて訪れた夜、わたしと右衛門が遅れたことをそれほどお気にかけていらっしゃったのかと改めて心打たれる思いでした。貴人の方々に見られていることで、わたしも女房たちもみな緊張しっぱなしです。なんとか牛車へ向かうと、今度は宮司の代わりに、伊周様と、その弟君の隆家《たかいえ》様がいらっしゃるではありませんか。大納言殿と三位《さんみ》中将殿が、女房を牛車に乗せる役目をするなど聞いたこともありません。

宰相の君でさえぎょっとし、伊周様が名簿を読み上げて牛車に乗るよう促しても、咄嗟に前へ進めないほどでした。

背後には中宮様たちがおり、目の前には二人もの凜々《りり》しい公達のご兄弟がいらっしゃる。いくら内裏を出発したときの宮司の手際が悪かったとはいえ、わたしと右衛門が難儀したというだけで、ここまでして下さるというのは本当に信じがたいことでした。

伊周様に促されて牛車に乗り込んだわたしは、これほど行き過ぎた光栄に浴していながら、気を失って倒れずにいられることが不思議でした。自分で思う以上にしっかり者なのか、それともただ図々《ずうずう》しいだけなのか……と心惑うばかりです。

壮麗な行列に中宮様よりも早く加わったわたしは、華々しい光の中にいるようでした。

途中、一条帝の母君である詮子《せんし》様を迎え、定子様や内裏の主な面々とともに行列はゆったりと進みます。

そうして積善寺に着くと、またしても伊周様と隆家様が女房たちの介添え役をして下さいます。空は澄み渡り、明るい朝の日差しが降り注いでいますので、公達に慣れているはずの女房たちですら、あまりに姿があらわで、恥ずかしがってなかなか下りられません。それでもみなやっとの思いで下り、わたしの番になると、伊周様が急に近寄って手を差し出してきます。

「おどき下さい。もったいのうございます」

わたしが慌てて言うと、

「あなたの衝立《ついたて》になるようにとの中宮様の仰せなのですよ。察しの悪いことだ」

伊周様がお笑いになり、確かにその身で周囲の目から遮って下さりながら、恥ずかしがるわたしを車から引き下ろして下さいました。

恥ずかしさと晴れがましさとで顔を火照らせて汗をかき、髪も逆立つ思いでしたのに、伊周様は見物しやすそうな前の席へ、するするとわたしを連れていきます。

「連れて参りましたよ」

伊周様がおっしゃると、

「いずら《どれ》？」

中宮様が御几帳のこちら側へと、わざわざわたしのために、お姿を現されました。

中宮様は帝の母后に敬意を表するため裳《も》と唐衣《からぎぬ》という礼装のままです。法要のための紅の衣に五つ重ねの色合いというそのお姿は、まったく比肩《ひけん》する者とてない優美さでした。

「わたくしは、あなたにどう見えて？」

中宮様に尋ねられても、

「それはそれは大したものでございます」

などと平凡なことしか口にできない自分を残念に思うほどでした。

かと思えば、中宮様はわたしを席の上段へ導きます。そこに座っているのは中納言の君と宰相の君です。そしてなんと中宮様は、宰相の君に、こうおっしゃいました。

「宰相、あちらへ行って、女房たちのいるところで見なさい」

これにはさすがに愕然となりました。中納言の君のお父上は関白道隆様の叔父で、宰相の君のお父上は故右大臣のご子息です。その一方を下がらせ、わたしを座らせようとは、いかなる思《おぼ》し召しかと言葉も出ません。

けれども宰相の君は動じず、いつもの心得顔で怜悧に微笑んで、

「この席なら、三人でも十分、見ることができますよ」

とおっしゃり、

「そう。ではお入り」

中宮様は当然のようにわたしを中納言の君と宰相の君のいる席へ座らせました。わたしに、どうして遠慮することができたでしょう。ただ言われるがまま従うほかありませ

ん。

下段にいる女房たちは当然この処置に驚き、

「なんだか昇殿を許さるる内舎人《うどねり》といった風情ね」

などと似合わぬ席に着くわたしを見て笑いさざめくので、

「それはきっと童の内舎人のことですね」

わたしはそう返して和ませようとするのが精一杯でした。子供たちは特別に、多少身分が低くとも昇殿を許される場合があり、誰よりも年上の自分を、あえて子供と称して女房たちを笑わせたのですが、

「馬副童《うまぞいわらべ》だわ」

女房たちは面白がって、宰相の君のお父上である「右馬頭《うまのかみ》」にかけ、わたしを馬の世話をする童子に見立てて笑ったものでした。

これが醜い「葛城の神」に続き、またもやわたしの不名誉な綽名となったわけですが、上段に招かれた晴れがましさといったら、喩えようもありません。

こうした喜びは、一方でとてつもない衝撃でもあり、わたしは感激という名の海に投げ込まれ、ともすると溺《おぼ》れてしまうような胸の苦しさすら感じたものです。この苦しいほどの幸福を与えて下さる方に、どうして恩義を感じずにいられるでしょうか。

やがてそこへ関白道隆様がいらっしゃいました。

「なんと。まったく絵に描いたように美しい方々だ」

ご自身こそ凛然《りんぜん》たる美男で知られた方でいらっしゃるのに、いつもの陽気さでそんなことをおっしゃいます。かと思えば、妻君である貴子様に向かって、

「一人ほど、ずいぶん綺麗に着飾って、何とか人間らしく見える方もおられるぞ」

そうおっしゃったのです。ただ誉めるよりも、ずっと親しみのこもった調子で、みなにつられて、わたしもつい笑ってしまいました。

「ところで三位の君よ。中宮様の裳をお脱がせなされ」

ですが関白様が調子を変えずにおっしゃり、にわかに笑いがやみました。

「この座では、中宮様こそ主君なのだ。御桟敷に近衛《このえ》の兵を陣取らせているのは決して飾りではない」

貴子様が、中宮様よりも略装であることをおっしゃっているのです。貴子様はその咎めを受け入れ、我が娘である中宮様の裳を脱がせました。

わたしは、関白様の茶目っ気に隠された峻烈《しゅんれつ》なまでの態度に、感動を覚えました。

一方で、中宮様を見る関白様の目には、いつしか涙が浮かんでいます。それは中宮様という娘を得たことへの感激の涙であり、また同時に、一族の隆盛の要《かなめ》として一身に重圧を背負う中宮様に対する、感謝の涙でした。

これには周囲の者ももらい泣きし、わたしもまた、若い身で中宮となられた定子様を称えながらも、いたわる思いで涙を浮かべておりました。こうして喜怒哀楽のいずれにおいても人々をすぐさま引き込み、空気をつくってしまうのが関白道隆様なのです。

証拠に、関白様は急に真面目な調子で辺りを見回すと、わたしの赤い衣を指し、

「そういえば、僧衣が一着足らないと大騒ぎしていたのだが……おお、こんなところにあったとは。これはお返し願うべきですな」

などとおっしゃいます。きっとあらかじめ、わたしが上段に招かれるのを見て、からかってやろうとお思いだったのでしょう。

返す言葉もなくそれこそ顔まで赤くなるわたしの周囲で、どっと笑いが起こりました。

「こちらにおわすのは、清少納言ならぬ、清僧都《そうず》ですぞ父上」

伊周様が助け船を出して下さいますが、これでまたみなが笑い、中宮様までもわたしの新たな綽名を口にして喜んでいらっしゃいます。

「葛城の神」に、「馬副童」に、「清僧都」です。つくづくわたしは内裏では物笑いとなる綽名に恵まれるのでした。

とはいえ、わたしはみなに笑われながら、ほっとしていたのも事実です。

関白様は、中宮様こそ座の中心であると改めて告げられると同時に、その中宮様に取り立てられた新参のわたしのために場を和ませて下さったのでした。中宮様も伊周様もすぐさま察して合いの手を入れる。まことに、これほど配慮のある言葉を次から次へと発することのできる関白様とそのご一家に、わたしはただ感激に呆然《ぼうぜん》とするばかりでした。

その関白様が営まれた積善寺の一切経《いっさいきょう》の供養ですが、華の中でも特に「豪華」と呼ば

れるべきはまさにこれ、と思わされるものでした。

寺の立派さもさることながら、大音声《だいおんじょう》の音楽を奏して壮麗な行列を出迎え、さらには獅子の舞、狛犬の舞を同時に行わせる豪奢《ごうしゃ》振りです。

（生きたまま仏の国に来てしまった……）

わたしは魂が音楽とともに天へ昇る心地がし、感動で総毛立つあまり、やがて目も耳も疲れて、法要が営まれたときには、もうなにがなんだかわからない状態でした。

そして一方では、そのときすでに関白様の華と競おうとしている方もおりました。

関白様の弟君であり末子《ばっし》である、道長様です。

聞けば、一条帝の母后であられる詮子様をお迎えに上がってのち、ひとたび衆目にさらした下襲《したがさね》のままでは見劣りする、とのことで別のものを見繕わせていたというのです。

そのせいで行列の移動がだいぶ遅れたというのですから、すごい度胸です。中宮様もその行いを、なかなかの洒落者《しゃれもの》と見てお笑いになっていました。

道長様は、もとから傍若無人なたちで、まがりなりにも前関白様の子であるという誇りの強い御方でした。中宮職の大夫に就いたこと、伊周様よりも位が低いことに不満を持ち、あからさまな仮病を使って職務を休むこともしばしばでした。

関白様やそのご兄弟は、末子の我がまま、というふうに見ており、道長様のそうした態度もおおむね許されておりました。何より関白様の華の前では、年若い道長様の意地など、可愛いものとしかみなされていなかったのです。

このときはまだ。

ですが、わたしはこの頃から、道長様がただ意地を張るのではなく、着々と関白様と競うに値する己の華を手に入れようとしているように思われたものでした。

その一つが、一条帝の母后、詮子様です。

一条帝の父君であられる円融院が薨《こう》じられる前から、詮子様はずっと、弟である道長様と同じお屋敷に住まわれていたのでした。詮子様は、母后となりながらも、なかなか中宮とみなされなかったことで、ずいぶんと悲しみ、恨んだのだそうです。

道長様がその詮子様をお世話するだけでなく、慈しんで慰め奉ったのも、末子として境遇に不満を持つ者として共感があったからなのかもしれません。

そしてまた、それ以上の意図も。

とはいえこのときはまだ、そうしたことに大きな意味があるわけではありませんでした。

道長様と一条帝の母后であられる詮子様、道隆様と一条帝の中宮であられる定子様。

帝を巡るこの関係において、道隆様と定子様の華は、世を圧倒せんばかりの輝きを放っておられました。

供養があったその夕方には勅使がやってきて、

「法要が終われば参内するだろうから、中宮様のお供をいたせとの帝の仰せにて参りました」

と告げたものです。さすがに中宮様も移動の準備があることから、まず二条邸へ戻ってから、と返事をされました。ですが今度はさらに中宮様の母方の伯父である、蔵人《くろうど》の弁《べん》こと高階信順《さねのぶ》様がいらっしゃって、帝が中宮様のお戻りを今か今かとお待ちになっていることを伝えたのです。

これほどまでに帝に愛されていらっしゃることは驚くべきことで、まさにこれこそ、中宮様がまぎれもなく一族に繁栄をもたらす要であった証《あかし》なのです。そしてまた、帝から一番に愛されること。それが中宮様の、一族悲願の責務でした。そして中宮様ご自身にとっても、命に代えて守るべき華であったのです。

結局、中宮様は帝のお望みの通り、内裏に戻られました。

憂いなど一つとしてなく、前途は輝くばかりの若い中宮様に従いながら、わたしはどうしたらこの方にこれほどの恩をお返しできるのだろうかと途方に暮れる思いでいました。

そもそも中宮様がいつまでもこの新参のわたしを気にかけて下さるとは限らないのです。今のうちに、どうにかしてお返しがしたい――わたしが切々とそのことばかり思っていたとき、内裏では異常な出来事が起こっていました。

道隆様による積善寺の法要と時を同じくして、内裏の後宮のうち、飛香舎《ひぎょうしゃ》と弘徽殿《こきでん》が放火されたのです。

明らかに、道隆様の華に対して不満を抱く者たちの仕業でした。

そしてこの頃から、あの運命的ともいえる忌まわしい疫病が国に流行《はや》り始めていました。

疫病が内裏に達するのは、まだずっと先のことです。しかし優れた人々が我が世の春を迎えていたこのとき、現世にはびこる暗い影は、確かに少しずつ近づいていたのでした。

十二

春になる頃、わたしは中宮様に付き従って、帝の御在所である清涼殿に入ることをたびたび許されるようになりました。

宮中にもずいぶんと慣れ、もう公達の方々を何かの化身《けしん》のように思って怯えることもありません。出仕のはじめ頃は高価な調度品を一つ手に取るだけでもびくびくしたものですが、気づけば平然と扱うようになっていました。

登花殿から清涼殿へ入り、中宮様が帝とお会いになる上の御局の戸を開くと、いつも目にするのが不気味な障子です。鬼門である丑寅の方角に対する魔除《よ》けだとかで、手長足長という恐ろしげな姿をした存在が描かれています。

さすがにこれには慣れない、と思っていましたが、何度か見るうち他の女房たちと、

「この障子、本当に嫌ねえ」

などと笑って話すようになったものです。

そんなある日、中宮様と上臈の女房たちに従って清涼殿に参上すると、縁側に大きな青磁の瓶《かめ》が置かれ、中には見事に咲いた桜の長い枝がたくさん挿してありました。縁側の手すりの外にまで枝が伸び、咲きこぼれた花にうららかな日差しが降り注いでいます。

御簾の内に侍る女房たちは、藤や山吹の重ねなどおのおの洒落た姿をしており、中には外の縁側へ衣の一部を出して春めく宮廷に色を添える者もいます。

そこに伊周様もいらっしゃったのですが、桜重ねの直衣に、白い御衣、紅い綾《あや》のあこめ、そして紫の指貫をおはきになったお姿は、たいそう鮮やかでした。そのお姿で縁側の板敷きに座って中宮様とお話しされていると、そこへ一条帝がおいで遊ばされました。

一条帝はこのとき十五歳です。中宮定子様より三歳お若い、とても聡明で美しい御方でした。中宮様お一人でさえ、絵でしか見られないような美しさなのに、一条帝と仲睦《なかむつ》まじくお話しされているご様子は、なるほどこれが浄土に住まう方々なのだと見蕩《みと》れてしまうばかりです。

やがて一条帝の御朝食の用意が調い、蔵人が迎えに来ました。伊周様がお立ちになって一条帝のお供をされます。

「すぐに戻ってこよう」

一条帝が中宮様におっしゃって、昼《ひ》の御座《おまし》へと移られます。

しばらくして伊周様だけがお戻りになり、中宮様とわたしたちが歓談する憂いのない様子に微笑まれ、ゆったりとこんな歌を吟詠しました。

「月も日も、変はりゆけども、ひさにふる、三室の山の――」

『万葉集』の一句だとすぐにわかりました。悠久たる月日さえも変わるのに、いつまでも変わらない三室の山に喩えて、この平穏で輝かしい春の一日を称えておられるのです。

わたしは伊周様の吟詠にすっかり興奮し、

（本当に、千年もこのままであって欲しい――）

祈るような思いを抱いた瞬間を、今でも鮮やかに思い出すことができます。

そのときは、中宮様と伊周様の栄光になんの疑いもありませんでした。ただ人の命には限りがあることから、そんな思いを抱いたのです。その思いがいずれあっさり打ち砕かれるなどとは、どうして想像できたでしょうか。

ほどなくして一条帝がお戻りになりました。急いでお食事を終えられ、膳が下げられる前に御座を立たれたに違いありません。できるだけ長く中宮様とともにいたい。そんな帝の強い思いがわたしたちにも伝わり、帝から寵愛されるあるじの存在は何よりわたしたちに強い誇りを抱かせてくれるのでした。

「墨をすりなさい」

ふいに中宮様が仰せになりました。

こうしたことは女房の中で最も立場の低い、新参のわたしの仕事です。ですが一条帝と中宮様にすっかり見蕩れていたため宰相の君に促されてやっと気づき、あたふたと硯《すずり》を用意しました。手が汚れぬよう墨柄《すみつか》に細い墨を差し込み、硯ですり始めますが、ついつい目は皇族たるお二人を見てしまいます。上の空で墨をすっていたせいで危うく墨柄の継ぎ目が外れそうになるほどでした。

その間に中宮様は白い唐紙《からかみ》を用意させ、二つに折りたたむと、こうおっしゃいました。

「これに、思い出せる古歌を、みなで一つずつ書きなさい」

途端に、女房たちがざわつきます。なんでもないときならすぐに思いつくでしょうが、よりによって帝と中宮様がご同席では、みな緊張で咄嗟に歌など出てきません。

上臈の女房たちが何も書かぬまま色紙が次々に渡されてゆき、なんと墨をすり終えたわたしのところに回ってきたとき、まだ白紙のままでした。

わたしはどうしていいかわからず、縁側にいる伊周様に、簾の下から差し出し、

「いかがされますか」

と尋ねました。

きっと伊周様ならこの場にあった歌をすぐさま書かれるでしょう。それが呼び水となって女房たちも歌を思い出せる、と期待したのです。

「男子が口出しすべきことではなさそうです。早くお書きなさい」

しかし伊周様はあっさり色紙を簾の内へ差し戻してしまわれました。

「さ、早く。何でもいいの。ふと思いつく歌を書いて」

中宮様が急かします。再び色紙を渡された上臈の女房たちは、春の歌か、花の心かと

口々に呟き、緊張で顔を赤らめながらも、なんとか二つ三つ書きつけることができました。

その様子にわたしがほっとしていると、

「ここへお書きなさい」

宰相の君から、参加するよう言われてしまいました。再び色紙を前にして緊張で手が震えます。ですが亡き父から、歌を求められたなら巧拙《こうせつ》を考えず、なるべく早く返すようにと教えられていたからでしょうか。心に浮かぶまま歌を書くことができました。

年経《ふ》れば　齢《よわい》は老いぬしかはあれど
君をし見れば　もの思ひもなし

誰もが知る『古今和歌集』の歌です。本来なら「花」と書くところを、あえて「君」に変えたのは、もちろん帝と中宮様のお二人に置き換えてのことです。

そうして余すところなく歌が書かれた色紙が、中宮様のお手に渡り、

「――年月が経ち、わたくしは老いてしまった。けれども君を見れば、何の憂いもない」

驚いたことに、わたしの歌を挙げて、にっこりお笑いになるのでした。

「こういう機転が見たかったの」

思いがけずお誉めの言葉を頂いたことで今ごろになって身がすくみ、むやみと汗がにじみます。女房たちの中には緊張で書き損じた人もいるのに、無事にあるじの望みにお応えできたのも、それこそみなより年を経ていたからでしょう。二十代になったばかりの者がほとんどの女房たちの中で、わたしだけ二十九歳という年齢だったのですから。

「円融院の御世《みよ》に、これと同じことがあったそうです」

中宮様が、色紙を一条帝にお見せしながらおっしゃいました。

なんでも、円融院がだしぬけに歌を書けと仰せになり、咄嗟に書くことができない殿上人たちが次々に辞退したとか。

そんな中、当時、三位中将だった関白道隆様は、古歌を引きつつ、男女の愛情の言葉を、主従の信頼の言葉に置き換え、書いてみせたのだそうです。

「朕《ちん》の父上は、歌がお上手であったと聞く。関白殿をさぞお誉めになったことであろう」

一条帝が嬉しそうにおっしゃいました。

わたしは改めて、前々代の天皇であられた円融院が、一条帝の父君であることを思い出させられました。他の女房たちも同じでしょう。

一条帝は、父君にほとんど会えなかったと聞きます。母君である詮子様が、一条帝を身ごもったにもかかわらず中宮とされなかったことが原因であったとか。貴人の方々の確執の狭間《はざま》に置かれた一条帝は、父を恋しく思いながらも、態度に出さないよう気を遣ったといいます。

このときでさえ十五歳という若さなのですから、もっと幼かった当時は、どれほどお寂しかったことでしょう。しかしその聡明さをもって、寂しさを押し殺し、ただただ気丈で明るい態度でいようと努めてきたのです。

けれども中宮様とともにいるときだけ、一条帝は、幼い頃に封じた寂しさも恋しさも、表にあらわすことができました。中宮様のお気遣いが、一条帝の御心を開放させるのです。

（わたしたちに歌を求めたのも、ひとえに帝のためだったのだ――）

なんと細やかなお心遣いであろうかと、わたしは胸が熱くなる思いでした。

中宮様はさらに『古今集』の草子をお手元に置かれ、歌の上の句を告げ、下の句を女房たちに答えさせるというようなことをされました。

みな、やはり緊張でなかなか答えられず、ご期待に応えられないことを悔しがったりしていました。ですがここでも中宮様の目的は、一条帝の御心の慰撫《いぶ》であったのです。

歌の問いが一段落したところで、中宮様は、円融院よりさらに前々代の、村上帝のお話をされました。優れた治世と文化の隆盛を称えられ、在位のまま崩御《ほうぎょ》された村上帝もまた、歌に優れた女房を選び、こうして『古今集』の歌を問うたのだそうです。

村上帝は、一条帝の御祖父です。父君や御祖父のことを、誰に遠慮することもなく話題にできるということに、一条帝はたいそうお喜びになっておられました。

一条帝の御心に寄り添い、これほどまでの気遣いをしてのける方など、内裏に数多の才人がいるとはいえ、中宮定子様をおいて他に知りません。

ですが、中宮様の意図は、それだけではありませんでした。

一条帝の御心をお慰めし、その寵愛を得ることは、中宮たる定子様に課せられた一族悲願の使命でした。そして中宮様はそれ以上に、聡明な一条帝が何より望まれるものをお与えになっていたのです。

すなわち、歌、漢詩、政治、歴史といった、教養と洗練を。

つまり中宮様は、率先して、一条帝のために教育の場を設けているのです。

中宮様は一条帝にとって、ほとんど全てといっていい御方でした。

一条帝の妻であり、恋人であり、おもてなしをする座のあるじともなり、ときに舞台の演出を司り、教師として導き、そして興味をともにする学友として交流する。

愛されるということ。ただそれだけのために、これほどまでに持てる全てを尽くせるものでしょうか。わたしにはとても真似できませんし、中宮様に等しく愛に生きた方を、わたしはついに知ることがありませんでした。

何より中宮様こそ、若き天皇である一条帝を、誰よりも深く愛しておられたのです。

ありったけの力を尽くして愛し合う。それがいわばお二人の宿命であったのでしょう。

そのときのわたしは、ただお二人のそのような愛のありかたに感激し、

（この一瞬が千年でも続いて欲しい——）

うららかなその春の一日が、永遠に終わらぬ夢として心に焼き付くのでした。

やがて夢が終わり、華が失われるなど、どうして予感できたでしょう。

災いはこのときも少しずつ近づいてきていました。その一端である病禍が、じわじわと洛中《らくちゅう》に迫り、まずわたしのごく近くで不幸を起こしたのです。

二人目の夫である藤原信義が病で亡くなったのは、その春のことでした。

第三章　草の庵《いおり》

一

清涼殿にも足を踏み入れることができるようになったその年、わたしは二人目の夫、信義を病で亡くしました。

当時、洛中《らくちゅう》に蔓延《まんえん》しようとしていた疱瘡《ほうそう》に罹《かか》ったのです。

医者はもちろん、病気平癒の祈禱《きとう》にもずいぶんと家財を費やして寺に喜捨するなど、いろいろと手を尽くしましたが、信義が癒《い》えることはありませんでした。

「ああ、妻が中宮様に気に入られ、おれもこれから出世が待っていたのになあ」

信義はたびたびそんなことをこぼし、やがて病が深まるにつれ、

「まさか浄土に招かれるとはなあ。お前は中宮様に気に入られたが、おれは仏に気に入られたんだな。おれはあちらで立派に出世するから、お前はゆるりと来るがいい」

そんなことを言うものですから、わたしも一緒に浄土に行きたくなったものです。

そうして最期は辞世の歌も詠まずに信義は逝きました。看病していた家人《けにん》の話では、熱に浮かされ、なんだかわからないうわごとを口にし、深夜に息を引き取ったとか。

葬儀ののち、わたしは内裏にも戻れず、かといってずっと自邸にもいられませんでした。

夫の死に立ち会ったのですから、わたしはすっかり穢《けが》れてしまっています。自邸でしばし物忌《ものい》みした後、今度は、陰陽師《おんみょうじ》の勧める方角にある知人たちの宅へ、あちらこちら物忌みのために赴かねばなりません。

夫が世を去り、その祈禱のため家財が大幅に減りました。

その上、住み慣れた自邸にもいられず、加えてなんとその頃、わたしは二人目の子を身ごもっていることがわかったばかりでした。

子がいるということを、夫は死ぬ間際に知り、とても喜びました。そしてわたしと生まれてくる子をひどく不憫《ふびん》に思ったのでしょう。自分が亡き後、どうか財ある者と再婚させてくれ、などと親戚《しんせき》やわたしの兄たちに手紙で頼んでいたそうです。

ですが兄たちはそれぞれ自分のことで手一杯で、たとえわたしを心配してくれたり、ときに住み処《か》を用意するとまで言ってくれることはあっても、多くは口だけで、実際に何かをしてくれたことは、あまりありません。

近いはずなのに、いつもずいぶん遠いところにいるかのようで、それが兄弟や親戚というものなのかと恨めしく思ったものです。

そんなものですから、物忌みのため知人宅を間借りしている間、ずっと憂鬱《ゆううつ》でした。最初に訪れた宅の庭木など、大したものもない上、物忌み用の木札を作らせようにも柳の木がありません。

家の者が「柳だ」と主張するしろものは確かに植えてありましたが、どうも普通の柳ではありません。ごつごつして柔らかな感じはなく、葉もずんぐりと広いものばかりです。

「これは違う木でしょう」

さすがに呆《あき》れて言ったものですが、

「こういう柳なのですよ」

というのがその宅の人たちの返答でした。あまりに面白くないので、

　さかしらに柳の眉《まゆ》のひろごりて
　　春の面《おもて》を伏する宿かな

なまじ柳の眉がぶざまに広がっているせいで、春の面目なんてあったものじゃない家だ――なんて歌をこっそり詠んだものです。もちろんお世話になっている人たちに面と向かっては言えませんでしたが。

それからまたしばらくして別の宅へ物忌みに訪れたときには、憂鬱と退屈とで、やり

きれない気分になっていました。

そんなとき、内裏からお手紙が来て、わたしは思わず驚喜の声を上げてしまいました。

それは中宮様のお言葉を、宰相の君が代筆したお手紙だったのです。

手蹟《しゅせき》も美しければ、これぞ春というような浅緑の紙も素敵でした。

ですがなにより中宮様からの御歌こそ、わたしの憂鬱を綺麗《きれい》さっぱり消し払い、無上の喜びに心を舞い上がらせて下さったのです。

いかにして過ぎにし方を過ぐしけむ
暮らしわづらふ昨日今日かな

そなたがいなかった昔の日々を、わたくしはどのように過ごしていたのかしら。そなたがいないせいで、毎日が退屈で過ごしかねる昨今なのですよ――。

こんな御歌を中宮様から頂いてしまっては、心躍らないわけがありません。

宰相の君も、同じようにわたしの出仕を楽しみにしているので、明け方にも戻りなさい、というような文言を書き添えてくれています。

きっと中宮様が、人づてにわたしの気鬱のことをお聞きになったのでしょう。ずいぶん早く、忌み明けのお許しが下されたのです。

宰相の君の言葉はもちろん、中宮様の御歌をおろそかにはできません。わたしは早速、家人に硯《すずり》を用意してもらい、返歌をしたためました。

雲の上も暮らしかねける春の日を
　ところからともながめつるかな

宮中でさえ過ごしかねていらっしゃるという春の長い日中、わたしはただ場所が場所だけにぼんやりと過ごしておりました――そうお返し申し上げたのです。

そして本当に明け方に出発し、心急《せ》くまま内裏に戻ったのですが、結論から言って、これは出仕して以来、最初で最大の失敗でした。

わたしを待っていたのは、励ましや歓迎の言葉だけではありませんでした。

中宮様御自《おんみずか》らの、手厳しい批判だったのです。

「あなたの昨日の返歌は、『かねける』などと書いてあって、本当に嫌ですね。女房たちみんなから誹《そし》りを受けたのですよ、あなたの歌は」

というのが中宮様の仰せで、わたし自身、まったくなんであんな言葉を書いたのだろうと情けなくなってしまったものです。

中宮様にとって、この後宮における華やぎは、それこそ一族の繁栄が託された、命に代えても守らねばならないものなのです。それを、「暮らしかねる」などと言ってしまって良いわけがありません。

わたしはすっかりしょげてしまいました。とはいえ中宮様も本気でわたしを咎《とが》めようとはなさいませんでしたし、久々に味わう宮中の華やぎは、鬱々とした者の存在を許しません。あっという間にわたしを晴れやかな気分にさせてくれたのです。

女房たちに対する、中宮様のお心遣いの賜物《たまもの》とはいえ、わたしにとって、そんな図太さを自分の中に発見したことは、まさに救いでした。

何しろ夫を亡くし、子を身ごもり、目減りする家財に不安を抱き、しかも肉親はみな薄情で頼りにならない、という有様だったのですから。

そんなわたしを、中宮様はずいぶん面白がって下さいました。他の女房たちも、わたしの明るさをからかい、笑いの種にします。もちろん彼女たちの言葉の底にあるのは、わたしへの励ましの思いです。

わたしはますます勇気づけられ、あるときから、こんなふうに自分の元気のもとを語るようになっていました。

「もし人生に腹が立ってしょうがなくって、ほんの僅《わず》かな間でさえ生き続けることが嫌になって、もう地獄へでもどこへでも行ってしまいたい。そんなふうに思い込んでいるとき、ふと真っ白くて美しい紙に、上等な筆とか、白い色紙に陸奥紙《みちのくがみ》なんてものが手に入ったら、『ああ、もうしばらくは生きていても良いかも』って気がするのよ」

わたしがそれこそ朗らかに言い放つと、女房たちは愉快そうに笑います。

その笑いはしばらくして静まり、わたしは頃合いを見計らって、こう続きを口にするのです。

「あと、高麗縁《こうらいべり》の畳ね。青くて細やかで、厚みがあって、縁の紋様なんかがとっても鮮やかなのを、大きく広げて見たりすると、『なんのなんの、やっぱり人生は良いわね！どうして諦《あきら》めようなんて思うかしら！』と、命が惜しくて仕方なくなるの」

ここで決まって、どっと笑いさざめく声が起こります。

中宮様もくすくすお笑いになって下さり、それこそわたしを生きていて良かったという気持ちにさせて下さるのです。

この時期、わたしにとって「紙と畳」の話は、とっておきの歌の朗詠のようなものでした。中宮様の前で女房たちとお話しするときや、中宮様からお言葉を賜るときなど、

「清少納言のあの言葉が来るわよ」

という雰囲気になったとき、ゆったりとひと呼吸置いて、まるで初めて話すかのような顔で語るのです。

そうしてことごとに繰り返すうち、

「紙と畳なんて、ずいぶん些細《ささい》なことで気持ちが休まるようね」

あるとき中宮様がふとおっしゃいました。

「では、姨捨山《おばすてやま》の月は、どんな人が見たというのかしら」

わが心慰めかねつ更級《さらしな》や

姥捨山に照る月を見て

という古歌を引いてのお言葉です。姥捨山の月にさえ心を慰められなかった人がいるというのに、あなたの楽天さといったらないわ、とお笑いになるのです。

おそばにいる宰相の君が、

「そんなので息災になれるなんて。お手軽なお祈りね」

つもの怜悧《れいり》な様子で言おうとしますが、途中からほとんど笑い声になっていました。

実際、それは真実でした。このとき身重であったわたしにとって、お手軽であるという気分が、どれほど救いになったことでしょう。

とはいえ、こうした他愛ない言葉が、そういつまでも自慢の歌のごとく扱われるはずもありません。わたし自身、他に幾つも馬鹿馬鹿しい冗談を思いつきましたし、できるなら本当に名歌をものすることで注目を受けたいに決まっているのです。

そんなわけで、当時わたしの一番の芸であった「紙と畳」の話は、やがてみなから飽きられ、忘れられてしまいました。わたし自身、さして記憶にとどめなかったのですから、忘れて当然なのです。

ただお一人を除いては。

紙と畳。

他愛ない言葉たち。

それらが、わたしにとって本当の、そして生涯の祈りとなるのは、まだしばらく先のことであったのです。

二

清涼殿に昇れるようになったその年、わたしにとって大きな変化が、もう一つありました。

殿方からわたし宛てに来る歌が、どっと増えたのです。

中宮様づきの女房は、内裏でも花形とされていますから、殿方も競って歌を贈るのが普通でした。そうして彼らが宿直《とのい》などで顔を合わせると、やれ、どの女房から返歌が来た、この女房は筆が遅い、などと歓談するのだそうです。

真剣な恋もあれば、ただの歌自慢であったり、男同士の見栄を賭《か》けた遊びや、意地の張り合い、冷やかしなど、歌を贈る理由は様々でした。

わたしのような年長の女房に、わざわざ歌を贈る理由も、色々とあったことでしょう。ですが結局は、中宮様の最近とみにお気に入りの新参女房、というわたしに対する評判が、殿方の興味を引いたのだと思います。

その女房が夫を亡くした。では気兼ねなく歌の一つも贈ってやれ。寡婦になって寂しがっているだろうから、たやすく返事が来るに違いない。

おおかた、そのような気分で歌を寄越したのでしょう。証拠に、いかにもありきたりな歌や、勢いで作っただけの歌があまりに多くて、わたしは心底呆れてしまいました。

もちろん中には熱烈な歌もありました。かつて若い頃に恋をした、あの実方様などは、才ある人というのはこういうものかと溜息《ためいき》がこぼれるような素晴らしい歌を贈って下さったものです。

そしてときには、予想外に真面目な歌が来ることもありました。

わたしの父元輔の友人であった藤原棟世《むねよ》という方がいて、実は一時、兄たちは彼とわたしの結婚を進めようとしていたのだそうです。しかし早々に信義とわたしの縁談が固まったため反古《ほご》になったものの、当の棟世は、

「元輔から生前、娘のことを頼むと言われていた」

と言って、いまだ折々に、わたしの生活を気遣う手紙をくれたりしていたのです。

さすがに夫を亡くしたばかりで、しかも子を身ごもっていた時期ですから、さっそく年の離れた方を頼って身を任せる気にはなれませんでした。そのため、我ながら実に曖昧《あいまい》な返事を差し上げたのを覚えています。

さらに最も意表を突かれたのは、あの藤原道長様からも歌が来たことです。

思ひきや山のあなたに君をおきて

一人都の月を見んとは

山の彼方にあなたを置き去りにして、自分一人で都の月を見るなどと、思ってもみなかったよ――つまり、わたしが物忌みで実家に下がっていたときのことを詠んだのでしょう。

内裏で最も華やかな若者は伊周様で、最も凜々《りり》しい若者は道長様である、というくらい評判の殿方からの歌でしたから、やはり悪い気持ちはしません。

とはいえあまりに唐突で、道長様をはじめ殿方たちが、笑って話しているのが目に浮かぶようでした。さてさて、誰が最初にあの清少納言から返歌をもらうだろう。ここは一つ、誰それに賭けてみよう――というわけです。

結論から言って、わたしは全ての歌に対し、さっぱり面白みのない、やんわりとしたお断りの歌を返しました。

殿方からすれば意外なほどの強気だったのでしょう。わたしに贈られる歌は一気に減りました。

もちろん、わたしは気にもしません。

辛《つら》い恋はかつて嫌というほど味わいましたし、中宮様という栄誉と才能に満ちた方に目をかけて頂いたことが、わたしに大きな自信を与えていたのです。

「思う人から、一番に愛されるのでなければ、どうしようもないでしょう。そうでないならいっそ憎まれたほうがまだましよ。二番目や三番目なんか、死んでも嫌だわ」

わたしはことあるごとに、そう口にするようになりました。夫を亡くしたからといって、勝手に哀れみ、あわよくば自分の恋人の一人にしてしまおうと考える殿方に、そうやって歌でも言葉でもお断り申し上げるのは、正直なところ、とても気分のよいものでした。

女房たちはそんなわたしを笑って、

「清少納言、一乗の法って感じね」

などといっていました。

法華経《ほけきよう》こそ、ただ一つの真理である、というのが「一乗の法」ですので、つまりわたしを、絶対的な恋愛を信じる、頑固な一夫一婦の信仰者と笑うのです。

そんなふうにからかわれても平気でしたし、かえってその通りだと気持ちが大きくなったものでした。中宮様も、そんなわたしの様子を面白がって下さいます。それとともに、ときたま、わたしの心を試すようなことをされるようになりました。

あるとき、中宮様の御前に、殿上人《てんじようびと》の方々がいらっしゃったときのことです。わたしが廂《ひさし》の間《ま》の柱に寄りかかって女房たちと話していると、ふいに中宮様がわたしに向かって、ひょいと何かを投げ与えて下さいました。

それは幾重にも折られた紙で、開いてみると、

『お前を可愛がろうか可愛がるまいか。人に一番に愛されていないというのは、どうな

の？』

なんと、そんなことが書いてあります。

明らかにわたしの、「一乗の法」についてのお言葉でした。

もちろん一番に愛されるべきは、わたしの想い人であって、まさか中宮様からの思いについて常々、口にしていたわけではありません。

中宮様は筆と紙まで用意させて、わたしに返事を書かせようとします。わたしは驚き慌てて、

『九品蓮台《くほんれんだい》の間に入れるのでしたら、それはもう下品《げぼん》で十分でございます』

こう書いてお返し申し上げました。

蓮《はす》の台《うてな》に乗るというのは、つまり極楽浄土に往生するということです。

この蓮の台には上から下まで九つの階級がありますので、その下の下で構いません、というのが、そのとき中宮様にお返しできる精一杯の言葉でした。

中宮様はわたしをそばへ招くと、

「ずいぶん弱気になったものね」

笑いながらおっしゃいましたが、その口調は意外なほど厳しいものでした。

「駄目ですよ、清少納言。ひとたび言い切ったのです。元の心のままに押し通しなさい」

わたしはすっかり狼狽《ろうばい》し、

「それは……、相手によりけりでございます……」

小さくなりながら、つい抗弁してしまいました。

「それがいけないのです。自分にとって一番大切だと思える相手から、一番に愛されよう。そう心がけるものですよ」

まるで、教え諭す僧のようなおっしゃりようです。あるいは、同じ教えを修めようとする修行僧同士の、叱咤《しった》激励のようでもありました。

わたしはそのとき、ただ恐縮するばかりでした。

驚喜する思いに興奮したのは、御前を退き、局《つぼね》に戻ってからのことです。わたしはようやく、中宮様がまさにそのお志を共にする者として、わたしを見て下さったのだと気づきました。

「帝《みかど》から最も愛されねばならない」

それこそ中宮様が背負った、一族の悲願なのです。そしてまた、中宮様は誰よりも帝のことを強く思っていらっしゃいました。

わたしが信じる「一乗の法」は、中宮様にとって、人生そのものといえるほど重大なことであったのです。だから中宮様は、わたしを同志と見て下さっているのではないか——。

畏《おそ》れ多いことでもありますから、中宮様にお尋ねするわけにもいかず、本当かどうかは確信が持てませんでした。でも中宮様ほどの御方から、そんなふうに思われているかもしれない。そう思うだけで胸が熱くなりました。はっきりとしたお言葉を賜ったわけでもないのですから、一方的な下々《しもじも》の思い込みであったとしても、それこそ十分に幸福でした。

けれどもその思いは、ほどなくして大きな衝撃とともに確信に変わりました。

それが、あの『枕《まくら》』であったのです。

三

そもそも子を身ごもったからには、わたしは穢れを帯びているわけです。

なのに内裏へ出仕し、そのまま長々と御前で過ごしていられたのは、ひとえに中宮様のご厚意によるものでした。

後宮の華やかさが、わたしの不安を宥《なだ》め、心を大きくしてくれているのだということを、中宮様はわたし以上に正しく察して下さっていたのです。

しかしいつまでも甘えるわけにはいきません。このままでは、わたし自身が後宮の華やかさを損なってしまうのですから。

宰相の君をはじめ、若い右衛門など、他の女房たちからも勧められ、わたしは里へ下がるお許しを中宮様から賜りました。

「落ち着いたら、すぐに出仕するのですよ」

中宮様はおっしゃって下さり、わたしは心から感謝を述べ、家人に退出の準備をさせました。

そうして明日には内裏から下がろうというとき、伊周様がいらっしゃって、一条帝と中宮様それぞれに贈り物をされたと聞いたのです。

何の贈り物だろうと興味を引かれ、退出のご挨拶《あいさつ》を兼ねて御前に出たところ、中宮様のお手元に置かれていたのは、沢山の、真新しい上質な紙の束でした。

「よいものを頂いたわ。でもこんなにあって、何に使えばよいのかしら？」

中宮様は、女房たちに紙を見せてお笑いになっています。

わたしは、美しい白地を目にし、久々に「紙と畳」で元気になれる自分を思い出しました。

「実に素晴らしい品でございますね」

自分が賜ったわけでもないのに感動を込めて口にすると、中宮様はわたしをご覧になり、

「帝は、これと同じ紙に、『史記《しき》』という書物を写してお書きになるそうよ。わたくしの紙には何を書けばよいと思う？」

そうおっしゃるので、

「それでしたら、『枕』というところでございましょう」

わたしは本当に、何の気なしにそうお返事申し上げました。

『史記』というものが、巨大な歴史書であることは知っていましたが、実際に読んだことがあるのはごく一部だけで、それがどのようなものかは、ろくに知りません。

要は、ただ『しき』という言葉から、ふっと『敷』を連想したまででした。『畳を敷く』のであれば、『枕』の一つも欲しい。そういう冗談のつもりだったのです。

また、『枕』には、分厚いという意味合いもあります。何を書くにせよ、とにかく帝の『史記』に負けないほど分厚くなるような何かを、色々とお書きになってはいかがでしょう――。

本当に他愛のない、気軽な言葉です。

そしてそれが、あるいは全てを定めたのでしょうか。

他愛がないこと。気軽であること。

それらがまぎれもなく、夫を亡くしたわたしを救ってくれたように。

女房たちが、わたしの言葉を笑いました。中宮様も笑っておられます。

かと思うと中宮様の柔らかで美しい手が、紙の載った机を、そっとわたしのほうへ押しました。

「では、あなたがもらって」

中宮様が、にっこり笑って、そうおっしゃいました。

なんとも無造作に下された賜り物に、わたしはどうお応《こた》えすべきかもわからず凝然となりました。

伊周様が献上された品を――一方では帝が受け取った品を、わたしに受け取れというのです。

しかも、わたしが口にしたばかりの『枕』という言葉の意味合いもそのまま、全部すっかり、気軽にわたしへお授け下さろうとするご様子です。

これこれのものを書け、というのではなく。

ただ真っ白い紙のまま、全てをわたしに委《ゆだ》ねたのです。

そのとき、わたしは初めて、中宮様の笑顔が、ひどく嬉《うれ》しげであることに気づきました。

――お前はわたくしの同志である。

言わずともそう思って下さっているのではないか。そんなわたしの推測が、にわかに何の根拠もなく、確信に変わった瞬間でした。

なぜ畏れ多くも、わたしごときをそう思って下さるのか。咄嗟《とっさ》に幾つも考えが浮かびましたが、大事なのは理由ではありません。

中宮様の思いが、わたしに伝わった。その事実に、お応え申し上げねばならないのです。

「ありがたく頂戴《ちょうだい》いたします」

わたしと同じようにぽかんとしていた女房たちが、まじまじとわたしを見ました。

そのときの気分を、どう書き表せばよいのか、今もわかりません。

かつて道隆様が催した積善寺の法要で、中宮様はわたしをすぐそばに座らせて下さいました。

そのとき以上の、喜びと、畏れと、幸福の思いが、いっぺんに押し寄せてきたのを今でも覚えています。

ただ嬉しいのではなく、ただ畏れ多いのでもない。

たとえばそれは、主君と仰ぐ相手から誇るべき使命を授けられたときの幸福なのかもしれません。あるいは信仰に生きる僧や宮司《みやづかさ》といった方々が、この道をまっとうすると決心したときの喜びであったでしょうか。

あまりにわたしと中宮様にのみ当てはまり、他に比べるものがないせいで、そのときも今も、どうすれば人に説明できるか、わからないのです。

わからないまま、わたしは言葉少なに、恭《うやうや》しくその美しい紙の束を受け取ることしかできませんでした。

ただ、

――命懸けで書いてみせよう。

闇雲にそう心に誓い、中宮様の笑顔を胸に刻みました。

昂然《こうぜん》とした思いに頬《ほ》を火照《て》らせながら辞去したわたしは、頂戴した紙を布で包ませ、それを胸に抱いて牛車《ぎっしゃ》に乗り、しずしずと実家へ下がりました。

ですが、内裏を出て、後宮の華やかさとは比べようもない我が家へ向かいながら、早くも昂揚が遠ざかってゆくではありませんか。

ゆらゆらと揺れる牛車の中で、

「……何を書こう」

呟《つぶや》いた途端、抱いた紙も身に着けたものも全て、どっしり重くのしかかるようでした。

自問しておきながら、本当に、まったく何も、思いつかなかったのです。

歌才に秀でているわけでもない。

漢詩の達人でもない。

手蹟が素晴らしいわけでもない。

絵が抜群に上手《うま》いわけでもない。

こまごまと日記をつける性格でもない――。

「……そんなわたしが、いったい何を書くのよ？」

思わず泣きそうになりながら、牛車の窓から暁闇の月を仰ぎました。まさに姥捨山の月でさえ心慰められない心境です。

いっそこの紙をお返ししてしまおうか――そうも考えますが、しかし心に刻んだ中宮様の笑顔を思い出すと、なんだか無性に幸福になり、この気持ちだけは裏切ってはならないという厳しい思いが湧き上がってくるのです。

かくしてわたしは空白の『枕』というこの上ない重みと、身ごもった体という本物の重みを抱えながら、喜びと悩みの狭間《はざま》で思い惑う日々へと真っ直ぐ向かっていったのでした。

四

——どうしよう、とんでもないことになってしまった。

実家に戻ったわたしは、中宮様から賜った紙の束を前にして、書くべき『枕』をどのようなものにするべきか悩み続けました。

とはいえ、こと『枕』に関して中宮様がわたしを急かすようなことは、このときも、このあとも、ずっとありませんでした。

そもそも何十枚という紙をそうそう簡単に使い切れるわけがありません。伊周様が帝と中宮様に献上された上等な紙であれば、なおさらたやすく費やすわけにはいかないのです。あくまで献上のため、清書に用いるべき紙でした。

わたしはさっそく自前で用意した紙に、あれこれと試しに書いてみました。どんなことを書いたか、実はあまり覚えていません。ただ、出産の前後であったせいか、子供のことばかり書いてしまったように思います。

当時書いたものの中で、実際に『枕』に収める気になったものは、ほとんどありません。

ですが、とにかく書いてみたことで少しだけ安心したのは確かです。実家にいたこともよかったのでしょう。内裏で他の女房たちに覗《のぞ》き見されながらでは、とても書く気にはなれなかったはずです。

いつしか書くことが、出産前の不安や慌ただしさを紛らす、絶好の慰めへと変わっていきました。これは試みなのだからと実に野放図に書き散らし、それがだんだん楽しくなっていったように思います。

たとえまだ、中宮様にお見せできるようなものでなくとも、いつか献上に値するものが書けるのではないか。

そんなふうに自分に期待するなんていうことは初めてのことでしたし、

（中宮様が、わたしが書くものを待って下さっている——）

その確信は、出産の苦しみを宥めるだけでなく、この先、きっと何もかもよくなっていくだろうという強い希望の念を、わたしに与えてくれたのです。

そうしてその年の秋、わたしは無事に、亡き夫の子を産むことができました。

初めての娘です。そのことが、さらにわたしに安心と喜びを与えてくれました。

もし男であったら、せっかく育てても、いずれ父方の家へ、跡継ぎとして連れていかれてしまいます。ですが娘であれば、手元に置いて育てることができるのです。大きくなれば内裏に連れていって、他の女房たちの子供らと遊ばせることもできます。もしかしたら見習いとして特別に昇殿を許される機会があるかもしれません。

娘の将来をあれこれ想像することが、さらに『枕』の試し書きを楽しくしてくれました。

お陰で、産後の物忌みを済ませる間も、退屈とは無縁でしたし、生まれたばかりの子が健康に育つだろうかという不安を紛らせることができたのです。

それどころか、この頃から徐々に、父や優れた歌人に対する引け目や、自分の歌才のなさを不甲斐《ふがい》なく思う気持ちも、宥められていったのを覚えています。

中宮様は決して、大量の歌を詠めとはおっしゃらなかったのです。わたしにそんなものを期待しても無茶だということを、理解して下さっていたのかもしれません。

生まれたばかりの我が子と、生まれるかもしれないわたしだけの言葉と戯れる日々は、今思うと実に幸福でした。

確かに夫もなく、家財も多くはありませんでした。けれども財務はもともとわたしの趣味でしたし、質素な生活を苦にする性格でもありません。さして不安をかき立てはせず、急いで再婚相手を見つけねばならないという焦りとも無縁でいられたのです。

やがて冬になると、内裏から出仕を促す手紙が来るようになりました。

わたしは子を家人と乳母《めのと》に預け、家を出ました。産後、ふた月ほどの頃だったと思います。体はまだ少し辛かったものの、気分は軽く、浮き浮きしていたのを覚えています。

これからしばらくは自分で稼がねばならない、という気持ちもありましたが、やはり中宮様に仕え、内裏に住めるというのは、苦労以上に喜びと生き甲斐を与えてくれるのです。

加えて、このときは中宮様から賜った『枕』がありました。

いまだ白紙であり、それゆえ悩みと重圧とをもたらすものだったとしても、やはりそれは、中宮様から目をかけて頂いているという自信の源ともなっていたのです。

内裏へ到着したときも、中宮様に久々にご挨拶をしたときも、初めて出仕した頃に比べて実に堂々と振る舞うことができました。女房たちの多くと気心が通じ合うようになっていましたし、殿方に対しても臆《おく》せず話すことが普通になっていたのです。

その冬の間ずっと、わたしは浮き浮きとした気分でいたように思います。

朝から晩まで朗らかな気持ちでいたため、貴人の方々の前でもよく話し、その結果、お誉めの言葉を頂戴することが多くなりました。

たとえば、その年の暮れ頃、中宮様と伊周様の弟君で、こののち、権中納言《ごんのちゅうなごん》となられる隆家様が、後宮に来られたときのことです。

隆家様は、ご兄弟の中でもとりわけ体格が良く、武技に達者な美男子として知られている御方でした。性格は素直で屈託がなく、父君の道隆様によく似ていらっしゃいます。

その隆家様がおっしゃるには、

「いや、私ときたら、なんとも素晴らしい扇の骨を手に入れてしまったのですよ。今、その骨に紙を張らせて中宮様に進上しようとしているところですが、骨にふさわしい紙がなく、人に探させているところなんです」

とのことで、

「どんな骨なのかしら？」

中宮様がお尋ねになりますが、

「とにかく、すごい。みな口を揃えて、見たことがないほど立派な骨だ、と言うほどでしてね。まことに、私もあんな見事なものは初めてなのですよ」

大声で、すごい、素晴らしい、と言うばかりでは、聞くほうはちっともわかりません。

「それでは、きっと、くらげの骨なのですね」

つい、わたしが申し上げると、隆家様は大笑いしました。

もちろん、くらげに骨なんかありません。隆家様がおっしゃる扇の骨も、見た人からすれば大いに話題にしたくなるようなものなのでしょうけれど、見ていないわたしたちには、つかみどころがなくて、いまいち話題に興味を持てないのです。

わたしたちのそういう気分を、隆家様も察して下さったようでした。とともに、

「くらげの骨とは、面白い」

その言葉をいたく気に入ったご様子で、しきりにわたしをお誉め下さり、中宮様と一緒にお笑いになっています。かと思えば、

「これは、私が言ったことにしてしまおう。そなたの言葉、ありがたく頂くぞ、清少納言」

なんとも無邪気におっしゃったものでした。

また他に、こんなこともありました。

中宮様が清涼殿の、上の御局に上がられたときのことです。殿上人たちが居並ぶ場へ、一条帝が花のない梅の枝をお持ちになられて、

「みな、これはどうかな」

とおっしゃいます。

殿上人たちは誰も咄嗟に答えられません。歌を詠もうにも花がありませんし、漢詩を引こうにも、この場にふさわしいものを思いつけなかったのでしょう。

他の女房たちとともに小部屋に侍っていたわたしは、

「早く落ちにけり」

と小声で口にしました。

近くにいらっしゃった殿上人たちがそれを聞いて、

　大庾嶺《たいゆうれい》の梅は早く落ちぬ
　誰か粉粧《ふんしょう》を問はん――

という詩を朗詠し、一条帝の問いに対する答えとしたのです。

大庾嶺というのは梅の名所のことで、しばしば朗詠される詩でありますから、わたしもよく知っていました。

一条帝はこの答えをお喜びになり、朗詠した殿上人をお誉めになります。

「下手によい歌を詠もうとするよりも、こんな答えが場にふさわしいというものだな」

かと思えば、さすがは一条帝で、わたしが小声で口にしたことをお察し下さり、

「実によい返答だったよ」

中宮様を通して、わたしもお誉め下さったのです。

わたしのような身分の者が、こうして自分が誉められたことを書き連ねるのは節操がなく、恥ずかしいことではありますが、こうしたことがあって、ようやくわたしは新参の気分から抜け出すことができたのです。

貴い身分の殿方が大勢いる中で、自由に思ったことを申し上げられるようになれたというのは、わたしにとってそれまで想像もつかなかったほどの変わりようでした。

しかもその貴い方々から誉められるのですから、わたしはますます調子に乗りました。次はどんなことを言おう、こんなことを尋ねられたらこう答えよう、などと常日頃から考えるようになっていたのです。

いつかわたしも、宰相の君や、中納言の君のように、中宮様の女房として内裏で評判になることができるかもしれない――。

そんな希望の念でいっぱいでした。


けれども年が変わり、正月を過ぎると、そんなわたしを、まさに冷や水を浴びせられるような出来事が待っていたのです。

「最悪の女だ。なぜあのような者を、まともな人間と思い、誉めたりしたのだろう」

こんなことを殿上の間でおっしゃっている御方がいる――そう女房たちがわたしに教えてくれたのは、二月に入って間もない頃のことでした。

この「女」とは、わたしのことだ、というのです。しかも、おっしゃっているのは、当時、頭《とう》の中将であられた藤原斉信《ただのぶ》様であるのだと。

蔵人頭と近衛府の、両方の中将を兼ねた御方――。

つまりは、帝の秘書伝令である蔵人の束ねであるとともに、内裏の警護の責任者を兼ねていることから、「頭の中将」と呼ばれる貴人の御方なのです。

伊周様や道長様に並ぶほど有名な若き貴公子で、その美貌《びぼう》と風流な振る舞いは、男女を問わず多くの者たちの憧《あこが》れの的でありました。

いったいなぜその斉信様が、わたしなどに対し、それほどのお怒りを抱くのか、まるで心当たりがありません。

呆気《あっけ》に取られながらもあちこち訊《き》いて回り、やっと、それがとんでもない誤解であることが判明したのでした。

なんでも、わたしが隆家様に申し上げた「くらげの骨」や、一条帝へのお答えを申し上げた「早く落ちにけり」といった言葉を、

「清少納言という女は、隆家殿や殿上人たちが口にした言葉を、あたかも自分が思いついたかのように言っているのだとか」

というのが、斉信様のお怒りの原因とのことでした。

もちろんこれは逆で、わたしが言ったことを、隆家様などがご自分のものとしていたのです。大変名誉であり嬉しいことでありますから、そのことについては何の文句もありません。けれども、まさかこんなふうに話が逆転してしまい、あろうことか斉信様のような素晴らしい御方に憎まれ、罵《ののし》られることになるとは思いもよりませんでした。ただの馬鹿馬鹿しい誤解とも言っていられません。内裏では、ときおりこうした誤解が原因で、昇殿を禁じられてしまうことだってあるのです。

下手をすればこのことがきっかけで、内裏から追い出される可能性だってありました。

――どうしよう。困ったことになった。

わたしは思い悩み、中宮様にご相談しようかとも考えました。

ですが、こうしたことは、下手に弁解をしても、かえって火に油を注ぐことになりかねません。それに、たとえば隆家様が「自分が言ったことにしよう」とおっしゃられたことを、わざわざ否定し、わたしが言ったのだと証明する必要があります。

どうやっても貴人の方々に恥をかかせることにもなりますし、また別の憎しみを受けかねず、何もよいことはありません。

結局、わたしは沈黙することにしました。そうする以外になかったのです。

わたしを心配してくれる女房たちに対しては、

「わたしに咎があるなら仕方がないけれども、いつか本当のことが斉信様のお耳に入れば、きっとご機嫌を直して下さるわ」

しいて明るく笑うようにしました。

ですが、斉信様の誤解はなかなか解けませんでした。

わたしが清涼殿に昇り、小半蔀《こはじとみ》の局《つぼね》に侍っているようなときなど、どうしてもすれ違うことがあります。そういうとき、

「清少納言がいるのか」

斉信様は通りがかりに、わたしの存在を察すると、わざわざ袖《そで》でお顔を覆って、互いの視線を遮るということさえなさるのです。

それほどまでに毛嫌いされているのかと溜息がこぼれました。

そんなわたしも決して弁解せず、こちらから謝ろうともしません。そしてそのせいで、斉信様はわたしから無視されていると思われたようでした。

斉信様が、女房たちへ中宮様への取り次ぎを請うときなど、

「清少納言は、私と話をしようともしない。それほど私が嫌いなのか」

などと不満をこぼすのだとか。

これもまた、わたしからすれば奇妙この上ないことです。

斉信様のほうが先にわたしのことを誤解したのに、弁解しないわたしを不満に思われたわけで、いったいどうすることができるでしょう。

そうするうち、右衛門や小左近といったわたしと仲の良い女房たちが仲介役となって、

斉信様の言葉が伝わるようになりました。

右衛門などはすっかり面白がって、

「あなたと斉信様って、変な関係ねえ。あの方、今日も殿上の間で、こうおっしゃっていたわよ。『さすがに、清少納言のような面白い女と無視し合うのは寂しいものだ。そのうち何か言い贈ってやろうか』――ですって。嫌われているのやら好かれているのやら、さっぱりね。ああ、おかしい」

笑いながら告げたものです。

「まさか、そんなことがあるものですか」

わたしはとにかく適当にあしらうしかありません。

けれども女房たちにとって、わたしと斉信様の緊張関係は、すっかり格好の娯楽になっていたのでした。

五

それからしばらくした、ある夜のことです。

中宮様のもとへ参上しようと、登花殿の東にある廂を通ったところ、長押《なげし》のところで女房たちが集まって灯《あか》りを引き寄せ、言葉遊びなどしていました。

中宮様がいらっしゃらないのは一条帝がお越しになっているからだとすぐにわかりま

した。

お二人が御寝所にいらっしゃるところへ、女房たちが呼ばれもせずに入っていくわけにはゆきません。

「あら、清少納言。やっと参上したわね。嬉しいわ。早くあなたも一緒にやりましょう」

何もすることがなく遊びに興じている女房たちが、喜んで誘ってくれます。

ですが中宮様がいらっしゃらないのでは、何のために参上したのかわかりません。

一緒に遊ぶ気にはなれず、後でね、と言い置いて炭櫃《すびつ》のそばに座って暖を取り、他の女房たちとおしゃべりしていると、

「清少納言はいますか」

だしぬけに、派手な殿方の声が響きました。

「なぜ、ここにいるとわかったのかしら」

わたしが咄嗟に口にしたのは、そんな疑問でした。外にいた若い女房が対応してくれたところ、主殿寮《とのもつかさ》の官吏だとのこと。主殿寮は、灯りや乗物などの品を揃えてほうぼうに配し、使い終えれば掃除をすることが主な役目で、後宮の殿司《とのもづかさ》と同じでした。

おおかた、わたしの局の灯りが消えているのを見て、こちらに来たのでしょう。

外は、ぱらぱらと冷たい雨が降り始めていました。そんな中を後宮までわざわざやって来て、女房一人を訪ねるのです。いったいどんな理由があってのことか想像もつきま

せん。

官吏は、先ほど対応してくれた若い女房には用件を告げず、

「清少納言に、じかに申し上げねばならないのです」

という声がわたしのいるところにも聞こえてきます。

仕方なく簾《すだれ》の外へ出ると、

「ああ、清少納言。これです。あなた様に、頭の中将様からのお手紙です」

わたしはますます奇妙だと思いながら手紙を受け取りました。

誤解から生じた怒りや憎しみを、わざわざ伝えようとでもいうのでしょうか。

急いで見るものではないでしょうし、正直、その場では見たくありませんでした。

わたしを咎める手紙であった場合、中宮様に相談しなければお返事もできません。そして中宮様は今、帝とともにおられるのです。

そもそも自分を咎める言葉を好んで見たがる人がいるでしょうか。誤解からこんな気分にさせられること自体、ひどく馬鹿馬鹿しく、思わず苦笑してしまいました。

「お行きなさい。お返事はすぐにしますよ」

官吏に言って手紙を懐に入れ、再び女房たちのおしゃべりに戻りました。

女房たちも手紙の内容が気になる様子で、ちらちらわたしのほうを見ます。ですが中宮様ご不在の折であることから、あえて口には出さずにいてくれます。

かと思えば、先ほどの官吏がすぐに戻ってきて、またわたしを呼び、

「お返事が頂けないなら、先ほどのお手紙を返してもらってこいと言われてしまいました。どうか早くお返事を」

困惑した顔で、寒々しい雨の中、震えて言うのです。

わたしのほうこそ困惑したいのに、貴人の命じるがままにこちらを急かす官吏の様子は、腹が立つというより、なんだかひどく滑稽《こっけい》に思われたものでした。

「少し待って」

仕方なく灯りのある場所へ行き、手紙を開くと、綺麗な青い紙に、なんとも麗しい筆蹟で、

蘭省花時錦帳下
末の句はいかに、いかに

とだけ書かれています。

どうやら、わたしを咎めるようなものではなさそうでしたが、返事に困るものであることに変わりはありませんでした。

『蘭省《らんせい》の花の時、錦帳《きんちょう》のもと』

というのは『白氏文集』から引かれた句です。友人たちは華々しく出世し、花の季節には宮殿の帳《とばり》のもとで人生を謳歌《おうか》している、という詩でした。

下の句はなんだと尋ねられれば、

『廬山《ろざん》の雨の夜、草庵《そうあん》のうち』

というしかありません。友人たちの華やかさに比べ、自分は草庵の中で、雨の夜も一人で侘《わ》びしく過ごすしかない、と詠んでいるのです。

どうやら、この華々しく出世した友人というのは、中宮様のもとで楽しんでいる、わたしを指しているようです。それに比べ、頭の中将であられる斉信様のほうが、雨の夜に侘びしく過ごしているのだぞ、と主張しているのだと知れました。

ご自分のほうがわたしを嫌っているくせに、わたしに相手にされないことを皮肉って、こんな詩を引いているのです。

下の句を書いてお返しするのはたやすいことでしたが、それではあまりに気が利かないと咎められるでしょう。

それに、わたしは筆蹟を見て覚えることは得意でしたが、漢字を書くこと自体は慣れていないのです。見苦しい字をお見せすれば、ますます相手に批判する隙を与えてしまいます。

加えて、紙も、相手にふさわしい立派なものが自分の手持ちの中にあったかどうか咄嗟に思い出せません。局に戻れば紙を探すこともできたでしょうが、官吏がしきりに返事を急かすので、どうすればよいか考えがまとまらないほどでした。

（なんと面倒なのだ）

溜息がこぼれそうになりながらも、こうした事態を不敵に楽しんでいる自分もいました。

それに、詩歌による殿方からの挑戦を、面白いと感じることこそ、中宮様の女房としてふさわしい心構えなのです。

たとえ中宮様がいらっしゃらないときでも――いいえ、むしろご不在だからこそ、立派に対応しなければならないのです。

（漢詩、手蹟、紙）

相手が難癖をつけるであろう点を見定めると、

（ままよ――）

わたしは、いったんまた女房たちのいる炭櫃のそばへ戻りました。そこから消し炭をとると、相手が寄越してきた手紙の末尾に、

　草の庵《いおり》を誰かたづねむ

と書きつけました。

これはもちろん、わたしの歌ではありません。当代随一と名高い歌人である、藤原公《きん》任《とう》様の歌を拝借したのです。

公任様は歌書を作られており、その中には連歌の題も多くありましたから、わたしの

ように歌才のない者にはこういうとき大変役立つのです。これなら漢詩をそのまま続ける無粋さを咎められることはありません。

消し炭で書いたものの筆蹟を論じることなどできはしないでしょう。紙も相手のものをそのまま返すのですから、

「何かご不満はございますか？」

とでも書き加えてやろうか、という気分です。

手紙を投げ渡してやると、官吏は寒さに耐えかねた様子で、ろくに御礼も言わず、さっさといなくなってしまいました。

六

その晩は、それっきり斉信様から何の音沙汰《おとさた》もありませんでした。ぴたりと反応がなくなったことで清々しましたが、ちょっとばかり不安も抱いていました。

やがて女房たちはみな眠り、明け方になると、わたしは自分の局に下がりました。

斉信様からさらに手紙が来ているかもしれない、と頭のどこかで考えましたが、やはり返事はありませんでした。

そう思っていると、庭のほうから、

「ここに『草の庵』はおられませんか？」

などと仰々しく呼ぶ声がします。斉信様と大変仲がいい——というより、いつもおべっかを使って斉信様と親しくなろうとする、源宣方《のぶかた》様だと知れました。

さすがに「草の庵」とは、ひどい言いようです。わたしは簾越しに、たっぷり棘《とげ》を含ませて言い返してやりました。

「変なことをおっしゃる。ここに、そんなみすぼらしい人がいるとお思いですか。『玉の台《うてな》』とでもおっしゃるのでしたら、返事もあるでしょう」

玉台というのは、もちろん天帝のおわします所です。勢い余って少し言い過ぎたかしらと思いましたが、この宣方様という方は、そういう細かいことには一向に気づきません。

「やあ、よかった。やはり局におられましたか。先ほどからお返事がないので、御前に伺おうかとも考えていたのですよ」

「なぜ、わたしなどをお探しに？」

「それはもう、昨夜の一件でございますよ。実は頭の中将がおられる宿直の室に、みなで集まっておりましてね。そこで、頭の中将が、こうおっしゃったのです。やはり清少納言という女と縁が切れてからは、中宮様への取り次ぎにも不便だし、物足りない気分にもさせられる——と」

いずれ、わたしから斉信様に何か言い出すだろう——やはり斉信様はそうお考えになっていたのだそうです。

ですが、わたしはだんまりを決め込んでしまいました。斉信様からすれば、自分のことを気にもかけない女房の存在に、ずいぶんしゃくにさわる思いをさせられたのだとか。

それで、わたしの良し悪しを定めるために、みなで相談して手紙を届けさせることにした。けれども、ここでまた、わたしが手紙を開きもせずに引っ込んでしまったので、

「彼女の手でもなんでもつかまえて、有無を言わせずに返事をもらえ。さもなくば、手紙を奪い返してこい」

斉信様はひどく躍起になって官吏に命じたそうです。

ようやく官吏が戻ってきたと思ったら、先ほどご自身が届けさせた紙であったのを見て、

「なんだ、これは。返事もせず、手紙を返したのか――」

憮然《ぶぜん》として手紙を開くや、

「おッ⁉」

斉信様が叫ぶので、みな驚き集まり、競うようにしてわたしの返事を見たがったそうです。

「大泥棒め！　これだから、あの女は無視できんのだ！」

そう言って斉信様は、先ほどまで不機嫌だったのが嘘のように大笑いしたとか。

宣方様からそうした顚末《てんまつ》を聞いて、呆れるような、虚脱したような心持ちでした。何しろ、

「良し悪しを定める」

というのは、わたしの女房としての資格を見定めてやろうということなのです。うかつな返事をしていたら、どうなっていたのやら……そう思うと、あまり気楽に聞いてもいられません。

ですが宣方様は、わたしが簾の向こうで勝ち誇っているとでも思ったのでしょう。斉信様とわたしの両方におもねるようにして、大声で続けました。

「いやはや、斉信様ときたら、『宣方、この上《かみ》の句をつけてみよ』などとおっしゃってね。あの『草の庵』は、もともと下の句ですからね。そうなると、そもそも上の句を和歌にしなければいけなくなるでしょう」

決まりきったことを延々と口にする宣方様には、こちらのほうが気恥ずかしくなってきます。しかも、他の女房たちにも聞こえるような声で、こんなことを言いました。

「みなでどうにかして返事をしてやろうと知恵を絞ったのですが、とうとう夜も更けて、斉信様も私たちも音を上げたのですよ。これは『語り草』になるぞ、なんて言ってね。それで、あなたのことを『草の庵』とみなで呼ぶことにしたのです」

言うだけ言うと、これでわたしの好感を得たに違いないとばかりに、

「それでは、ご機嫌よう。草の庵殿」

そう言い残して、さっさと去ってしまいました。

話を盗み聞きしていた他の女房たちが、笑いをかみ殺す様子が目に浮かぶようです。

これまでにも「葛城の神」、「馬副童《うまぞいわらべ》」、「清僧都《せいそうず》」などと、ろくでもない綽名《あだな》をつけられてきたものですが、これこそ極めつきでした。

よりにもよって、「草の庵」です。

これほど貧相で、女にふさわしくない綽名など、聞いたこともありません。

「そんなものを語り草にされてたまるものですか」

うんざりしているところへ、今度は、また別の声がしました。

「清少納言は、ここにおいでか」

よく聞き知った野太い声に、

「あら、あら」

わたしは思わず簾から顔を出していました。

「中宮様の御前にいるかと思って参上したが、いないのでこちらへお邪魔したのだよ」

笑って告げるのは、わたしの最初の夫であった、橘則光です。

離婚したものの、お互い、破鏡の憂き目に遭ったというような気持ちではなく、内裏でもこうして親しくするのが常でした。むしろ結婚していたときよりも気心が通じ合っていたかもしれません。そのせいで、元夫婦の縁もあり、「妹兄《いもせ》の二人」などと呼ばれていたのです。

「わざわざどうしたの？」

「なに、本当に嬉しいことがあってね」

「出世でもした？　そんな話があったなんて聞いてないけれど」

「いやいや。昨夜のお前の一件だ。ぜひ話そうと思って、わくわくしながら夜を明かしたのさ」

そう言って則光は、先ほどの宣方様とまったく同じことを、わたしに話して聞かせました。

斉信様の部下であり、かつわたしの元夫で、「兄《せうと》」と呼ばれもする身からすれば、斉信様のわたしに対する怒りに、たっぷり肝を冷やしていたのでしょう。

けれども、わたしが首尾良く斉信様のいわゆる「お試し」に応じたことから、一転して則光まで斉信様から好意的なお言葉を頂いたのだとか。

「歌のことなどおれはさっぱりわからん。だが、昨夜のあれは見事なものだったということは、なんとなくわかる。何しろ斉信様もお前を誉めたり、悔しがったりして、おれも実に鼻が高かったのだから。多少の出世など、この一件に比べればなんでもないほどさ。まったく、草の庵とは。実に面白い名をつけられたものだ」

そんなことをひとしきり喋《しゃべ》ると、則光もまたさっさと行ってしまいました。

蔵人なのだから、本来、こんなところで朝から油を売っている暇などないはずなのです。

（これは、噂になる――）

なんとも複雑な気分でした。やり遂げたことは嬉しいのですが、その結果、わたしを称《たた》える名というのが「草の庵」では、まったく興ざめです。

事実、御前に参上したところ、

「あら、草の庵」

いきなり中宮様から呼ばれる始末でした。

苦い顔をするわたしを、中宮様は面白そうにお笑いになります。

「帝が大笑いしながら、わたくしに教えて下さったのですよ。男たちときたら、みな『草の庵を誰かたづねむ』と扇に書きつけて持っているのですって」

他の女房たちからも笑われ、わたしはすっかり顔を赤くしています。

「末代までの恥でございますよ」

わたしが申し上げると、中宮様はふとまた違う笑顔をお見せになり、

「楽しみね。あなたの『枕』に書くのかしら？」

とおっしゃったのです。

その言葉に、わたしは胸を衝《つ》かれたような思いがしました。

中宮様が、わたしの『枕』について何か指示めいたことをおっしゃったのは、後にも先にも、このとき一度きりであったと思います。

そしてわたしは、それまで完全に白紙であった『枕』の思案に、うっすらと輪郭のようなものを得たのを感じたのです。

もちろん自分のこんな顚末をただ書いただけでは面白いわけがありません。ですが、

そのとき感じたのは、

（わたしの『枕』は、中宮様のものだ）

という動かしがたい事実でした。

中宮様が読むもの。あるいは、中宮様が人に読ませるもの。中宮様がご不在のとき、何があったかをお知らせし、逆に、中宮様にお目にかかれなかった人のために記す――。

では何を書くのか、となると、そのときはまだ何の思案も浮かびませんでした。ですがこのとき少なくとも、なぜ『枕』を書くのか、その理由をはっきりと悟ったのです。

そうして、こののちずいぶん長い間、悩みの種となり、喜びと自信の源ともなってくれた『枕』が、徐々にわたしの中で最初の片鱗《へんりん》をあらわそうとしていたその頃――。

宮中には、いよいよ静かに、暗い影が忍び寄ろうとしていました。

七

わたしが子を産むために里へ下がっていた時期、実は、中宮様の父君であられる関白道隆様が、病に倒れられたのです。

といってもわたしの夫が亡くなったような、疱瘡の流行によるものではありません。長年の心身の労と、浴びるように飲む酒の毒が、急激に道隆様の身を蝕《むしば》んでいったのです。

最初に道隆様に病の兆候が現れたのは、わたしが里にいた十月頃のことで、翌年の春頃までは、中宮様をはじめ、みな快癒を信じておりました。

わたしも、内裏の要《かなめ》であられる道隆様にもしものことがあろうなどと想像もしていなかったのです。

「草の庵」の一件があってのちは、斉信様もわたしを避けたり、顔を背けたりといったことはなくなりました。むしろ逆に、中宮様への啓奏の際には、わざわざわたしを選んで伝言を頼むようになったのです。

頭の中将である御方から妙に気に入られたせいでしょう。他の殿方もわたしを面白がり、頻繁に手紙や歌を届けさせるようになりました。たいていは他愛のないものでしたが、ときには、わたしの機転や歌の知識を試すようなものもありました。

もちろん中宮様の女房たるもの、詩歌で挑まれたなら遠慮なく応じるべきでした。

わたしには、ずば抜けた歌才もなければ、漢籍の達人でもありません。

けれどもいつの間にか、機転でもって相手の意表を突くことにかけては右に出る者はいない、などと賞賛されるようになっていたのです。

自分がそんな性分であったこと自体、わたしには驚きでした。

わたしのこの隠された才を発見し、開花させて下さったのは、もちろん中宮様です。人の才を伸ばすことにかけては、それこそ中宮様の右に出る者はいらっしゃいません。

何しろ、一条帝その人もまた、中宮様がおそばにおられてこそ、若くしてその聡明《そうめい》さを磨き抜くことができたに違いないのですから。

そしてまた、才を伸ばす者には、惜しみなく褒美を下さるのが中宮様でした。

その年の正月、中宮様の妹君であられる原子様こと淑景舎様が、東宮の妃として内裏に入られることが決まりました。

それから二月十日頃、淑景舎様がお越しになるということで、わたしたち女房はみな気を入れてお部屋をしつらえたものです。

淑景舎様がご到着なされた翌朝、わたしが中宮様の御髪《おぐし》の手入れをして差し上げていると、

「清少納言は、淑景舎を見たことはある？」

ふいにお尋ねになるので、

「まだ一度もございません。わたしなどは、後ろ姿をちらと拝見したくらいです」

そうお答えすると、中宮様はこうおっしゃって下さったのです。

「では、わたくしの後ろから、そっとご覧なさい。とても可愛い方よ」

これは、いわばわたしへの褒美でした。後宮を賑《にぎ》やかにさせた功労ある者とみなして下さったのでしょう。わざわざ、どの柱と屏風《びょうぶ》のそばにいればよいかなどを指示して下さり、わたしに特別な席をご用意して下さったのです。

わたしは嬉しくてたまらなくなり、待ちきれない思いでいました。

中宮様のお召し物が整い、お席へ移られると、わたしはお許しを得た通りに、そっと

ついてゆき、屏風の陰に潜んで、お部屋のご様子を覗かせていただきました。

わたしのそんな行為に、他の女房たちはぎょっとしています。

「なんて失敬な」

「清少納言ったら、見ているこっちが、はらはらするわ」

彼女たちがうろたえ、ひそひそ話す様子もわたしには面白くてなりません。

そうして拝見した淑景舎様は、まことに愛らしいお姿で、少し緊張されているのか、絵に描いた人のように微動だにせず座っていらっしゃいます。

それに比べて中宮様はゆったりとくつろがれ、ずいぶん大人びて見えました。せっかく淑景舎様を拝見するお許しを得たというのに、やはりつい中宮様のほうを見てしまいます。お顔が紅の御衣《みぞ》に照り映えていらっしゃるところなど、この方と肩を並べられる女性などいるのだろうかと思い、うっとりするばかりでした。

その場には、道隆様と貴子様のご夫妻もいらっしゃいました。

中宮様のご一族をはっきり拝見したのはこれが初めてのことです。

道隆様はご病気であるとは思えないほど健やかに見えました。お顔もいつものようにお綺麗で、冗談をしきりに口にしながら細かく気を遣われるところも変わりません。

しばらくして食事の膳《ぜん》が運ばれ、わたしが隠れていた屏風は片付けられてしまい、わたしは慌てて退きました。けれども、一度お許しを得たからには、まだまだ物足りない思いがし、御簾《みす》と几帳《きちょう》の間に入り込み、柱の陰からまたもや覗き見ることにしたのです。

結局、これはやり過ぎでした。道隆様に気づかれてしまい、

「や、あそこにいるのは誰かね？」

いきなり咎められ、ひやりとしましたが、

「清少納言が、珍しいものを見たくているのでしょう」

と中宮様が微笑まれ、

「やあ恥ずかしいことだ。あれは、古い馴染《なじ》みの女房でね」

道隆様が、貴子様や淑景舎様に向かってそうおっしゃって下さいます。

もちろんわたしは新参で、古い馴染みではありません。ですが道隆様も、中宮様がわたしに垣間見《かいまみ》をお許しになったと察して下さったのでしょう。貴子様や淑景舎様が、わたしのせいでご機嫌を悪くされないよう、気遣って下さったのです。その上さらに、

「どうせ、不細工な娘たちだと思って見ているに違いない」

などと、わたしの行為を茶化し、おふざけになります。

もちろん、中宮様と淑景舎様ほど素晴らしいご姉妹は見たことがありません。道隆様なりの娘自慢といったところです。緊張していたご様子の淑景舎様も、これにはかすかに笑い声をこぼされました。

さらにそこへ、伊周様や隆家様もいらっしゃいます。伊周様はご長男である幼い松君《まつぎみ》をつれてきており、まさにご一家のみやびな団らんのご様子でした。

（――楽しみね。あなたの『枕』に書くのかしら？）

ご家族の華やかさ、松君の愛らしさに心奪《の》われていたわたしは、そのときふいに中宮様のお言葉を思い出し、はっと息を呑みました。

なぜ中宮様は、わたしに特別な席をご用意して下さったのか。

道隆様に見つかってのちも、わたしがご一家を見続けることをやめさせなかったのか。

今思えば、健やかなときの中宮様のご家族をわたしが拝見したのは、それが最初で最後のことだったのです。

もしかすると中宮様は、ご家族のお姿をわたしに見せておきたかったのかもしれません。

いつかわたしが、中宮様のご家族のことを『枕』に書くことになったときのために。

病んだ道隆様ではない。どうしようもなく衰えてゆくご家族でもない。

この、光り輝くように幸福なご家族のお姿を。

間もなく伊周様が公務のため退席されてのち、幼い松君を、道隆様が腕に抱かれ、

「可愛い子だ。中宮様のお子だと申しても、おかしくはない」

冗談めかしておっしゃいましたが、そのお顔もお声も、ひどく胸に迫るようだったのを今も覚えています。

確かにこのときまだ、中宮様と一条帝との間におめでたはありませんでした。

道隆様はきっと焦がれる思いで、中宮様が皇子をご出産なされる日を待ち望んでいらっしゃったのでしょう。

けれども、道隆様が中宮様のお子をご覧になることは、ついにありませんでした。

八

わたしが垣間見ることを許されたあの団らんの日から、僅か二ヶ月ほど後の四月十日、道隆様は病が深まり、この世を去りました。

中宮様は、その日より一年の間、喪に服しました。道隆様が薨《こう》じられたとき、中宮様とともに南の院にいたわたしたち女房は、総出で喪服を調えたものです。

道隆様は、生前から伊周様をのちの関白とすることを望んでおられました。

そのためにあらかじめ職を辞されることを一条帝に告げておられたのです。

けれども道隆様のご辞職を、一条帝はなかなかお認めになりませんでした。

やはり、伊周様は若すぎたのだと人は言います。そもそも他の殿上人たちは、伊周様のとてつもない出世に対して、内心では面白くない思いだったのだそうです。

一条帝は、そうした人々の思いも汲《く》み取らねばならなかったのだと、わたしはのちに、いろいろな殿方から聞くことになりました。

貴子様の父君である高階成忠《しげただ》様は、このときご出家しておられましたが、伊周様の関白就任を願い、様々な修法《ずほう》を行ったとか。

ですが結局、関白には、道隆様の弟君である道兼様が就かれることが宣言されたのです。

「なぜだ。私が父上の跡を継ぐのが当然ではないか」

伊周様がそうおっしゃって、ひどく悔しがられるご様子を、わたしも見たことがあります。

しかし殿上人たちにとって、これは喜ぶべきことでした。いきなり伊周様が関白になってしまっては、内裏の枢要が、次々に若手のものになってしまいかねません。

こうして、道隆様の永の不在による混乱は防がれたものと思われました。

ただ一つ、このときすでに、道兼様が病に襲われていたということを除いては。

わたしから二人目の夫を奪った疫病は、当時、京に蔓延し、ついに内裏をも侵していたのです。そしてなんと、関白となって間もない道兼様のお命を奪ったのでした。それも、誰もが愕然《がくぜん》となるほど、あっという間に。

関白となってから、たった十一日ののち、道兼様は亡くなられました。そのせいで道兼様は世の人々から、「七日関白」などという心ない綽名をつけられたのだとか。

一方で、疫病は、とどまるところを知らずに広がってゆきました。それは一条帝や中宮様、ひいては内裏のあらゆる方々を恐れさせ、そしてまた惑わせていったのです。

道隆様が亡くなられるひと月前の三月には、大納言であられた藤原朝光《あさてる》様が疫病に倒れ、亡くなっていました。

四月には、道隆様に続き、同じく大納言であられた藤原済時様が同様に世を去りました。

五月には、先にお話しした通り道兼様が薨じられ、さらには左大臣であられた源氏の長老たる重信《しげのぶ》様までもが薨去したのです。

内裏は大混乱となり、一条帝は空席を埋めるため、しきりに人々を集めさせました。

ですが六月に入ると、追い討ちをかけるようにして権大納言であられた道頼《みちより》様までもが病態となり、息を引き取ったのでした。この方は伊周様の異母兄で、母親は違えど故道隆様のご長男であり、中宮様が非常にご信頼なさっていた方でした。

今にいたるも、あれほどの混乱は他に知りません。

何しろ、たった三ヶ月の間に、内裏から当時の関白、左大臣、右大臣、二人の大納言、一人の権大納言、六名もの高貴な方々がいなくなったのですから。

こうして、あの運命的な病の流行は、まさに前世からの因縁であったかのように、ある二人の方を残して、内裏の枢要たる方々をことごとく亡き者にしてしまったのです。

残されたお二人とは、他でもありません。

伊周様と、そして道長様――。

亡くなった方々に比べ、とりわけ若く、それゆえ病を退けられたのでしょうか。

伊周様もお若いですが、道長様もまた一族では末子とみなされ、権力の座から遠くに置かれ続けていた方なのです。貴人の方々は、若い世代が政治の実権を握ることを嫌がっておいででしたが、嵐のような疫病の流行が、否応《いやおう》なく内裏に世代の交代を強いたのでした。

一方は内大臣、かたや権大納言。

位に開きはあっても、まぎれもなくこのお二人こそが、関白に最も近い立場の方々でした。

そしてまた、伊周様は中宮様の兄君であられますし、道長様は長らく一条帝の母君であられる詮子様をそのお屋敷に住まわせ、面倒をみてこられたのです。

どちらの御方も一条帝のご家族に近く、次の摂政や関白となる可能性は十分ありました。

貴人の方々は、このお二人に注目し、どちらが競争に勝つか用心深く見守っていました。

もちろん勝ったほうにおもねるためで、間違っても負けるほうに荷担してはならないというのが当時の彼らに共通した考えだったのです。

あの忌まわしい、死の季節とでも呼ぶべき春から初夏にかけて、伊周様は御祖父である高階成忠様に渾身《こんしん》の祈禱をご依頼したそうです。

祈禱の内容はもちろん、関白就任でした。

この間、わたしは喪に服された中宮様にずっとつき従っておりました。わたしが知る限り、中宮様がそのお立場を利用して、一条帝の政治に影響を与えようとしたことはありません。

実の兄である伊周様を応援していたのは間違いないでしょう。ですが、そもそも女は政治に関わるべきではないというのが内裏の常識でもありました。下手に伊周様のお立場を持ち上げようとして、かえって一条帝から嫌忌されては元も子もありません。

それに、中宮様は誰よりも一条帝の苦悩をご存じでいらしたのだと、わたしは思うのです。一条帝からしてみれば、伊周様はかけがえのない家族でした。できれば伊周様の願う通りにしたかったことでしょう。

でも伊周様は、道長様よりさらに八歳も年下なのです。実際に関白になったところで、老獪《ろうかい》な貴人の方々を統率できるかどうかはわかりません。

そもそも伊周様は、その飛び抜けた出世を妬《ねた》まれ、ときに毛嫌いされていたのです。その伊周様を今ここで関白にすることは、かえって伊周様の敵を増やし、ひいては一条帝のご一族にも悪い影響が及ぶかもしれません。なんといっても、先代の花山帝もまた、そのご乱行を嫌悪した方々によって無理やり出家させられてしまったのですから。

一方で、中宮様とは異なり、女でありながら異常なまでに政治に関わりを持とうとされたのが、一条帝の母君であり、皇太后であられた詮子様でした。

「道長様こそ政治を執られるべき御方です。母として、皇太后としての、わたくしの言葉をどうかお聞き入れなさいますよう」

詮子様は、道長様を立てて一条帝その人を説得しにかかったのです。

詮子様にとって、道長様こそただ一人信頼できる血族でした。夫の円融帝とは不仲であったため、中宮の位も得られず、肩身の狭い思いをしてきたと聞きます。

詮子様にしてみれば、積年の思いを訴える千載一遇の機会であったのでしょう。一条帝に母親が政治に干渉するのを嫌がられても、退こうとはしませんでした。それどころか、中宮様が喪のため内裏から遠ざかっているときに、一条帝の御寝所にまで入り込み、涙を流して訴えることまでしたのだそうです。

この詮子様の行いは、結果的に、一条帝から一つの決断を引き出すことになりました。

六名の殿上人が次々に亡くなられてから間もなくのことです。

この年の六月十九日、道長様は右大臣に任命されました。また、これに先立ち、道隆様やそののちは伊周様の務めでありました内覧の宣旨《せんじ》という、天皇に渡される公文書を全て管理するお役目をも得ていたのです。

これで道長様は、内大臣の伊周様よりも位が上となり、また実務においても多大なる権限を得たことにより、弱冠三十歳という若さで、公達《きんだち》の頂点に立たれたのです。

伊周様の怒りはすさまじく、

「間違っている。信じがたいことだ。帝は、あの女に惑わされてしまった」

道長様だけでなく、その栄達をお助けした詮子様をも、激しく憎んだと聞きます。

伊周様を支えようとする高階家も、

「道長とて、疫病に罹ってすぐに死ぬかもしれませんぞ」

そんな言葉を伊周様に吹き込み、

す」

「何を諦めることがありましょう。伊周様こそ摂関家の長者にふさわしい御方なので
　そう言い聞かせ、さらに激しく、また高度な祈禱を行うようになっていきました。

　事実、道長様が右大臣になられたからといって、ただちに道隆様のようなお立場になれるわけではありませんでした。

　むしろこのときはまだ、伊周様のほうに分があったのです。何しろ、中宮様という御方がいらっしゃったのですから。道隆様が生前おっしゃっていたように、一条帝と中宮様の間に皇子が生まれれば、伊周様はまぎれもない外戚となるのです。

　詮子様には、一条帝を説得することはできても、そのまた次の代に影響を及ぼすことなどできません。

　中宮様が沈黙を保ち、詮子様の行いにもまったく反応を示されなかったのは、ひとえにご自身の立場の強さを、ひいては一条帝の愛情を、最後まで信じ続けたからでしょう。最愛の方に、最も愛されること――それが中宮様の変わらぬ使命でした。その使命が果たされている限り、わざわざ政治でご自身を守る必要はなかったのです。

　わたしたち女房もまた、中宮様という比類無き御方を信じておりました。

　政治が混乱し、不穏な空気が内裏に満ちるのならば、わたしたちの役目は、決して色《いろ》褪《あ》せぬ華が今ここにあることを示し続けることに他なりませんでした。

　道長様が右大臣となられた翌七月には、わたしたちは中宮様とともに喪の穢れを忌ん

で内裏から離れながらも、立秋の日を祝いました。殿方が務める太政官《だいじょうかん》での七夕の祭にも加わったり、わたしたちのほうからこっそり押しかけるなどしたものです。

殿上人たちも、あえて政治に影響されず、また関わるまいとするわたしたちに安心したのでしょう。大勢の方々が日々やって来ては、互いに風雅な交わりを持ちました。

政治のように硬く鋭い、その代わりにいつ自他もろともに砕け散るかわからぬ振る舞いではなく、柔らかで洗練された華でもって、無視できぬ存在感を示す。

それこそが、中宮様の変わらぬ力であったのです。

少なくともわたしは、昔も今も、そう信じています。たとえ当時、女房仲間に中宮様の力を信じ切れない者が少しずつ現れ始めていたとしても。

九

八月も終わりになると、次々に位が改められ、政治の空席も埋まってゆき、一時の混乱もずいぶんと収まっていました。

貴人の方々の昇級は、わたしたち女房にもそれなりに影響があります。中でも、長らく蔵人頭のお一人であられた源俊賢《としかた》様という御方が、いよいよ参議として公卿《くぎょう》となられました。

俊賢様は一条帝の信頼も厚く、優れた御方でしたが、その俊賢様の後任で空席となる蔵人頭に推挙されたのが、藤原行成様という御方だったのです。

幼い頃に父君を亡くされて以来、後ろ盾もなく冷遇されてきたそうですが、その賢明さと勤勉さは類を見ず、親友であられた俊賢様が、

「まぎれもなく将来の内裏を背負う逸材」

と称え、一条帝も抜擢《ばってき》をお許しになったのだそうです。

そしてその行成様が最初に中宮様に啓奏されたとき、御簾の内側で伝奏に応じたのが、わたしでした。

(緊張しているのかしら)

というのが、お若い行成様に対するわたしの印象でした。無駄口は一切なく、局から女房たちに声をかけられても何の反応もしません。

行成様の父君は歌才で知られた藤原義孝《よしたか》様で、さらに御祖父は勅撰の歌集にも関われたという謙徳公《けんとくこう》こと藤原伊尹《これただ》様なのです。てっきり他の殿方のように、挨拶代わりの歌を渡すかと思えば、そういうこともしません。

「風流な御方とお知り合いになれて嬉しいですわ」

あまりに何もないので、わたしは少しばかり皮肉を言いました。

ご自身の歌才を出し惜しみしているのだと思われても仕方ない態度なのです。少しは咎めて自覚させてやらねば、他の女房たちや、もっと位の高い方々からも嫌われかねません。

そんな、親切というより、なんだか若い弟を心配するような気分にさせられる方でした。

するとと行成様はまったく調子を変えず、

「色も何もわきまえぬ者が、見苦しい真似をしては、あなた方のご迷惑となります」

驚くほど淡々と告げたものでした。

初めて後宮にふれたことで緊張もそれなりにあったでしょう。ですがそれ以前に、心からご自身の風雅のなさに失望しているという態度が、なぜかわたしの心に響きました。

(元輔の娘――)

内裏に出仕した頃、自分が何に気負っていたか、ふと思い出したのです。

この御方も、親の歌名を意識させられて過ごしてきたのだろうか。

そんなふうに思い、もっとお話をしてみたかったのですが、

「それでは、失礼します」

行成様は用件が終わると、あっという間に立ち去ってしまいました。

あれでは内裏で飼われている犬や猫のほうがまだ愛嬌《あいきょう》があり、話しやすいというものだ――そう呆れたのを今でも覚えています。

このことを、後日、また別の用件で啓奏に来られた斉信様にお話ししました。

「草の庵」の一件から、斉信様はわたしばかりを選んでお呼び下さるので、わたしも自然と、殿方のご様子についてまず最初にお伺いする方となっていたのです。

「あれは、よい男なのだが……どうにも愛想が悪くてね。何より、歌が嫌いなのだよ」

「あれほど高名な歌人のご子息であられるのにですか？」

「歌才が受け継がれるとは限らぬものさ。そういうときは、かえって歌を拒むものだ。そなたの兄《せうと》のようにね」

斉信様は、わたしの最初の夫である則光のことを引き合いに出して、そうおっしゃいます。

確かに、則光は歌嫌いでしたが、あれは理解できないものに対して疎外感や不快感を抱いているというべきでしょう。

行成様からはそういうものは感じませんでした。むしろ歌を理解し、深く愛しているからこそ、ご自身には手が出せないと思っているような——。

「なんであれ、行成ときたら、まずい態度を取ったものだ。このままでは、そなたたちから悪く言われるようになる」

斉信様が苦笑しておっしゃった通り、しばらくして中宮様の女房たちのほとんどが、行成様を激しく嫌うようになりました。

気軽に声をかけても返事をしない、歌も詠まない、風流なことを何一つしない。挨拶すら無視することがあり、

「あのような方が、啓奏に来られるべきではありません」

中宮様に苦情を申し立てる女房すらいる有様でした。

来る者を拒まぬ後宮では、どれほど嫌な御方であろうとも、皮肉や笑いの種にしてしまうのが常のはずで、これほどまで悪しざまに罵られる御方というのは初めてです。

この行成様という御方は、一見して非常に穏やかなのですが、風流を巡ってはこうして悪しざまに言われたり、ときには人と衝突してしまう性分の持ち主でした。

あるとき、藤原実方様がわざわざ雨に濡《ぬ》れながら花を笠《かさ》にして歌を詠んだ際、

「歌の見事さはともかく、やっていることは、あほらしい」

淡々とそう言ってのけたのが、行成様なのです。

お陰で実方様は行成様を大いに憎み、宮中であわや激しく言い争いそうになったのだとか。そんな話が、女房たちの間でも広まり、ますます行成様は嫌われました。

ところで実方様は、わたしが若い頃に恋した御方です。

その歌才の素晴らしさも、情熱的な歌の数々も知っています。歌を披露するときにわざわざ芝居がかった真似をするのが大好きだという点も、実際に知っているのです。

その実方様をけなされれば、わたしも気分が悪くなるはずでした。なのに、なんとなく、行成様は実方様とは真逆の態度で歌を愛しておられるからこそ、実方様を罵るようなことをおっしゃったのではないか。決して悪気があるわけではなく、実方様に負けず劣らず、歌に対する情熱をお持ちなのではないか。

そう思えて仕方なかったのです。

「あの方には、何か、深いお考えがあるのではないかしら……」

わたしがそんなふうに口にしたところで、それこそ誰も聞く耳を持ちません。

ただ少なくともわたしが行成様を弁護していることは、女房たちの間で知られるようになりました。そのせいか、いつしか行成様も、わたしばかりを呼ぶようになったのです。

そもそも頭の中将であられる斉信様が、わたしを啓奏の窓口にしたがるのですから、そこへ蔵人頭の行成様が加われば、賑やかではあるものの、忙しくてたまりません。ときには代筆やら何やらが面倒になり、わたしのほうが引っ込んで応じないということもありました。

もちろん、斉信様のような方から気に入られるというのはありがたく嬉しいことですし、他の女房たちに対して、大いに自慢させてもらったものです。

ただし風流な方と親しくできることが嬉しいのであって、それ以上の間柄になる気はありませんでした。たとえ斉信様から、望まれたとしても。

それからしばらくして、九月の御供養の折に、こんなことがあったのを覚えています。

故道隆様のため、中宮様は月ごとの十日に御供養あそばされていました。

近親者に死者が出た者は、穢れを忌んで内裏から退かねばなりませんでしたから、中宮様はその御供養を、内裏の東側に設けられた、中宮職の事務所である職《しき》の御曹司《みぞうし》で営まれたのです。

経典を書写し、仏画を描き、御供養のため中宮様が招かれる講師《こうじ》たちの説経は、どなたのものも心に迫る悲しさに溢《あふ》れ、さして信仰心のない若い女房でさえ涙を流すほどでした。

その御供養が終わり、宴《うたげ》が開かれたとき、ふと斉信様が、

「月秋と期して身いづくにか――」

と朗詠なさったのです。

これは、あの行成様の御祖父にして亡き歌人、謙徳公のために詠まれた追善の願文で、

花春ごとに匂ひて主は帰らず
南楼に月を翫《もてあそ》びし人
月秋と期して身いづくにか去る

花は春ごとに香り、月は秋になればまた照る。なのにあの月を愛した人は、どこに去ってしまったのか――そういう詩でした。広く知られた詩であるものの、わたしは朗詠されるまで思い出しもしませんでした。さすがは斉信様で、この御供養の場にこれ以上はないというほど、ぴったりと合う詩をよくぞ選ばれたものです。

わたしは感動し、急いで中宮様のところへ行きました。上臈《じょうろう》の女房たちが座っている間をかき分けて進むと、逆に御座所《おましどころ》から中宮様が出ていらっしゃって、わたしを見て微笑みました。

「素晴らしい詩だったわね。まるでこの日のために作られた言葉のよう」

中宮様はわたしの気持ちをすっかりご理解下さっていて、それがまたむやみにわたしを嬉しくさせました。

「そのことを申し上げようと思って参上したのです。なんといっても、素晴らしくてたまらない気持ちがいたしたものですから」

「相手はお前のお気に入りの斉信ですからね。なおさら素晴らしく感じたのでしょう」

中宮様は笑いながら、そんなことをおっしゃいました。中宮様もまた斉信様とわたしの親しさをご存じでしたし、面白がって下さってもいたのです。

ですが、この頃になると斉信様はしきりにわたしを呼び出し、あるいはたまたまお会いするたび、わたしを咎めるようになっていったのでした。

それも、

「なぜ、私と語らい合って下さらないのか」

と。

十

「語らう」というのは、もちろん男女の仲になり、恋し合うことに他なりません。

斉信様はあるときわたしに向かって、なんとも切々とした調子でこうおっしゃいました。

「私を嫌っているわけではないことはわかるが、腑《ふ》に落ちない。これほど長く親しんできた互いが、他人行儀のまま終わることはなかろう。このまま顔を合わせぬようになったら、何を思い出にすればよいというのか」

このとき斉信様は蔵人頭も兼任されていましたから、殿上におられることが当然でした。しかし出世し、参議になれば、こうして後宮に入ることも滅多になくなります。

その前に思い出を作ろう、と斉信様ほどの方から言われるのですから、確かに嬉しい気持ちはあります。

ですが、やはり殿方にとって一方的に都合のよい考え方だと呆れてしまうのです。わたしは別に、斉信様の思い出作りのために宮中で働いているわけではありません。じきに会えなくなるという御方に執心しろなどとは、女が男を待つ辛さをなんと思っておいでなのか。そう言ってやりたい気持ちもありました。

何より、

「最愛の人から、最も愛されるのでなければ、何の意味もない」

という中宮様のお志であり、わたしの「一乗の法」でもある考えに背いてまで、斉信様のご都合のよいようにするつもりは金輪際なかったのです。

「斉信様と今以上に親しく、恋人として語らうことは、何も難しいことではありません。ただ、もしそうなれば斉信様をお誉めできなくなるでしょう。それが残念なのです」

そう言い返すと、斉信様は面食らったようなお顔をされました。

「──何が残念だと?」

「帝の御前でも、わたしは斉信様のことを、自分の務めでもあるかのようにお誉め申し上げております。しかし語らい合う相手を人前で誉めるなどできるものではありません」

「なんの……そのような。本気の仲になった相手を、すこぶる誉める人もいるでしょう」

とおっしゃるのです。

「わたしにはそれが駄目なのです。男も女も相手をひいきしたり、誉めたり、人が相手のことを悪く言うのへ腹を立てたり……。人がどう考えているのか気になり、自分の心の鬼にも苛《さいな》まれる。それはそれはみじめな気分です」

「清少納言」

「いけませんわ。どうぞ、ただそのままご好意だけお持ち下さい」

わたしが、それこそ本気で言っているのだと斉信様もようやく納得して下さったのでしょう。渋々と引き下がるようなご様子で、

「私の『草の庵』ときたら、ずいぶんとまた、頼りがいのない『言い草』をする」

そう苦笑されたものでした。かと思えば、急にこちらの内心を推し量るような調子で、こうおっしゃいました。

「それでは、そなたが男とともに、どこか遠くへ行くという噂はどうなのかね？」

今度は、わたしのほうが面食らいました。

「なんですか、その噂というのは？」

「受領《ずりよう》となる者と結ばれて、地方へ下るということさ」

なんのことだか、さっぱりわかりません。

おそらく斉信様ではない、誰か他の殿方のことを言っているのでしょう。まさか参議となることが確実の斉信様が、京を離れて地方の長官の座になど収まるわけがありません。

いったい誰のことをおっしゃっているのかはさておき、

「わたしに、今このとき、中宮様のもとを離れよとおっしゃるのですか？」

その一点で、わたしの心は怒りに燃え上がりそうになりました。

なぜそのような理不尽なことが言えるのか。斉信様が腹いせにわたしを内裏から追い出そうとなさるのか。

そんなわたしの怒りを察したのか、斉信様は少し慌てて、

「や、そうではない。どうやら、でまかせの噂のようだ。妙な詮索《せんさく》をして悪かった。許してくれ。これまで通り、そなたとは親しくしていたいだけなのだよ」

やけに殊勝な様子でおっしゃいます。

時間をかければそのうち手に入るだろうというような態度でしたが、わたしもあえて

気にしないようにしました。

「誰がそんな噂を流すのです？」

「いや、なに、どうかな。そなたのことではなかったのだろうな」

斉信様も後はただ曖昧に濁すばかりでした。

それが噂などではなく、ただ単に、斉信様の勝手な思い込みに過ぎなかったのだろうと理解したのは、その後、受領の役職の除目《じもく》が宣下されたときのことでした。

藤原実方様が、陸奥《むつ》の国へ赴任されるため、帝から禄《ろく》を賜るということを知ったのです。

（斉信様は、わたしと実方様のことをご存じだったのか）

実方様がうっかり口にしたか、あるいは斉信様が、実方様の態度から推測したかはわかりません。実方様はなんであれ、嘘をつくということが苦手な性分でもありました。

（だから、わたしが実方様とともに地方へ下るのでは、などと考えたのだ――）

なんだかおかしくて仕方ありませんでした。もうとっくに終わった恋なのですから。

確かに、実方様が京を離れるということには、若干の寂しさと心細さを感じました。

でもそれは、若い頃の自分が、どんどん遠ざかっていくという年を経ることへの寂しさに過ぎなかったのです。

そうした寂しさこそ何より耐えがたいものだとおっしゃる方もいるでしょう。

わたしもとりたてて、自分がしっかり者だと言うつもりはありません。中宮様のおそばにいられることが、寂しさをどこか心の奥にしまっておけるほどの余裕を与えてくれたのです。

そればかりか、どんな辛さにも耐えられるに違いないという思いさえありました。中宮様と、その後宮に輝く華を、わたしなりにお支えしようという使命感を、しばしば抱くようになっていたからです。

その頃、わたしは故道隆様の御供養が営まれるたび、積善寺のことを思い出すようになっていました。あまりに壮大な御法要の営みを。道隆様がみなを驚かせるために作らせた、あの造花の桜を。そしてまた、造花を片付けようとした侍たちをわたしたちが見つけ、その後で、道隆様がわたしにおっしゃったことを。

(中宮様のおそばには、実に小うるさい番人がいるものだ)

そのときの道隆様の笑い声が、今、わたしを勇気づけて下さっている。そうはっきり思うようになったのは、九月の御供養から間もない、ある日のことでした。

中宮様の御前に、殿上人たちが集い、琴を鳴らし、笛を吹いて遊ぶ、賑やかな一日であったのを覚えています。

やがて日が暮れ、燭台《しょくだい》に火が灯《とも》されました。

このとき灯火を持って回った殿司《とのもづかさ》の者が、うっかりしていたのでしょう。まだ東の格子をお下げしていなかったのです。それなのに燭台が中宮様がおられる場所を照らし、戸が開かれているさまがあらわになってしまいました。

これでは廂にいる殿上人たちから、御簾越しに中宮様のお姿が、はっきり見えるようになってしまいます。

すると中宮様は、さりげなく琵琶《びわ》を膝《ひざ》の上に立て、そのお顔を隠されたのです。

紅の御衣をまとった中宮様が、黒く艶《つや》のある琵琶をお持ちになっていらっしゃるだけでも素晴らしいお姿です。なのに琵琶の陰から見事な御髪と、白い冴《さ》えやかな御額だけが、ちらと見えているさまは、なんともいえぬ艶《なま》めかしさでした。

そのお姿を見たわたしは、つい感動のあまり、上座にいる宰相の君に、

「『半ば遮《かく》したりけむ』と顔を隠していた女《ひと》も、とてもこうではなかったでしょう。あれは身分の低い人だったのでしょうから」

などと、白居易の詩を引いたものでした。

船を移して相近づきむかへて相見る
酒を添へ灯を廻《めぐ》らし重ねて宴を開く
千呼万喚、始めて出で来たるも
なほ琵琶を抱いて半ば面を遮す

宴で恥じらって琵琶で半ば顔を隠したという女性は、遊女であったといいますから、中宮様とはまさに雲泥の差であるわけです。もちろん、たとえわたしが同じ仕草をした

としても、中宮様のお美しさには敵《かな》いません。

そんなことを女房たちと話そうとしたのですが、

「あなたは、こういうとき本当に面白いことを言うわ」

よっぽどわたしの言葉が気に入ったのか、いつも怜悧な宰相の君が、珍しくにっこり笑って言いました。それればかりか女房たちが侍る中を、押し分けるようにして進み、中宮様のもとへ行ってそっと耳打ちします。

わたしの言葉を伝えているのだとわかり、それこそわたしのほうが恥ずかしさで顔を隠したい気持ちでした。

中宮様は明るくお笑いになり、宰相の君に何かをおっしゃっています。

すぐに宰相の君が戻ってきて、中宮様の言葉を伝えてくれました。

「では、あなたは『別れ』を知ってるの？　そうおっしゃってますよ」

これもまた白居易の詩です。宰相の君は笑っていましたが、きっとわたしと同じように、胸を衝かれたような思いがしたことでしょう。

中宮様の先ほどのお言葉は、

酔うて歓をなさず
惨としてまさに別れんとす
別るる時、茫々《ぼうぼう》として江は月を浸《ひた》す

忽《たちま》ち聞く、水上の琵琶の声を

という一節から引いたものであるでしょうし、

別れて幽愁暗恨の生ずるあり
この時、声なしは声あるに勝る

こんな一節にも『別れ』の悲しみが満ちているのです。

すぐさま同じ詩を引く中宮様の素晴らしい機転に感動する思いもありましたが、大切な父君が亡くなられたことへの悲しさを、こうしてそれとなく詩に寄せて吐露する。それができる御方であると同時に、そうするしかない御方でもあるのでした。

このとき中宮様は、まだ十九歳。

一族の要《かなめ》として、決して弱々しいところは見せられない。そういう点では、一条帝その人とまったく同じお立場であられたのです。

どれほど辛くても表には出さない。それがどのような辛さか、想像するに余りありました。

そしてまさにその瞬間であったのだと思います。道隆様の朗らかなお声が、しっかりとわたしの中に根付いたのです。

（中宮様のおそばには、実に小うるさい番人がいるものだ）

それは、わたしが初めて経験する強烈な感情でした。

（わたしは中宮様の番人であるのだ。わたしにできる全てをもって、お見守りするのだ）

言葉にするといかにも平凡ですが、とにかくわたしはこのような強い思いを、真実、抱いたのです。他のどんな女房にも負けないくらい強く。燃えるような誇りとともに。

（今もこの先もずっと……中宮様がお許しになる限り）

こうした使命感を抱けるというのは、高貴な御方にお仕えする女房にとって、最も幸せなことでしょう。

わたしは、かつて中宮様から「香炉峰の雪」を求められたときと同じように、この比類無きあるじと出会わせて下さったことを神仏に感謝しました。

深く、心の底から。この身と魂魄《こんぱく》を全て献《ささ》げたいと思うほどに。

けれども、それからしばらくして、結局そんなわたしのほうが、内裏を去らねばならなくなったのでした。

十一

中宮様はその頃、あえて政治には口を出しませんでした。

その必要がなかったのです。なぜなら一条帝の愛情を獲得することこそ中宮様の使命であり、それは常に果たされてきたのですから。

後宮の華は常に殿上人から一目置かれておりましたし、誰も中宮様のお立場を損なうことなどできなかったのです。少なくともわたしは今もそう信じています。

他ならぬ中宮様の兄君と弟君が――伊周様と隆家様が、次々に危うい行いをされるまでは。

政治のまっただ中におられた伊周様にとって、沈黙を保つことはできなかったのかもしれません。殿上人たちはみな、自分を中心に据え、敬すべきだ。そういう思いを抑えられなかったのです。

そもそも母君の貴子様も、御祖父の高階成忠様も、伊周様をそういうふうにお育てになりました。何しろ、内裏で彼らの一族が重用されるか否かは、伊周様の権勢にかかっていたのです。むしろ高階家こそが、伊周様が次の関白でなければと、最も焦慮を抱いていたというべきかもしれません。

母君の一族の強烈な希望。それが伊周様に、必要以上の誇りと、それゆえの鬱屈、さらには怒りを抱かせるようになっていったのです。

そしてついに時を待つことができなくなったのでしょう。

中宮様が一条帝の子を産むという、一族が栄華を迎えていたはずの、まことの時を。

伊周様にとって、ただ一人ご自身より上に立たれた道長様は、何よりの脅威であり憎しみの対象であったのだと思います。

道隆様が亡くなられてしばらくした、七月頃にその最初の衝突がありました。わたしたちは中宮様の物忌みに従い、内裏を離れていましたので子細はわかりません。聞いたところでは、政《まつりごと》の話題がきっかけで、伊周様と道長様が互いに激しく罵り合うほどの口論となったというのです。その場で取っ組み合いさえ始めかねない有様だったそうで、貴人の方々はみな固唾《かたず》を呑《の》んでいたとか。

それからしばらくすると、今度は伊周様の弟君であられる隆家様の従者《ずさ》が、道長様の従者と争ったのでした。

明るい日中の七条大路にて堂々と弓矢を用い、死人《しびと》さえ出たというのですから、まるで合戦のごとき有様だったことでしょう。

死んだのは道長様の従者でした。

隆家様は、相手を殺した自分の従者を誉めただけでなく、その身をかくまい、そのため一条帝の怒りを招いて参内禁止を命じられてしまいました。

この頃、一条帝は、伊周様とその弟君のことをどうお思いになられていたのでしょう。帝の御心を推測するのは大変畏れ多いことではありますが、やはり、ともに家族として過ごした強い絆《きずな》がおありだったはずだと思うのです。

一条帝もまた、中宮様が皇子をお産みになる決定的な時の訪れをひそかにお待ちになっていたに違いありません。何しろこのとき道長様の娘は、まだまだ幼く、女御《にょうご》として内裏に上がることすらできなかったのですから。

道長様を登用することで殿上人の不満を宥め、いずれ経験を積まれた伊周様を関白にする。そういう未来も、一条帝の御心にはあったと思えて仕方ないのです。そしてそのためにも、公平な政治を行っている姿を殿上人たちに示さねばならず、ゆえにあえて隆家様を厳しくお咎めになったのだと。

伊周様も、もしかするとそんな一条帝の御心を悟っていたのかもしれません。あれほど機転の利く御方なのですから、何も気づかないままだったとは思えないのです。

あるいは道長様も、一条帝の御心を察し、ゆえに伊周様を排斥する機会を虎視《こし》眈々《たんたん》と狙っていたのでしょう。ご自身の従者を殺《あや》められたことで、その思いが煮えたぎるような熱さになっていたであろうことは、容易に想像できるのです。

そしてその道長様にとっての絶好の機会が早々に訪れることとなりました。

道隆様が亡くなられた翌年、正月の半ば頃のことです。伊周様と隆家様の従者たちが、またもや人を殺したのでした。

相手は、道長様の従者ではありません。なんと前帝たる花山院のお付きであった童子二人を殺し、さらにはその首を斬り落として持ち帰ったのだとか。

いったいなぜ、そんな忌むべきことが起こらねばならなかったのでしょう。

きっかけは、女たちだったといいます。

亡き太政大臣であられた藤原為光様の娘たちは、みな容姿が優れていたことで有名でした。長女は、かの花山院が若い頃に恋い焦がれ、あまりに激しく愛され過ぎたため身ごもったまま亡くなった忯子殿です。

この頃、伊周様は為光様の三女である「寝殿の御方」を愛し、頻繁に通っていらっしゃったそうです。

かと思えば花山院が、その妹である四女のもとに恋文を贈っておられたのでした。さすがに僧との恋など受け入れられないと四女は拒んだそうですが、花山院は御自ら訪れては、若者のように振る舞い続けたとか。

この噂を知った伊周様は、

「目的は、私が通っている三の君に違いない」

と、自分の恋人を法皇であられる花山院が奪おうとしていると思い込んだのでした。

何しろ、花山院が忯子殿を愛すること、尋常ではありませんでした。忯子殿の面影を求めて妹たちを求めるということは確かにあり得たのです。

伊周様は、ここしばらくの政治における鬱屈もあったのでしょう。弟君の隆家様に事の次第を相談なさり、ご助力を請われたそうです。

隆家様はこの頃、十八歳。道長様の従者が殺された一件からも察せられる通り、武技に長け、武辺者どもとの付き合いも多く、血気盛んな方でした。

「任せておいてくれ」

隆家様はすぐさま承知し、嬉々《きき》として伊周様のために働きました。

月夜に荒くれ者たちを従えて出かけると、為光様の娘たちの屋敷近くに身を潜め、花山院を待ち伏せたのです。

　ところで隆家様と花山院は、これまでにも荒っぽい交流がたびたびありました。

　たとえばあるとき、

「朕《ちん》の配下の山伏どもが集えば、どのような武者どもとて、朕の門前を通れはせぬ」

　と花山院が豪語したという話を聞いた隆家様は、

「ならばわたしがまかり通ろう」

　大勢の屈強な従者たちを集め、山伏たちと大乱闘を繰り広げさせたのだとか。

　結局、隆家様の従者たちはあと一歩というところで押し返され、花山院の門前を通ることができなかったそうです。

　もちろん花山院と隆家様の間に、何らかの確執があったわけではありません。確かに隆家様は道隆様のご子息であられますし、そういう意味では花山院の退位を企てた一族の一人ではあるのです。しかしお二人に限っては、

「暴れ回ることで、都びとに自分の名を噂させ、畏れさせたい」

　こういう気分でいるに過ぎないことを、みなよく知っていました。

　ですから隆家様からすれば、いつもの力試しのおつもりだったかもしれません。

　しかしやり過ぎてしまったのです。何しろ花山院の童子を殺し、さらには弓矢を用いたというのですから。しかもなんと、矢の一つは花山院の衣を貫き、危うく傷を負わせ

るところだったとか。ご乱行で有名な花山院もこれには恐怖し、慌てて逃げ去ったそうです。

当初、この一件は、秘密にされるはずでした。

花山院も、さすがにご体面を気にされたのでしょう。女を巡って争ったことを世間に知られたくなかったのだそうです。

また隆家様も、兄君のためにやったこととはいえ、法皇の童子を殺害してしまったのですから、大事になるのを恐れたようです。首を斬り落として持ち去ったのも、急いで隠そうとしたからであって、どこかに晒《さら》して誇るつもりではなかったと思います。

ですが、もともと暴れ狂うことで評判のお二人でしたし、為光様の娘たちが自分から周囲に話したため、この争いは、あっという間に噂になってしまいました。

そして道長様のお耳に入り、一条帝へ報告されたのです。

一条帝はただちに、事実を調べるよう検非違使庁《けびいしちょう》にお命じになられました。

そして、さらに過激さを増した報告が、一条帝のもとにもたらされたのです。

「伊周様が、くだんの騒ぎに荷担した兵たちをお隠しになっている」

これについての一条帝の決断は、何よりも公平性を求めてのことであったと思います。

「故道隆殿のご子息であっても関係ない。事態を明らかにし、殺人者を捕らえて裁かせよ」

一条帝のそうした命令に従い、一件に関与した者たちのもとへ、検非違使たちが一斉に派遣されました。何人もが捕らわれ、使用された武具が発見され、逃げた荒くれ者たちを追って、検非違使たちは山々にまで分け入ったといいます。

他ならぬ法皇その人に弓を引いた――当然これは、一条帝にとって許されるものではなく、どうしても重く受け止めねばなりません。

そしてそれは道長様が期待した以上の展開となったのです。

「内大臣と中納言の罪状を審議せよ」

一条帝は、道長様にそうお命じになったのでした。

伊周様と隆家様が、いかなる罪を犯したか、精査せよ――これを聞いた公卿たちは、あまりのことに愕然としたといいます。何しろ、一条帝にとって義兄弟であられる伊周様と隆家様を、咎人として扱うことを決断したのですから。

このとき一条帝は、御歳、十七。ゆいいつの、心温まる家族である人々を御自ら裁かねばならなくなったその御心は、どれほど苦しく、乱れたことでしょう。

見過ごせば貴人たちの反発を受け、かえって伊周様も隆家様も内裏で孤立させかねません。一条帝ご自身の信も損なわれるでしょう。一条帝が心がける公平の精神が乱れれば、せっかく疫病の混乱から立ち直ろうとしている内裏に、動揺を与えかねないのです。

そうしたことから、一条帝はこの決断を、道長様はもちろんのこと、誰の進言もないまま、迅速に下さねばならなかったのでした。

わたしが政治の出来事を知っている理由は、ある御方に詳しく聞かせられたからです。

その御方こそ、頭の中将であられる斉信様でした。

実は斉信様もまた、この一件に奇妙な形でとらわれていたのです。というのも斉信様は、亡き為光様のご子息なのです。つまり、伊周様も花山院も、斉信様の妹たちを求めるあまり、争うこととなったのでした。

普通であれば、そのような貴人たちから恋慕される妹たちを持てば、家の安泰を喜びたくなるというものでしょう。

しかし斉信様は、この一件のせいで、一条帝、道長様、伊周様、花山院という、四者の思惑と言い分のまっただ中に放り込まれてしまい、気の滅入るような板挟みにあっていたのでした。

斉信様としても、長く親交があった伊周様をお救いしたかったのでしょう。

けれども当事者の一人として、妹たちから話を聞き、伊周様と隆家様が花山院と争ったという事実を確かめ、一条帝と道長様にご報告せねばならなかったのです。

この罪状の審議は、もちろん中宮様にも大きな影響を与えることとなりました。

あるいは、このわたしにも。

十二

一条帝が伊周様と隆家様を咎人とみなした日、中宮様は、父君の喪中であることから神事を控え、内裏をお出になっていました。

行き先は、内裏のすぐそばにある、中宮職の事務所である職の御曹司です。

この頃、中宮様は登花殿から、梅壺《うめつぼ》と呼ばれる凝花舎《ぎょうかしゃ》にお移りになっていました。そしてわたしはその日、ずっと一人でそこにいなければならなかったのです。

中宮様が職の御曹司にお移りになられるのですから、女房たちも大挙して従います。なのにわたしが梅壺に居残った理由の一つは、他の女房たちとの関係が、ぎくしゃくしていたからでした。少しばかり時間を置き、あるいは距離を取らねば、どうにもやっていけないほどだったのです。

とはいえ面と向かって、わたしが女房たちから咎められたり、毛嫌いされたわけではありませんでした。わたしが何か粗相をしでかしたというわけではないのです。

理由は、わたしが斉信様と親しかったからとしか言いようがありません。

当時、いかに中宮様が泰然としていようとも、やはり女房たちは道隆様の薨去に動揺しておりました。そこへ、伊周様がどうやら内裏の中心から外されそうだという話が舞い込み、自然と、道長様への怒りを抱く女房が多くなっていったのです。

そこにきて今回の件で、斉信様はあたかも道長様に荷担し、よりにもよって中宮様のご兄弟に咎を背負わせるための手先になったかのように女房たちには思われたのでしょう。

さらに、わたしは蔵人頭であられる行成様とも親しくしていました。

行成様という御方は、このときまだ——あるいは今も昔もずっと——女房たちからずいぶん嫌われていたのです。

そういうわけで、わたしは、気づけば一人でした。かといって完全に孤立していたわけではないところが、このときのわたしの立場の奇妙さを物語っています。

女房たちとて、事態がどのように展開するか、気になって仕方ないのです。そしてそれを知るには、斉信様や行成様といった方々に訊くほかなく、つまりはわたしに、その務めをするよう暗黙のうちに強いたのです。

これが、わたしが梅壺に居残った二つ目の理由でした。女房たちを代表して、事件の当事者の一人である斉信様から話を聞かねばならないということが。

果たして梅壺にぽつねんと居残るしかないわたしのもとへ斉信様からお便りがありました。

『今夜は物忌みで方違《かたたが》えに行かねばならないが、夜明け前には訪れたいと思っている。ぜひ話さねばならないことがあるので、何度も戸を叩《たた》かなくてすむよう、待っていて欲しい』

とのことです。

わたしは一晩中、この華やかなはずの内裏で、たった一人閉じこもっていなければならないことに憂鬱になりました。

政治の話が聞きたくて男を待つなど、内裏の女房のすべきことではないのです。わたしとて、そんな節操のないことはしたくありません。わたしと親しい誰かが素晴らしい地位を得るといった話題ならまだ喜んで聞けたでしょう。ですがよりにもよって、伊周様や隆家様の罪状はいかに、などという忌まわしい話など金輪際聞きたくありませんでした。

それでも、侍るべき御方から一人だけ離れ、寒々とした思いで斉信様を待たねばならなかったのですが、そこへ意外な御方が助け船を出して下さいました。

中宮様の妹君であられる御匣殿《みくしげどの》です。

御匣殿とは、もともと後宮の一部である貞観殿《じょうがんでん》の中にあった部署の一つ、帝の御装束などを裁縫する官女たちの長にあたります。ただ、東宮御所にも別に御匣殿がおられましたので、それと区別するときは特に内御匣殿《うちのみくしげどの》とも呼ばれていました。

先年までは中宮様のすぐ下の、亡き道隆様の次女であられる淑景舎様が御匣殿でした。淑景舎様が東宮の女御となられてのち、だいぶたってから四女である御方が御匣殿となったのです。

中宮様が物忌みのため、梅壺をお出になられて職の御曹司にお移りになったのに合わせて、御匣殿が梅壺にお入りになられたのです。

そしてそこでわたしを見かけて、親しくお声をかけて下さったのでした。

「まあ、清少納言たら。局にたった一人だなんて、耐えられないでしょうに。わたくしたちと一緒に寝なさいな」

今思えば、これこそ中宮様のはからいであったのでしょう。あらかじめ中宮様が御匣殿に、わたしが一人でいることを告げて下さっていたのかもしれません。

しかしこのときのわたしは、寒々とした日に、たっぷり火が熾《おこ》された炭櫃《すびつ》のある場所へ招かれたようなもので、ただひたすら御匣殿の優しさに感激していました。

きっとずいぶん人に飢えていたのでしょう。ご厚意に甘えて御匣殿の女房たちの輪に加わり、楽しいお喋りに夢中になることで心を慰められました。そして夜も更けると、すっかり安心して眠ることができたのです。

明け方に斉信様が来れば、御匣殿の女房たちが知らせてくれるだろうという油断もありました。はっと目が覚めたときには、明け方どころか、すっかり日が昇っていたものです。

慌てて女房たちに確かめると、

「そういえば夕べ、どなたかずいぶんと戸を叩いていらっしゃいました。なんとか起きて参りますと、頭の中将様がいらっしゃって、清少納言様に伝言を頼まれました。ですがさすがに清少納言様もこんな時間には起きないだろうと思って朝まで待っていたのです」

とのことで、まあなんと気の利かないことだとがっかりしましたが、甘えているのはこちらでしたので文句も言えません。

そうするうちに、灯火などを管理する主殿寮《とのもづかさ》の官吏が仕事のついでに現れました。

「清少納言様。頭の中将殿から、お言伝てです。今から殿上より退出するので、すぐにお話ししたいことがあるとのことです」

いよいよかとわたしは気を引き締め、局におりますよ、と返事をしようとして思いとどまりました。

斉信様のことですから、わたし個人の局で待ち合わせては、何かの拍子に中に入ってこないとも限りません。中宮様や他の女房たちはおらず、わたし一人なのですから、なおさらです。さすがに気の滅入るお話をされた挙げ句、斉信様の「思い出作り」に一役買う気など、さらさらありませんでした。

「ちょっと目を通すものがあって御前に上がっていますので、そこで、とお伝え下さい」

わたしは咄嗟にそう告げました。自分の局がある梅壺の西面《にしおもて》には戻らず、東面へ移ると、半蔀《はじとみ》を上げて声をかけました。

「ここです」

すると斉信様が微笑みながら、ゆったりと屋垣の門から歩み出てきました。

まったく、いつものことながら惚《ほ》れ惚《ぼ》れするようなお姿です。桜重ねの直衣《のうし》もたいそう華やかで、表の純白に透ける裏の赤花の艶が実にお似合いでした。葡萄染《えびぞめ》の指貫《さしぬき》をお穿《は》きになり、これ以上ないというほど色っぽい風情で、御簾のすぐ近くの縁側にお座りになるのです。

おおかたの殿方がするように、片脚は縁側から下ろし、もう片方の膝を曲げて横座りに腰掛け、こちらへ体と顔を傾けるようにします。いつ殿方が戸を越えてこちらへ来るかわからぬ姿勢で、内裏に出仕し始めの頃はこの姿勢を見るだけで、どきどきしたものでした。

この頃は、もうすっかり慣れたはずでしたが、それでも思わず鼓動が速くなったのを覚えています。聞かねばならない話への緊張感もあったでしょう。しかし何より、相手が斉信様であったからなのだと思います。

中宮様のお姿に対する感動には及ばないものの、やはり斉信様のお姿には、絵や物語でしか見られないはずのものを現実に見る思いをさせられるのです。

なら、あっさりと斉信様を自分の局に入れるのが当然だと人は思うでしょう。しかしわたしは、やはり局で会わなくて正解だったと、ほっとしていました。

斉信様が一番にわたしを愛することなどあり得ないのです。

きっと外から見れば、あの斉信様が語らい合おうとしているからには、御簾の内には途方もない美女がいるに違いないと思われることでしょう。逆に、部屋の奥からわたしのような女を見れば、外に斉信様のような美男がいるとは想像できないに違いありません。

わたしときたら、年もくっているし、容貌もそもそも優れてはおらず、何より中宮様とともに喪に服しているのですから、着ているものといえば鼠色一色です。

「ごきげんよう、清少納言」

斉信様が機嫌を伺うように優しくおっしゃるのへ、わたしはなんだか嬉しさよりも、斉信様が気の毒になってさえいました。

「これから、中宮様のおられる職の御曹司に参上する予定でしてね。あなたから言伝てはありますか？　いつあなたはいらっしゃるのです？」

などとお尋ねになるので、

「今日のうちにも御曹司に参上するつもりです」

と答えました。もちろん、わたしが伊周様と隆家様についてのお話を聞くために、一人で待っていたことは、斉信様にもおわかりのはずです。

中宮様に直接お伝えするには憚《はばか》りがあることを、わたしを通してどのように伝えるべきかご思案している……。そう思っておりましたが、このときの斉信様の言葉は、わたしの想像を超えていました。

「あなたは、いつまで中宮様にお仕えする気なのかな？」

わたしは呆気に取られて沈黙するしかありませんでした。斉信様は、すぐには返答がないことを予想していたのでしょう。さらにこう続けたのです。

「時勢は変わるでしょう。誰にも止められはしない。伊周殿は、時を見誤った。罪状はそれほど重いものにはできますまい。いくら道長殿が望もうともね。帝は法と政治の知識に優れていらっしゃる。だからこそ道長殿に、罪状の審理をさせたのですよ。こたびの一件を、穏便に済ませるために」

「では、なぜ――」

わたしの中宮様にお仕えする意志を、わざわざ問われるのか。そう問い返したい思いでしたが、上手く言葉にすることができませんでした。

「時勢です、清少納言。時勢は人が作る。伊周殿には作れない。大勢の殿上人がそう確信した」

「斉信様は――」

「私は、伊周殿の良き友人でありたいと思っていますよ。いつまでもね」

ずるい。わたしは、きちんと脈絡を理解しないまま、強くそう斉信様を咎めたい思いでいっぱいになりました。

これまでずっと道隆様に取り立てられてきたくせに。あんなにも中宮様のおられる後宮を誉め称えていたくせに。わたしなどのような女にまで語らおうと言ってきたくせに。

この方は、伊周様の友人でありたいなどと口にしながら、もう味方にはなれないと決めているのだ。しかも、あろうことか、わたしにまで――。

（いつまで中宮様にお仕えする気なのかな？）

斉信様と同じような気持ちに、あるいは状態に、なって欲しがっているのだ。守るべきはずだった相手に背を向ける罪悪感を、共に抱いて欲しがっている。

よりにもよって、このわたしに。

いまだに白紙の『枕』を抱き続けているわたしに。中宮様の番人になると誓った女房に。

親切ごかしの顔で、今すぐにも中宮様を見限れとおっしゃるのか。

そんな衝撃と怒りでわたしはすっかり混乱してしまいました。しかしそれでも、わたしの口が発したのは、ただ一つの思いでした。

「いつまでも。中宮様がお許しになって下さる限り、わたしはずっとおそばにおります」

すると斉信様は意外なことに、声を上げてお笑いになりました。明るく、わたしを嘲《あざけ》るのではなく、ひどく嬉しそうに。

「実に、ありがたいことだ」

わたしが混乱するのをよそに、斉信様はまるでご自分のことのようにおっしゃいました。

今思えば、このとき斉信様は、わたしが最初に感じたのとは違うことをお考えだったのでしょう。政治の渦中に参加しなければならなくなるご自身の、理解者であって欲しい。そういうふうに、わたしに言いたかったのです。

政治的な都合で、中宮様や亡き道隆様のご一族に背を向けたとしても自分は決して冷酷な人間ではない。全ては仕方ないことなのだと誰かに思っていて欲しい。そういうことなのです。

ずるい。わたしは改めて呆れる思いでした。けれども、先ほどに比べてずっと愉快な気分になっていたのは事実でした。

斉信様は結局、わたしがずっと中宮様のそばにいると信じていたことがわかったからです。どれほど中宮様のお立場が不利になったとしても、数いる女房たちの中で、わたしだけは中宮様を裏切らない。

そう確信しているからこそ、要するに、このわたしが、

(斉信様は好《よ》い人です)

と中宮様に弁解し続けることを期待しているのでした。

なぜそうする必要があるかといえば、これも答えは一つです。

もし中宮様が皇子をお産みになったなら。そして、次代の帝の母となったなら。そのときこそ、道長様が確立しようと執心されている、あらゆる政治がひっくり返ることになりかねません。

だから斉信様は、両方によい顔ができるすべを求めて、わたしとお話をしているのです。

内裏で活躍される殿方の自分勝手さに——とりわけ、この斉信様という方に、わたしはつくづく呆れ、なんだかおかしくなってきました。

何より、斉信様のこうした態度こそ、中宮様が決定的に不利なお立場になることはな

いという証拠でもあったのです。たとえ、日に日に中宮様のもとへご挨拶に来る殿上人が減り、随伴する公卿が目に見えて少なくなっていったのが現実だとしても。

であれば、わたしもまた、この斉信様という方を通して、内裏で中宮様の存在を示し続ける橋渡しの役を背負わねばならない……わたしはそのときようやく、一人でこの役目を負ったことに誇りを抱いたのでした。

「わたしは中宮様のおそばにいるときと同じように、斉信様のことを帝や皆様の前でお誉めすることを、自分の務めのように思っているのですよ」

以前、斉信様のしつこい求愛を退けたときと同様のことを申し上げると、

「それはまた頼もしい……いや、あなたの場合は、頼りない『言い草』でもあるわけだ。私の草の庵殿」

斉信様も安心したようにそうお笑いになりました。結局、ひどい綽名をつけておきながら、わたしがそのことを喜んでいると信じて疑わない御方なのです。

「それにしても、昨夜はずいぶんな待ちぼうけを食らったものだよ。方違えでようやく帰ってきたその足で、局の戸を叩いたのだがね。てっきり待っていてくれると思っていたのに。現れたのは寝ぼけまなこの女房で、ずいぶんぶっきらぼうにあしらわれたよ」

恨みがましく言いながらも明るく笑い話にしてしまえるのが斉信様らしいところで、確かに好ましい人であることには違いありません。

「それが、どうせわたしは寝ているだろうというので、斉信様がいらしたことを伝えて

でした。


もらえなかったのです」

「何ともはや。がっかりさせられたよ。どうしてそんな者を雇うのやら」

宮中一の美男子が、わたしのような女にあしらわれたことになる――。

実に滑稽で少しばかり痛快であったものの、やはり気の毒になってしまうわたしなのでした。

そうして斉信様が機嫌良くお帰りになり、わたしはようやく中宮様のもとへ参上することができました。

職の御曹司へ到着すると、中宮様の御前に多くの人々が集まり、殿上人たちも女房たちも、物語の良し悪しや登場人物の批評に興じておりました。

中宮様も、『宇津保《うつほ》物語』に出てくる人物の優劣について熱心にお話しなさっています。

中でも、涼《すずし》と仲忠《なかただ》のどちらが人として優れているかについては、宮中における永遠の論題といえるものでした。涼を称え、仲忠を劣るとするのがいつもの中宮様のお考えです。わたしは、それに反論を試みようとする女房たちの一人であるのが常でした。

ですから、わたしが参上すると、

「ちょっと、清少納言」

仲忠陣営の女房たちが、さっそくわたしを議論に引っ張り込みました。

「中宮様は、仲忠の生い立ちの賤《いや》しさを、ずっとおっしゃるのよ」

よくある仲忠批判の一つでした。何しろ仲忠は幼い頃、母とともに零落し、山に住んで獣たちを友としていたというのですから。

わたしは、すんなり女房たちの輪に迎え入れられたことに安心しました。しかし一方では、先ほどまでわたしを一人にさせていたのに、そんな事実はなかったと言わんばかりの彼女たちの態度に、呆れてもいたのですが。

もちろんわたしはそんな気持ちを顔に出さぬよう努め、御前に近づき、こう言いました。

「仲忠に気品がないことがございましょうか。琴《きん》の腕前とて劣りません。涼と大曲を合奏し、ついには天人が降りてくるほど見事に弾きましたでしょう。それに、涼は帝の御息女を妻にもらいましたか？」

たちまち仲忠の味方をする女房たちばかりか、殿上人たちまでもが勢いづいて、仲忠を応援し始めます。

中宮様はその様子を面白そうに眺めていらっしゃいました。

かと思うと、

「仲忠よりも、今日の昼に参上してくれた斉信を清少納言が見ていたら、どんなに夢中になって誉めたことでしょうね」

これ以上はないというほど自然に、斉信様のことに言及されたのです。

殿上人たちにとっても斉信様の動向ほど気になるものはありません。事件の当事者ではないものの、伊周様と道長様のどちらが有利かをつぶさに見ている方々なのですから。

女房たちも心得ながら顔には出さず、あくまでわたしをだしにして笑います。

「あの方ときたら、普段あなたが見るより、ずっと素晴らしいお姿でしたよ」

と説明してくれますが、わたしはもちろん日中にお会いしたばかりです。

「そのことを申し上げようと思っていたのですが、物語のことに夢中になってしまって」

わたしは適当に言い訳をし、それから存分に、斉信様の絵に描いたような素晴らしいお姿を語ってみせたのでした。それこそ衣の布地から、糸や針目の形まで、とうとうと口にし続けたものです。そうしながら、

(斉信様のことは、ご心配いりません)

中宮様というよりも、その御前で不安を抱いている女房らに、間接的に告げるのでした。

殿上人たちにとっては、斉信様が中宮様にお気を遣うために、わざわざ女房の一人であるわたしに会いに来たという事実こそが重要でした。

(伊周様と道長様、どちらに天秤《てんびん》が傾くかは、まだわからない――)

わたしの話しぶりを面白がって笑う殿上人たちは、一様にそう思われたことでしょう。

「みんな斉信様を見ていたけれど、誰も清少納言ほど細かく見たりはしないわ」

女房たちが賑やかにわたしをからかいます。

宰相の君などは、もっと風雅なやり取りを斉信様としたといったことまで教えてくれました。いずれも、わたしが無事にお役目を果たしたことへ賞賛や褒美を与える気持ちで言ってくれたのでしょう。

中宮様は何もおっしゃらず、ただ明るく微笑んでいました。

まだ二十歳の若さでありながら、そのお姿こそ、わたしには宮中のどのような殿上人よりも威厳があり、こざかしい政治を一掃してしまう力に満ちていたのです。

事実、斉信様がわたしに会いに梅壺を訪れてからしばらくのち、三月になって間もない頃、いよいよ、時は訪れたのでした。

中宮様が、ご懐妊されたのです。

十三

道長様の焦り、伊周様に対する怒りは、きっと途方もないものであったでしょう。

伊周様と隆家様に対する罪状の審理を一条帝から命じられたとはいえ、即座にお二人を内裏から追放するには至りませんでした。

そもそも花山院にも非があるのです。帝であられた頃から、信じがたい乱行で知られた御方ですから、殿上人たちもあまり花山院には同情しませんでした。

花山院も彼らの気分を察していたのでしょう。伊周様や隆家様を訴えるといったことはせず、むしろ事件そのものを表沙汰にしてくれるなという態度であったのです。

被害を受けた花山院がこの調子では、伊周様と隆家様に重罪を科するどころではありませんん。下手をすれば、この問題自体がなかったことになりかねませんでした。

「何か、手が必要だ。伊周と隆家への、決定的な一手が」

道長様が強くそうお考えになっていたとしても、まったく不思議ではありません。

殿上人たちは、道長様と伊周様が互いに虎視眈々とつけいる隙を狙っていることを十分にわきまえ、お二人のいずれに対してもつかず離れずの態度を取り続けていました。

そして、見事に重要な一手をつかんだのは、またしても道長様のほうであったのです。

三月になると、わたしたちは中宮様とともに、喪の忌みのため二条北宮に移りました。

もちろん、道隆様が世を去られたからといって、すぐさま寂れたりはしません。

むしろ入念に手が加えられ、以前よりも素晴らしさが増したほどでした。しかし、かつて造花の桜で飾られた庭を見るたび、わたしはどうしても寂しい思いに駆られたものです。

二条北宮のお屋敷が調えられれば調えられるほど、比類無き豪華さを誇った道隆様が永の不在となったことが強調されるような気がしたからでしょう。

そうして、わたしたちが内裏を離れ、二条北宮にいた三月の終わり頃、驚くべき事態が傾《なだ》れを打つように次々に起こりました。

まず、一条帝の母君であられる詮子様が、病に罹ったという報《しら》せがありました。

さっそく、中宮様もお見舞いの品々やお手紙を詮子様に差し上げたのですが、届くまでにやけに間があったり、なかなか返事がなかったりと、おかしなことがありました。わたしたち女房は、やり取りを仲介した者の気が利かないせいだろうと、さして気にも留めていませんでした。中宮様ですら、それが異変の前兆であるなどとはお思いになっていなかったでしょう。

ですがこのとき、詮子様の病の原因を探るべく、陰陽師がお屋敷である土御門第《つちみかどだい》を調べ回っていたのです。

土御門第は、道長様のお屋敷です。周知の通り詮子様は一条帝をお産みになってのち、ずっと道長様のもとで暮らしていたのでした。

陰陽師に依頼したのは、もちろん道長様です。道長様は陰陽師の方々に対して、きわめて強い影響力をお持ちでした。

そんな道長様に、特に進んで仕えたのが、そのころ内裏で名を知られていた、安倍晴明様です。

晴明様がどのように優れた方か、わたしにはよくわかりません。

ただ、道長様が望む通りの結果を出すことにかけて右に出る者がいなかったのは確かです。道長様の意のままに動き、望む通りの結果を作り上げてしまう。そういう陰陽師であったからこそ、京で名を馳《は》せ、栄誉を我がものにできたといえるでしょう。

このときも、晴明様とその配下の陰陽師たちは、寝殿の床下から、道長様が心から望むものを掘り出しました。

詮子様を呪詛《じゅそ》するために置かれたという道具です。

それがなんであるか、様々な噂を耳にしました。

人間の首であるとか、大変な呪いの言葉が記された札であるとか……、色々と言われましたが、実際に見たという人をわたしは知りません。

本当にそんなものがあったのか、確かなことはわからないのです。

なんであれ、これによって詮子様の病は、呪いをかけた者がいるせいだ、ということになりました。

そして当然、詮子様に最も恨みを抱いていらっしゃるであろう御方に嫌疑が降りかかることになったのです。すなわち、詮子様の働きのせいで、帝の内覧の務めを得ることができなかった伊周様に。

そんな発見があった数日後、今度は帝のもとに、とんでもない報せが届きました。

伊周様が、天皇家のみが行うことができる「太元帥法《たいげんのほう》」を執り行わせたというのです。

逆臣を討伐し、怨敵《おんてき》を降伏《ごうぶく》せしめ、国王の威力を増大するための法……、まさに天皇家のためにのみ行われねばならないものでした。

この件を報告したのは、宮中以外でゆいいつ太元帥法を執り行える法琳寺《ほうりんじ》の方々で、帝はこの寺の関係者を宮中に呼びつけ、じきじきにお調べになったそうです。

そして、伊周様の御祖父であられる高階成忠様が、この法を執り行い、伊周様の関白就任をお助けしようとした――そう確信されたのでした。

それは道長様にとって、まさに勝利の瞬間であったことでしょう。

何しろ伊周様が帝の神聖なる領域を冒したという証拠が、内裏に提出されたのですから。

加えて、詮子様への呪詛の疑いも、花山院との一件も、全て皇家にかかわる問題でした。

皇家に弓を引く行いを、咎めずに済ませるすべなど宮中にありはしません。

結果、伊周様への追及は、きわめて厳しいものとなり、四月の二十日頃には、その罪が定められたのでした。

一条帝の命で、内裏の陣に屈強なる武者どもが集められ、関所が閉ざされたのです。

そして一条帝は、公卿の方々へことのあらましを改めて語ると、こう結論を告げました。

「配流《はいる》にせよ」

これが、伊周様と隆家様へ与えられる罰でした。

大逆を企てたという、かの菅原道真《すがわらのみちざね》と同じ処分です。貴人の方々にとっては死刑にも等しい、最も過酷な刑なのです。

加えて、伊周様を大宰権帥《だざいのごんのそち》、隆家様を出雲権守《いずものごんのかみ》に格下げされ、またお二人に関わられた方々が、次々に左遷され、あるいは内裏から除名されるなどの勅勘《ちょくかん》を受けました。

天皇家に危害を加えるということは、こういうことなのだ。そう万民に知らしめることが、このときの一条帝にとって、何よりの責務でした。

なんとおいたわしいことでしょうか。家族としてともに過ごした伊周様たち、そして何より、我が子を身ごもる中宮様を思いながらも、天皇としての務めを果たすべく、一条帝は御自らご自身の御心を引き裂いたのです。

わたしたち女房にとって、本当に辛いときはここからでした。

一条帝の決定に対し、伊周様は病が重いと偽って、隆家様とともに、中宮様のいる二条北宮に引きこもったのです。

とにかく猶予を求め、中宮様による一条帝への取りなしをもくろんだわけです。

しかし当の中宮様は、お父上の喪に服されている上に、妊娠中の穢れた身であるため、帝が望まぬ限り内裏に入ることができません。そして一条帝は、せめて内裏で伊周様を捕縛させ、中宮様の目に見えないところで決着をつけようとされていたのでした。

一条帝のお気持ちを誰よりも理解されている中宮様であったからこそ、逆に、伊周様を二条北宮にかくまったのだといえるでしょう。

二条北宮を武者どもや検非違使たちが取り囲みました。

勅使が現れ、厳しい詔《みことのり》が告げられたときのことを、わたしは今も忘れることができません。家人たちが一斉に悲痛な泣き声を上げ、伊周様の口から怨嗟《えんさ》の叫びが放たれました。

中宮様は、お顔を青ざめさせながらも、しっかりと伊周様のお手を取り、検非違使たちが現れても引き渡そうとはしません。

洛中は、この事件に騒然となり、内裏から二条北宮へ続くあらゆる場所に人々が集まり、二条大路は人と牛車の群れでごった返すという有様となりました。もちろんみな、伊周様の捕縛の瞬間を見たがって集まってきたのです。

しかし検非違使たちも勅使も、伊周様や隆家様だけならまだしも、中宮様がおられる場所で暴力を振るうことはできません。むしろ、家人たちの泣き声に心打たれ、ともに涙を流し始める検非違使たちもいました。

ですが詔が告げられて一日また一日と経つと、そうした検非違使たちはお屋敷に来なくなりました。代わってあの無表情な、けだもののような目つきをした男たちが、大挙してお屋敷を取り囲むようになったのです。

彼らは武将に率いられた鎧《よろい》武者たちであり、または罪を免れるために検非違使の下で働く罪人たちでした。格好を見ればどちらかはわかるのですが、顔つきだけ見れば、武者なのか罪人なのかわからないような男どもであったのです。

そういう男どもが現れたという報せを受けたとき、中宮様は何もおっしゃらず、ただ蒼白《そうはく》なお顔で厳しく宙を見つめておられました。わたしは、このとき中宮様がすでにお覚悟をされていたのだと今でも信じています。

検非違使たちと入れ替わりに現れた男たちの背後に、果たして誰がいたでしょうか。

むろん一条帝の勅命によって武者たちが集められたことは間違いありません。しかし、その勅命を受けて実際に武者たちに号令を下したのは……、他ならぬ、道長様なのです。道長様にとって、この事件こそ最大の好機であり、そして正念場であったことでしょう。

もし伊周様がこのまま中宮様の庇護《ひご》のもと、猶予を勝ち得てしまったなら、どうなるか。

そして実際に処罰が下される前に、中宮様が、男子をお産みになったら。

そんな事態になれば、また何がどうなるかわかりません。道長様は、二度とないであろうこの機会において、必ずや伊周様という最大の政敵を葬らねばならないのです。

そして、配流が、このとき伊周様と隆家様に下された処罰でした。貴人の方々に、死罪というものはないのです。

では、もし配流に抵抗した結果として、武者たちに殺められたら？　何かの手違いで、あのけだもののような男どもが、伊周様を殺害してしまうのなら？

これは、あくまでわたしの想像に過ぎません。しかし道長様の心に、こうした考えが一瞬たりともよぎらなかったとは思えないのです。

そして何より、中宮様のお覚悟は、決してご自身のためのものではありませんでした。むしろご自身を最後まで盾にし、ご兄弟を守ろうとされていたのです。

やがて、五月一日になり、運命のときが訪れました。

伊周様が忽然《こつぜん》とお屋敷から姿を消したのです。

「私は出家する」

という伊周様の決意を受けて、中宮様がひそかにお屋敷の外へ逃れさせたのでした。

隆家様は、お屋敷の中に潜んだままです。わたしには、伊周様のお命が危ないことを中宮様がお察しになったゆえのことであるとしか思えません。

しかし、

「伊周殿、行方不明」

との検非違使の報告は、一条帝にとって、勅命への反抗です。

「中宮をしかるべき場所にお移しし、その上で、納戸を開け、天井裏まで調べよ」

かくして一条帝は、検非違使たちに二条北宮に踏み込むことをお許しになったのでした。

一条帝のさらなる勅命を受けた検非違使がお屋敷に現れ、わたしたち女房はなんとか中宮様のお姿があらわにならぬよう、几帳などを立てるしかすべがありません。

大勢の男どもがお屋敷に入り込みました。納戸の戸を叩き割って回り、中宮様の寝室の壁を砕き、天井と床板を一つ残らず引きはがしてしまったのです。

中宮様と伊周様の母君であられる貴子様は、あえてお屋敷の内に居続け、決して身を隠さなかったといいます。その立派さに心を打たれ、男どもも、無理やり連れ出すことがかなわなかったとか……。

女房たちは一人残らず泣き声を上げ、あるいは悲鳴を上げていました。

中宮様はわたしとともに職の御曹司から遣わされた牛車にお移りになっていました。

そうして、立派なお屋敷が紙切れのように目茶苦茶に引き裂かれていくことに黙って耐えていらっしゃったのです。

いえ、耐えながら、最後のお覚悟を抱かれていたのでしょう。

刃《やいば》と槌《つち》を振りかざす男どもによってお屋敷中が無惨な有様となった末に、隆家様は見つかってしまいました。隆家様が検非違使たちに捕らえられ、配所へと送られる一方で、伊周様を追うよう命じられた武者たちが、洛中に放たれた——。

そういう報告が、牛車の中におられる中宮様のもとへ、中宮職の者によってもたらされた直後のことです。

「帝へ、伝えなさい」

中宮様が凛《りん》としたお声を発され、

「わたくしは、ただ今、出家をいたします」

涙に濡れた顔を隠していたわたしたち女房は、一斉に顔を上げ、息を呑みました。

中宮様のお手には、いつの間にか鋏《はさみ》が握られています。

いったいいつ袖にお隠しになっていたのか、誰も気づきませんでした。きっと、伊周様の罪状を告げる勅使の詔を聞いたときから、中宮様は誰にも話さず、密《ひそ》かにお覚悟されていたのでしょう。

そして中宮様は御自ら、その髪をお切りになったのでした。

宰相の君が、金切り声を上げました。おそばにいた女房たちがみな泣き叫びます。わたしも泣きました。誰一人として、中宮様をお止めすることはできなかったのです。

髪を背の辺りで断つことは、女性にとっての出家となります。

あれほど美しく、輝かしい御髪を、ざくり、ざくりと切り落とされていくご様子は、切られた髪から血潮が噴き出してもおかしくはないと思えるほど恐ろしく、無惨でした。けれども中宮様のお顔は、見たことがないほど青ざめておられたものの、どこまでも凛として、揺るぎありません。

このときは、わたしも他の女房たちとともに衝撃と混乱のまっただ中にあって、何もかもわけがわからなくなっていました。

ですが今思えば、武者たちの到来と、道長様の存在が、中宮様に想像を絶するご決断を下させたのでしょう。

中宮様は誰よりも、ご自身のお立場を、一族の要としての強さをご存じでした。

高階家や、道隆様のご一族の中で、道長様と対等にせめぎ合うことができるのは、結局のところただ一人、このとき二十歳に過ぎなかった中宮様のみだったのです。

「これを渡しなさい」

中宮様が、御自ら切った髪をひと房、中宮職の役人に投げ渡したのをわたしは見ました。

帝へお渡しする——当然、そういう意味だと思いました。ですが、このとき本当に中宮様が知らせたかった相手は、もう一人いたのです。

すなわち、

「道長殿へお渡しなさい」

というのが、中宮様の真意だったのでしょう。

このときの中宮様は、たいそうお美しかった——わたしにはそう言うほかありません。髪を失ったお姿とは思えぬほど立派で、本当の誇りと使命に満ちていました。

「中宮、御落飾《ごらくしょく》」

間もなく宮中にその報が告げられました。

もちろん道長様をはじめ、殿上人たちにとってはとてつもない衝撃です。使いの者を通してお知りになった一条帝は、

「定子は今、尋常の身ではない。朕の子を宿している……。なのに、どれほど苦しめてしまったことか……」

そう呟き、こぼれる涙をさっと袖でお隠しになったとか。

数日後、ついに伊周様が捕らわれてしまいました。

それまで亡き道隆様の墓前に参上するため宇治木幡《うじこわた》にいたそうで、

「私は出家をした」

そう主張したものの、受け入れられず、改めて配流に処されることが決まったのです。

伊周様は、老いた母君であられる貴子様をつれてゆきたいと願い出たそうですが、これも許されませんでした。

結局、母君とも引き離され、伊周様は洛外へ追放されました。

けれども、これほど危うい事態に置かれてなお、伊周様をはじめ中宮様のご一族は誰一人として命を落としはしませんでした。

たとえ内裏を追放されたとしても、

(いずれ大赦《たいしゃ》があるのでは)

生きている限り、復帰の可能性を誰も否定できないのです。

このとき道長様は、ご自分が敵を見誤っておられたという事実を、はっきりと悟られたことでしょう。少なくともこれ以来、道長様の眼中から、伊周様と隆家様の存在が消えたのは間違いありません。

(中宮・藤原定子――)

その貴い名は、道長様という強大な方を、権力を握る最後の瞬間まで苦しめ、恐れを抱かせ続けることとなったのです。

最後の最後でご家族を守ったのは、中宮様のご決断でした。

わたしはそう確信しています。ご家族をお救いするためにこそ、人としての我が身を投げ出し、出家という決断を下したのです。

そしてその出家したはずの中宮様の御身には、ゆいいつ無二の存在がおられるかもしれないのでした。

いまだ誰も産んではいない、一条帝の皇子が。

道長様も貴人の方々も、結局この先がどうなるか、わかるはずもありませんでした。

出家した中宮様を、帝は擁護されるだろうか。そんなことが可能なのだろうか。中宮様が還俗《げんぞく》し、伊周様が内裏に戻られる。そんな未来はありうるのか——。

誰もが疑い、惑っていたのだと思います。

一方で道長様はまだまだお若く、他方には一条帝の絶大なる愛情を勝ち取られた中宮様がいらっしゃいました。

伊周様と隆家様の失脚という決定的な事態に臨んだこのときに至ってなお、道長様は栄華を独占する、という状態にはなっていなかったのです。

それどころか実際は、薄氷を踏むような緊張感で血眼になって栄華を求め続けねばならなかったことでしょう。常に殿上人たちの動向に気を配るため、あえて関白の座に就かなかったのも、それだけ警戒すべきことが多かったからに他なりません。

中宮様の御落飾という一事において、権力の座を巡る争いは奇妙な膠着《こうちゃく》状態となりました。

わたしは伊周様が配流となった後、ようやく、中宮様のご決断が、伊周様や隆家様を守るためであったと理解するようになりました。

もちろん、中宮様ご自身がそうおっしゃったわけではありません。

しかし、畏れ多いことではありますが、わたしは帝その人以上に中宮様を敬い、

（わたしはこの方の番人でなくてはならない）

改めて忠誠の全てを中宮様に捧《ささ》げる覚悟を抱いたのでした。

まだそのときはちゃんと理解できていなかったものの、中宮様の苦難はこれからだ、ということが、ひしひしと予感されていたからです。

そして事実、こののち道長様は、ただ一人の本当の敵にのみ力を注ぐようになりました。

中宮定子様という個人に対する、道長様の熾烈《しれつ》な攻撃が始まったのです。

第四章　職《しき》の御曹司《みぞうし》

一

——わたしは、中宮様の番人だ。

いったいいくたび、そう心の中で呟《つぶや》き、神仏に誓ったことでしょう。

なのに伊周様や隆家様に続くかのように、わたしは内裏《だいり》を去ったのでした。

理由は、共に働く女房たちの間に、疑心暗鬼が広がっていったためです。

中宮様が御髪《おぐし》を断たれて「出家」を決断され、伊周様や隆家様など貴人の方々が次々に左遷させられていってのち、わたしたち女房は中宮様とともに二条の北宮におりました。

みな、しいて口には出さなかったものの、なぜ出家のために姿を隠した伊周様がたやすく見つかってしまったか、疑問を抱いていました。

確かに、伊周様が不用心で目立つ存在であったことは確かです。強い誇りをお持ちの方でしたから、最後まで身を隠し続けるということができなかったのです。

しかしやはり、誰か中宮様の身近にいる者が、密告しなければ、あれほどあっという間に見つかるということはありません。

そしてこの密告者は、のちのち中宮職《しき》であった平生昌《たいらのなりまさ》などであったことが判明しました。というのも多くの方々が道長様のはからいで殿上人《てんじょうびと》へ出世するなどした際、彼らの「働き」が公然と口にされるようになったのです。

ですがこの当時はまだ誰が裏切り者かわかりませんでした。

何しろ、朝廷に関わる者たちは、主な方々を全て足しても千人かそこらしかいらっしゃいません。いったん権力を巡る紛糾が起こると、たいていの者は、どちらの陣営にも血縁がいる、という状態になるのです。

そのため女房たち同士ですら本当に信用できる相手かはかりかねる有様でした。

亡き道隆様の血族が追いやられ、貴人たちが一斉に手のひらを返して道長様方につこうとしていたそのとき、さらにわたしたちを打ちのめす出来事が起こりました。

中宮様とわたしたちにとって砦《とりで》にも等しい二条北宮が、焼けたのです。

あまりに突然の出火で、わたしをふくめ女房たちはみな、ただ焼けたのではないのではという強い疑念を抱いていました。

焼き払われたのでは……と。道長様の手の者によって。もちろん、証拠はありません。

しかし道長様にとって、当時、最大の敵が中宮様であることは誰の目にも明らかでした。

そのお屋敷が、伊周様の配流からたったひと月後に、いきなり焼けたのです。

幸いなことに中宮様はご無事でしたし、わたしたちも難を逃れることができました。

中宮様はいったん、高階《たかしな》家のお屋敷にお移りになり、わたしも小二条と呼ばれるようになるそのお屋敷で御前に侍るはずだったのですが、そうすることができたのは僅《わず》かな期間でした。

二条北宮が焼けて数日後には、

「放火した者の手引きをしたのは清少納言ではないか」

そんな噂が流れ始めていたのです。

今思えば、そういった噂を流すことも、道長様の謀略であったかもしれません。中宮様に近しい女房たちを分裂させ、朝廷とのつながりを断てるだけ断とうというのです。

そしてもし謀略であったならば、道長様のなされようは実に的確であったといえるでしょう。わたしも他の女房たちも、まんまとその手に乗ってしまったのですから。

そもそも、わたしは、道長様の側にいると思われやすい立場にありました。

何しろ、わたしが親しい殿上人の大半は、道長様に追従する方々だったのです。

特に斉信様は、伊周様と花山院の一件で、道長様の望みに従って証言をされた御方で、その斉信様とわたしの親密さは宮廷でも有名でした。

斉信様の配下には、わたしの元夫であった則光がいます。

さらに女房たちから毛嫌いされていた行成様とも親しく、啓奏の窓口になっていたのです。

　そうしたことから、小二条はわたしにとって、人生で初めて経験するほど居心地の悪い場所となりました。

　女房たちは固まってはわたしの噂をし、そこへわたしが顔を出したりすると、みな急に口をつぐむのです。誰もわたしと目を合わせようとしません。大事な用件すら伝言されないということが頻繁に起こるようになっていきました。

　わたしはこれほどまでに不愉快で、身を切られるような辛い空気の中にいたことがありませんでした。まるで寒空のもと、わたしだけが凍えたまま、女房たちが固まって暖を取る様子を見せつけられているようなものです。

　中宮様もそうした女房たちの異変を察し、不和を宥《なだ》めようとして下さいました。中宮様こそ道長様の圧力のまっただ中におられ、御心を保つだけでも精一杯だったはずです。それでも、わたしなどをお気遣い下さることは、ありがたくもありましたが、やはり心苦しい限りであったのです。

　わたしは女房たちのそうした仕打ちについて中宮様に訴え、どうにかして頂こうとはしませんでした。中宮様の御心に、余計な心配事を作ってしまったことが悔しくてならなかったからです。どうにも心乱れ、中宮様をお世話することにも支障をきたすようになると、わたしのほうが我慢できなくなりました。

　中宮様にいったんお暇《いとまご》を乞い、

ませんでした。

「もうしばらくいなさい」

いつものように中宮様がお引き留め下さるのも構わず、里に帰ってしまったのです。

これほど情けないことがあるでしょうか。けれどもわたしには他にどうすることもできませんでした。

もちろん、そのまま宮廷に別れを告げるつもりはなく、少ししたら中宮様のもとに戻ろうと思っていたものです。そのためにも、わたし自身が心穏やかにならねばなりません。ですから特に親しい方々にだけ居場所を告げていました。その中には、斉信様も、行成様もふくまれてはいません。元夫である則光をはじめ、わたしを気遣って下さり、かつ口の堅い方々だけが、里居するわたしを訪れました。

彼らが宮中の様子を教えてくれるのですが、これがまた、わたしの心を乱すことばかりでした。わたしがいないせいで、かえって噂がしやすくなったのでしょう。

噂では、わたしはすっかり道長様の側であるということになっていました。

このわたしが、女房や下々《しもじも》の者に、中宮様のもとを離れるよう勧めたり、中宮様のために働かないよう命じたりしているのだそうです。

わたしがそんなことをするはずがない。いくらそう主張したところで、噂を消すことなどできはしません。わたしにできるのは、ただ無視することと、里の小さな屋敷で、閉じこもっていることだけでした。

とはいえ里もまた、わたしにとってあまり居心地のよい場所ではありません。宮仕えをする女というものは、往々にして、そうではない女たちから散々に言われるものなのです。

わたしもまた、近所の女たちの悪評の的になっておりました。

毎日のように男が訪れるだの、下々の者と平気で言葉を交わすだのと、宮廷では当然の常識が彼女たちには通用しないのです。複数の男性に、名を知られるばかりか、顔まで見られているという事実は、彼女たちにとって顔を顰《しか》めて嘲笑《ちょうしょう》すべきことがらでした。もし宮中を経験していなかったら、わたしもそう思っていたかもしれません。妻として暮らした日々と、女房として仕えた日々のどちらも経験したからこそ、わたしは女としてむしろ彼女たちを軽侮したくなりました。

そしてその気持ちを、わたしは気づけば文章として綴《つづ》っていたのです。

将来性がなく小ぢんまりした偽物の幸福なんかに満足しているような女性は気詰まりで馬鹿馬鹿しい気がするものだから、

「やはり、しかるべき身分の女性などは宮中に出仕させ、世間の有様を見て学ばせたいし、典侍《ないしのすけ》などにさせて、経験を積ませたいものだ」

と思いますよ、わたし。

宮仕えをする女は軽薄だと決めつけて、よくないことのように思う男なんて、嫌いよ。まったく、わたしがそんなふうに思うことのほうが普通だし常識というものだわ。

——こんな調子で書くのが常でした。

当然ながら、和歌の達人でもなく、漢文にも精通していない女が、好き勝手に、自分が面白くなるためだけに書いたしろものです。とても人に自慢できるものではありませんし、ましてや日記として子孫のために残すようなものでもありません。

なのに自然と、誰かに呼び掛けるような、見知らぬ人に読まれることを前提としているような書き方になってしまうのは、

(『枕』を書かねばならない)

そんな思いが、わたしの中で決して消えずにあったからでしょう。

これがもしかすると、わたしの『枕』なのかもしれない。

そんな、好き勝手な空想に等しい思いを抱きながら、思うところを思うに任せて書くことが、当時のわたしにとってゆいいつの慰めでした。というのも、書くことで鬱憤《うっぷん》をぶちまけるのではなく、まるで、中宮様のおそばに仕えているような気分になれたからです。

紙の上では、わたしは自由でした。

そんな自由を感じたのは初めてのことで、今もその気持ちをどう言葉にしていいのかわからないところがあります。

わたしはもう、何者でなくてもいい。そういう自由さだと言えばよいでしょうか。

もう、和歌や漢文にこだわる必要はない。自分に歌才がないこと、風流風雅をきわめるなんてどうしたって無理だということを、素直に認めればいい。

言葉はそれ自体が面白いのだ。

書くことは楽しいことなのだ。

自分が無邪気な子供になった気分でした。目の前に中宮様がおられ、風流を求める女房たちが周囲にいたら、果たして同じような心持ちになれたかどうか、わかりません。

そうして、いつしかわたしは、あの紙の束を使うようになっていました。

伊周様が一条帝と中宮様に献上し、そして中宮様がわたしに下された、高価な紙の束。まさかそれを中宮様からこんなふうに離れたところで使うことになるとは夢にも思いませんでした。

ときに自分は、自棄《やけ》になっているのだろうか、もう宮中に戻れないと心のどこかでわかっているから、この紙を使ってしまおうとしているのだろうかと思ったこともあります。

何もかも投げ捨ててしまえ。放り出して自由になれ。紙の上で、わたしなりの狼藉《ろうぜき》を働いてしまえ。二条北宮で戸や壁を叩《たた》き壊して回った、あの男たちのように。

父の歌才を羨《うらや》んで気後れしていた気持ちも。中宮様が紙を下さったときの歓《よろこ》び。良いものも悪いものも、わたしがこうむったこと全て、言葉にするのだ。

むしゃくしゃした思いを、誰に遠慮することもなく放つことが、どうして『枕』になるのか、わたし自身わかりませんでした。まさか中宮様が感心して誉めて下さるわけがありません。なのに、なぜ、中宮様から頂戴《ちょうだい》した大切な紙を使うのでしょう。

きっと心のどこかで、わかっていたのでしょう。

中宮様がこれをお読みになったら、声を上げてお笑いになるということを。

わたしのこんな些末《さまつ》な思いにも共感して下さり、他愛ないことであるからこそ、不自由きわまりないお立場の中宮様だからこそ、自由に笑って下さるのではないか——。

結局、わたしにできることは、それだけなのです。参内したばかりの頃も、この当時も、あるいは、今も。

わたしなりに中宮様を喜ばせたい。

それが、この『枕』の使命なら、なおさら形式張ったり、雅《みやび》を追い求めたところで無意味なのです。そもそも宮中の雅の究極こそ、中宮様であり皇家なのですから。わたしが猿真似をしたところで何の意味があるでしょう。それよりは、心ゆくまで戯《おど》けて楽しみ、機転を利かせたほうが、皇家の方々に喜ばれることを、わたしは出仕を通して学んでいました。

かくしてわたしは、分厚い紙の束から——『枕』と呼ぶ以外に名付けようもない文字通りの白紙の存在から——一枚また一枚と手に取り、読み返すたびに他愛のなさに笑ってしまうような文章を、この上なく真剣に、清書していったのでした。

それが人の目に触れようなどとは、ましてや宮中に広まろうなどとは、存外も存外で、まさに夢にも思わぬことだったのです。

二

きっかけは、なんだったのでしょう。

今となってはひどく漠然としか思い出せません。

ただ、はっきりしているのは、わたしのもとから、まだろくに形の整っていない『枕』を持ち出し、中宮様にお渡しした方がいる、ということです。

その方こそ、当時、右中将であられた源経房《つねふさ》様でした。

笙《しょう》の達人でもあり、かつては伊周様と宮中で管弦を楽しまれることがしばしばで、わたしはまだ新参だった頃から、経房様が奏でる音色には陶然とさせられたものです。

経房様は当時の宮中で、わたしが心乱されぬまま親しくすることのできる貴重な御方でした。

というのも、このとき二十八歳であった経房様は、道長様とは母方の従兄弟《いとこ》同士であり、かつ義理の弟でもありました。

そしてこの頃は、道長様の猶子《ゆうし》のようなお立場にあったのです。

殿上人と縁のない方々はきっと、それではまさに道長方ではないか、と思うことでしょう。ですが不思議なもので、道長様と血縁が近ければ近いほど、諸侯に比べてずっと自由に振る舞えるのです。

道長様から様々なはからいを受けて出世はしますが、それは、

「取り立ててやるから、私を裏切るな。私と対抗しようとするな」

という、道長様の気遣いというより政治的な不安のなせるわざでした。

道隆様と道長様が、歳の離れたご兄弟であられたように、宮中においては、血族ほど頼りにならず、そのくせ、なんとかして懐柔せねばならない相手なのです。

そういう経房様ですから、道長様のはからいで右中将に昇進すると、その足で誰憚《はばか》ることなく、中宮様のおられる小二条へ参上したのだとか。

「中宮様に昇進の喜びを申し上げましてね。そこで、あなたの話題が出たので、今度はここへお邪魔したというわけです」

何の屈託もなく、そういうことを、わたしの屋敷に来ておっしゃるのです。

わたしは御簾《みす》の内側で笑っていました。いかにも平然とした、大所高所からものを見ているという経房様の不敵な態度は、何の関係もない人でも面白いと感心してしまうものです。しかも、道長様が苦虫を嚙《か》み潰《つぶ》したようなお顔をなさるところまで想像できるのですから、大いに愉快でした。

こういう自由な方ですから、わたしの悪い噂なども、「あなたの話題」などとあっさり口にしてしまえるのです。

かと思えば、

「中宮様の御座所《おましどころ》は、なんともいえぬ風情でしたよ」

中宮様の女房たちが今、どんな装束をしているかなど詳しくお話ししてくれるのです。秋になると、みな朽葉《くちば》重ねや、萩重ねなど、秋用の出《い》で立ちで中宮様に侍っているのだとか。わたしがとにかく大の衣服好きで、素晴らしい装束は針の目まで見てしまう性分であることをご存じだから、わざわざそんなことを教えて下さいます。

そうしながら、まったくもってさりげなく、中宮様のご様子を伝えてくるのです。

「それでね、秋草がずいぶん茂っているので、『なぜ刈らせないのですか』と私が尋ねると、御簾の向こうから宰相の君の声が返ってきてね。『わざと露を置かせて中宮様がご覧になるからですよ』なんて言うんだ。さすが中宮様、洒落《しゃれ》ているね」

白露を愛《め》でることは確かに風流でしょう。けれども、そのために秋草をむやみに茂らせておくことはありません。

草を刈らせることにすら手こずるほど、中宮様のために働く者が少ないのです。

道長様やその側近たちが、下々の者たちを威《おど》し、中宮様のために働かせないようにしているからです。経房様は、そうしたことがわたしにちゃんと伝わるよう、少し間をおいてから、

「けれどもね。女房たちは気を緩めず、中宮様にお仕えしていますよ」

と続けます。

「宰相の君はこうも言っていました。『清少納言が、いつまで里に居るつもりか気掛か

りです。こんな侘《わ》び住まいを中宮様がなさらねばならないときこそ、何があっても清少納言だけはおそばに侍るに違いない。わたしだけでなく、中宮様がそうお思いになっていらっしゃるというのに、張り合いのないことです』とね」

わたしはもう少しで、涙を浮かべるところでした。嬉《うれ》しくもあり、悔しくもある涙です。

確かに、宰相の君や右京の君といった親しい女房たちは、決してわたしを悪くは言いませんでした。しかしわたしを守ってくれるわけではありません。彼女たちが守るべきは中宮様であって、一介の女房ではないのです。悪評くらい自分でどうにかしろということなのでしょう。

ですが、言うに事欠いて『張り合いがない』などと言われては、たまったものではありません。わたしと同じ目に遭ってもいないくせに、勝手なことを言わないで欲しい。それがわたしの正直な気持ちでした。

とても心細く、まるで参上したての頃、ずっと暗い時にしか中宮様の御前に出られなかった自分に戻ったような気持ちにさせられます。

「とにかく参上してご覧なさい。本当に趣のあるお庭でね。牡丹《ぼたん》なんて風情がありましたよ」

経房様がおっしゃいます。この方は、自由気ままに振る舞っていながら、さり気なくこちらの心を動かそうとするのです。

このとき経房様がおっしゃった「牡丹」は、明らかに、爛漫《らんまん》と咲く花ではありません。白居易の詩でいう、「秋に牡丹の草むらに題す」と詠まれた、衰え枯れた牡丹なのです。

(中宮様の華が衰えているこのときに、里に引っ込んでいてよいのですか?)

要するに経房様は、柔らかに語りながら、わたしを叱咤《しった》激励しているのです。

わたしはついつい、経房様の鷹揚《おうよう》さに甘えて言いました。

「みな、わたしを憎らしく思っています。それがわたしには憎らしく思えるのです」

経房様は特に何も言い返さず、貴人らしいおっとりとした調子でお笑いになりました。

中宮様がわたしをお嫌いになって遠ざけているのでなく、むしろ頻繁に、

『参上せよ』

という手紙を、わたし宛てに届けさせていることを、経房様もご存じなのです。

忠誠を尽くすべき貴い御方から、寵愛《ちょうあい》を受けている限り、周囲からの中傷など何のことはない。それが経房様の態度であり、わたしの行き詰まった心を宥めてくれるのです。

だからでしょうか。わたしは中宮様に献《ささ》げるべき『枕』を、まずこの経房様にお見せすることにしたのです。

後日、経房様がまたわたしを訪れて下さったときのことで、

「聞くところによれば、あなたは中宮様のために書をしたためているんだそうですね」

などと、わたしをおからかいになったのがきっかけでした。

　確かに、いつの間にかずいぶん書き溜《た》めていたものを、草子《そうし》にはしていました。

　しかし、書と呼ぶに値するものではありません。経房様とて、わたしが書いたものを実際に見たところで、書だなどとお思いにはならなかったでしょう。

「ご冗談を。わたしに書けるのは、せいぜいこれくらいのものです」

　わたしは簾《すだれ》の下から茵《しとね》をくぐらせてお渡しするついでに、当時はまだ『枕』というには薄い草子をお見せしたのでした。

　里居の心細さもあったのでしょう。人に見せられるものではないとわかっていながら、経房様から中宮様へ、わたしが『枕』のお役目を忘れずにいることを伝えて欲しくなったのです。

　経房様は、草子を読んで、たいそうお笑いになりました。

「これは面白い」

　それでわたしも嬉しくなったのを覚えています。わたしの『枕』は、人に感銘を与えるものでも、感動の涙を流させるものでもないのですから。

　思わず意表を突かれ、つい笑ってしまうもの。そういうしろものなのです。

　ときに、わたし自身が呆気《あっけ》に取られたりした話も書きましたし、いつもつまらないと思っていたものが、急に胸に迫る瞬間なども書きました。

　何を書いて、何を書かないか。このときはまだ、はっきりとした基準すらありませんでした。一つ確かなのは、どれもこれも、和歌や漢文の常識を踏み外したものばかりだったということです。かといって、世に流布《るふ》する書のどれに似ているとも言えません。目茶苦茶で、突拍子もなくて、訳が分からないくせに、なんとなく共感できるもの。そんな、自由勝手なしろものを、飽きもせず書きつづっている人間がいる、ということ自体、笑いの種になるに違いないのです。

もし今、わたしのすぐ近くで笑い声を上げて下さっているのが中宮様だったなら、どんなによいだろう――しみじみとそう思っていると、だしぬけに経房様がおっしゃいました。

「少し借りていきますよ」

「えっ――？」

「まあまあ。気に入ったところをね、少し書き写すだけです。粗末には扱いませんよ。何しろよい紙ですし。あなたが中宮様のために書いたものだということは明らかですからね」

一方的に言うと、わたしがしどろもどろになるのも構わず、そのまま持っていってしまったのでした。

そうして、わたしの最初の『枕』は、思わぬかたちでわたしの手を離れていったのです。

再び草子が戻ってきたのは、なんと冬の頃でした。

夏に宮中を離れたわたしが、そんな季節になってさえ里にこもっていることも呆《あき》れた話です。しかし、あんな中途半端な『枕』を持っていったまま、なかなか返さない経房様にも、わたしは呆れていました。

まさか、あのまま中宮様にお渡しすることはあるまい――。

経房様は鷹揚ですが、気遣いに長《た》けた方です。もし中宮様にあれを献上するなら、もっとまともな体裁にしなければいけないことくらいわかっているはずでした。

それまで自分の懐の中でのみ楽しんでいたものが、人目に触れる。そのことに緊張や不安を覚えましたが、しかしやはり、やり甲斐《がい》が芽生えたのも確かです。

経房様はあれを誰に見せるのだろう。女房たちの目に触れるだろうか。中宮様は、もしあれをお読みになったら、本当にお笑い下さるだろうか――。

そう思うだけで、さらに『枕』を書くことが楽しくなりました。里にいる限り、直接批評めいたことを言う者はいません。それがわたしを安心させたのでしょう。空想の中の読者は様々でした。わたしの『枕』を読んで、思わず噴き出してくれる方もいれば、顔をしかめて、

「なんだこれは。とんでもないものだ。破って捨ててしまえ」

と怒る方もいました。

なんであれ、素晴らしい歌を詠んでみせたり、見事に漢詩を朗詠したりすることなどできないわたしにとっては、どんな空想の読者も楽しませてくれる存在なのです。

そのくせ、心の底では、

「読んでくれているのは経房様だけだろう。心根のお優しい方だから、あえてあんなみっともないものは、誰にも見せずにいて下さっているだろう。その上で、中宮様にだけ、清少納言はこんなものを書いていましたよ、としっかり美化してお伝え下さるだろう」

などという都合のよい安心を抱いていたのでした。

無為に暮らす日々が長すぎたのでしょう。宮中の、いつどのように批評されるかわからないからこそ洗練に洗練が重ねられる風雅さからすれば、実にずるい、とんだ怠けた態度なのです。

逆にそんな自分に呆れていたからこそ、ますますわたしは『枕』を野放図にしていったのかもしれません。

しばらくして経房様の使いの者が『枕』を返しに来たときは、びっくりして言葉もありませんでした。

粗末に扱わないとはよく言えたものだと思うほど、くたびれた状態になっていたのです。

いったいどこでどれだけ書き写したというのでしょう。まるで何人もの――あるいは何十人もの――手から手へと読み回され、そのつど書き写されてきたかのような、手垢《てあか》で汚れきったものになり果てていたのでした。

経房様が飽きて放置し、他の色々な書と一緒にしわくちゃになって置かれていたせいだろう。そしてそれを字も読めない下々の者が汚れた手で適当に扱って、こんなざまになったのだ。

ずっとそう思っていました。

それからしばらくして、突然、中宮様からわたしへの賜り物がありました。

見れば、溜息がこぼれるような素晴らしい紙が二十枚も包んであります。

手紙には、

『早く参上しなさい』

という、里居する間たびたび届けられたのと同じ、上﨟《じょうろう》女房が代筆する中宮様の仰せごとがあり、さらには、

『中宮様がお耳に留められたことがありましてね。大してよい紙ではなさそうなので、寿命経《じゅみょうきょう》も書けそうもないわね』

などと書き添えられています。

たちまち、かつてわたしが口にした冗談を——紙と畳のことを——思い出していました。

もし人生に腹が立ってしょうがなくなり、ほんの僅かな間でさえ生き続けることが嫌になってしまったときでも、真っ白くて美しい紙と、上等な筆が手に入れば——。

「もうしばらく、生きていてもよいかも……」

わたしは、二年半以上も前のその言葉を、久々に口にしていました。

わたし自身すら忘れていた、他愛ない言葉たち。

（では、姥捨山の月は、どんな人が見たというのかしら）

自然と中宮様のお言葉も思い出されましたし、

（お手軽なお祈りね）

宰相の君の笑い声もよみがえります。

紙で息災になれるとしても、数も少ないし、この程度の紙ではきっと、寿命経のように短い息災の経文も書けないでしょうね――。

中宮様が、笑いながらそう仰《おっしゃ》って下さるお姿が、目に見えるようでした。

他でもない、中宮様が覚えていて下さったのですから、平然としていられるわけがありません。わたしは感極まってしまい、もう少しで泣き出すところでした。いったいどうお返事を差し上げたらよいかもわからないまま、とにかく何かお返ししようと懸命に考え込みました。

かけまくもかしこき
かみのしるしには
鶴の齢《よわい》となりぬべきかな

経文を書くまでもなく、口に出して申し上げるのも畏《おそ》れ多い「神」より頂戴した「紙」の御利益で、鶴のように千年も生きられそうでございます――。

もちろん、神は中宮様のことで、この上なく素直な気持ちを歌にしたつもりです。

しかし、かえって慇懃《いんぎん》無礼だと思われるのも怖いので、

『大袈裟《おおげさ》すぎるでしょうか、とお伝え下さい』

と窓口になるであろう上臈女房に向けて書きました。

台盤所《だいばんどころ》の雑仕女《ぞうしめ》がお使いとして来ていたので、青い単衣《ひとえ》を禄《ろく》として与え、返事を持っていかせました。

それから、頂戴した紙をさっそく丁寧に裁断して束ね、真新しい草子を造ったものです。そうしながら、どんどん心が浮き浮きしてきたのを思い出します。真っ白い草子を造っているだけで、どんな面倒ごとも消えてなくなるようでした。

それから二日ばかりのち、今度は狩衣《かりぎぬ》姿の男が、畳を抱えて現れました。

驚いたことに、男は屋敷の庭にずかずか入ってきて、

「これをお持ちしました」

声を上げるのへ、さすがに屋敷の召使いたちが顔をしかめます。

「あれは何者？」

「あれじゃ屋敷の中が、まる見えじゃゃない」

口々に咎《とが》めたせいか、男はさっさと去ってしまいました。そのせいで、どこのどなたが贈って下さったのかもわかりません。

今回届けられたのは実に美しい高麗縁《こうらいべり》の畳です。先に頂いていた紙のこともあり、

（中宮様からの賜り物だ）

わたしはそう確信しました。しかし、万が一、そうではなかったら――中宮様がわたしに紙をお贈り下さったことを知った別の方が、わたしの紙と畳の話を思い出し、これも一興と思って届けさせたとも考えられるのです。

あるいは、ただ単に届け先を間違えただけなら、中宮様に御礼を申し上げたところで、間の悪い始末となってしまいます。

さらに二日ほど待ちましたが、結局、畳を返して欲しいと訴える方はいませんでした。

これは間違いないと思ったわたしは、仲の良い右京の君に手紙を出しました。

『このようなことがあったのだけど、それらしい様子はあった？　なければ、わたしがこんな手紙を出したことは黙っていてちょうだい』

こう尋ねたところ、すぐに返事が来ました。

『中宮様が内緒でなさったことです。わたしが申し上げたことは言わないで』

わたしは、自分が想像し、願った通りであったことが嬉しくてなりませんでした。

思い切って、中宮様へ直接、お手紙をお渡しできないだろうか。そんなことまで考え、実行に移しましたが、これは結局、上手《うま》くいきませんでした。

というのも、使いに出した者が、御前に近づくことを畏れ、慌てて縁側の手すりに手紙を置こうとして、階段の下に落としてしまったのだそうです。

それからしばらくの間、中宮様からお手紙が来ることはなくなりました。

これは当然のことで、何しろ、その年の暮れ、中宮様には御子《みこ》をお産みになるという大変なお役目がおありだったのです。

もちろんわたしは、そんなときこそ中宮様のおそばに仕えたいという思いでいっぱいでした。けれども、実はこの秋またもや悲しい出来事がありました。

中宮様の母君であられる貴子様が危篤となられたのです。

それとともに、伊周様が配流先を出奔し、ひそかに京へお戻りになったのです。せめてひと目、母君に会いたいと願われたのでしょう。

ですが伊周様の入京《はいる》は、密告によってたちどころに露見してしまいました。伊周様は、病床の母君にお会いできたものの、すぐさま捕らえられ、再び配流先へ送られたのです。

貴子様が亡くなられたのは、それから間もなくのことでした。

父君に続き母君を喪《うしな》い、さらにご兄弟をことごとく身辺から遠ざけられた中宮様の心細さは、どれほどのものであったでしょう。

わたしの心配をよそに、またもや、

「密告した者たちの中に、清少納言がいるのでは」

という根も葉もない噂が立ち、わたしをひどく憂鬱にさせました。

こうした噂は、やはり中宮様を貶《おとし》め、女房たちが働きにくくなるよう、意図的に流されたものなのでしょう。もちろんその効果は絶大でした。中宮様のために働く者は日に日に減ってゆき、わたしもまた御前に参上できず、里にこもって無言で噂を否定するしかなかったのです。

ですがそんなときにも、中宮様は、わたしに紙と畳を贈って下さったのでした。ただでさえ身重なのに、周囲からよってたかって苦しめられているときに、昔のことを覚えているだけでなく、わたしをいたわって下さったのです。

いったい、なんという御方なのでしょう。

古来の聖賢の王について、わたしはほんの少しばかり齧《かじ》った程度のことしか知りません。

しかし、もし中宮様が男子であられたなら――。伊周様とは異なり、忍耐強く明敏な、比類無き聖賢の王となっていたと思えて仕方ないのです。もちろんその中宮様が女性であり、一条帝の第一の妃であったからこそ、わたしもお仕えすることができたわけですが。

三

わたしはわたしで苦しい里居を余儀なくされたまま、中宮様のお心遣いに打たれ、なんとも不可思議な心持ちでいました。

もしかすると中宮様は、経房様を通してわたしの『枕』を御覧になったのではないか。

あの紙と畳は、『枕』をお読みになった中宮様からの、褒美なのではないか。

そういう想像は、その頃のわたしを大いに慰めてくれました。

わたしの『枕』が、いっときでも中宮様の御心を朗らかにできたのなら、宮中に参上しないまま、わたしもわたしなりの役目を果たしていることになるのです。

それが事実かどうかは、それこそ畏れ多くて確かめることなどできません。

それに、『枕』は決して、中宮様が書かせたものではないのです。わたしがわたしの意思で、好き勝手に書いたものであるからこそ、政治や日々の面倒ごととはまったくかかわりのないものとして、中宮様も心おきなく楽しめるのですから。

わたしの中で、中宮様が『枕』をお読み下さっているということが自然と確信できるようになった頃――。

中宮様は、無事、御子をお産みになりました。

生まれたのは女子でした。皇子ではなかったのです。

貴人の方々がそのことについてどうお考えになったかわかりません。確かなのは、まぎれもない皇女の誕生であるということなのです。

わたしは里にいて、宮中で執り行われているであろう、年末の様々な行事をあれこれと想像しました。同じように内裏から遠ざけられ、小二条に閉じこめられたようにして過ごすしかない中宮様の御身《おんみ》を思いながら。

御前でお慶《よろこ》び申し上げられず、御子を産むという大変な務めを果たされた中宮様をいたわることすらできない自分が、つくづく嫌になりました。

そんなひどい気分とは裏腹に、年が明けた後も、わたしの『枕』は日々増えてゆきました。

相変わらず、いったい自分が何を書いているのかもわからないまま、よく書いたものです。沢山の紙がありましたし、あれもこれもと欲張って書いたものですから、気づけばわたし自身が思わず笑ってしまうほど取り散らかった内容になっていました。

この頃には、わたしは自分が書いた『枕』が相当な数の方々の目に触れていることを経房様から聞いていました。

「何かの拍子に、あなたの『枕』を人に見せてしまってね。申し訳ないとは思いましたが、とても面白いと評判になったものだから、誰が書いたか言わないわけにはいかないでしょう」

経房様は涼しげにおっしゃったものです。

それで、わたしの『枕』はいつしか、『清少納言枕草子』などという仰々しい呼び方で知られるようになったのだとか。

経房様は、ご自分が面白いと思ったものを流布させることになぜ遠慮する必要があるだろうか、という態度でいます。これはもちろん道長様の血族だからこそとれる態度であり、宮中における経房様なりの処世術であると言えるでしょう。

道長様の庇護《ひご》のもとで出世されている経房様が、道長様が明らかに恐れている中宮様とも親しくされているのです。そういう中立的な立場でいられるということは、つまりそれだけのお力をお持ちであり、宮中ではきわめて注目されることになります。

つまるところ経房様は、わたしの『枕』を使って、ご自身の特異なお立場を宮中に広く知らしめたというわけです。

わたしが中宮様のために書いたものが、そのように政治の世界で利用されるのは、あまり快いことではありません。しかし同時に、経房様はわたしを不愉快にさせないよう気遣うことができる方でもありました。何より、ご自身のご都合がよいときに限るとはいえ、中宮様の側に立って下さる貴人の方はきわめて重要だったのです。

そもそも手元に抱えたままだった『枕』を、中宮様のお目の届くところへ持っていって下さったのは経房様だけでした。もちろん、中宮様のお言葉を伝えて下さるのも。

結局わたしは、わたしを友人扱いして下さるこの殿上人から、

「中宮様は、あなたの『枕』を読んで、たいそうお笑いになっていましたよ」

という言葉を聞きたいがために、政治的に使われるのを承知の上で、『枕』の続きを渡してしまうのでした。

そしてこの頃、経房様がわたしに伝えて下さる様々な方の感想が、わたしの『枕』に多くの題材を与えて下さったことも確かです。

どのくだりでどなたがお笑いになり、どなたが眉《まゆ》をひそめられたか。どのような記述が特に面白いと言われたか。そうしたことを経房様から伝えられるたび、では次はこんなものを書こうか、このような主張をしてみようかと思うのです。

そうすることで中宮様にお読みいただけるものが増えるわけですし、

「中宮様の女房は、里に下がっていてさえ、宮中の者を楽しませると評判ですよ」

と経房様から伝えられ、いっそうやる気になったものでした。

さすが中宮様の女房であると人から思われ、中宮様の華の一端をお支え申し上げることは、何ものにも代えがたい喜びなのです。たとえわたしの『枕』そのものが、出仕して御前に参上する気になれない自分への言い訳であったとしても。

ともあれ、宮中で話題になると、面倒なことも起こります。

わたしは自分の居場所については、ごく親しい方々にしか教えていませんでした。そしてその親しい方々の中に入っていなかったのが、斉信様だったのです。

『枕』が評判になり始める前から、斉信様は里に下がったわたしの居場所をしきりに知りたがっていました。理由は、わたしにはなんとも申し上げられません。宮中では通いにくい女房も、里に下がればいつでも通えるというお考えでもあったのでしょう。

わたしは『枕』で斉信様のことを悪く書いたことはありません。むしろ正直な気持ちとして、誉めるばかりでしたから、斉信様からすれば、ではなぜ親しく語らえないのかと、ご不満を抱かれてもいたのでしょう。

ある日、わたしの元夫である則光が来て、世間話などして過ごしましたが、そのときも最後には斉信様の話題になっていました。

「斉信様が参内なさって、おれに『元妻の居場所を知らぬわけがない。言え』と、ずいぶん迫ってね。身に覚えがあることを、ないと言い張るのは、いやはや、ずいぶん心苦しいものだ」

別れたとはいえ、「妹兄《いもせ》の二人」などと呼ばれるわたしたちですし、則光はやんわりごまかすということができない性格ですから、斉信様も実に正しい相手を詰問したものです。

「まさか言ったの？　言わないと約束したでしょ？」

冷や冷やして質《ただ》すと、則光はさも自慢げにこう言いました。

「言いはしないとも。斉信様が意地悪く訊《き》いてくるものだから口を割ってしまいそうだったが……。そばにいた経房様が、まったく顔に出さないのもおかしくてな。経房様と目が合ったら笑い出してしまうと思ったので、台盤所にあるワカメを、どんどん食ってごまかしたわけだ。食事時でもないのにおかしなやつだと思われたろうが、どうにかやり過ごせた。『本当に知らないらしい』と合点する斉信様のご様子もまた面白くて、思わず笑いそうになったよ」

則光ときたら、何か一つ黙っているだけでも、この通りの不器用さです。

斉信様は、経房様と違ってわたしの立場を気遣うような方ではありません。面倒なことになるのは御免ですから、

「絶対に言わないでちょうだい」

と念を押すと、ふいに真顔になった則光から、こう尋ねられました。

「お前はまだ中宮様の女房なのか？」

わたしは咄嗟《とっさ》に答えることができません。そうだ、と即答したかったのに、ぐずぐずと御前に出られずにいる自分への情けなさに言葉を失ってしまいました。

「忠義というものは美しいものだがな。花山院が出家されたときのことを覚えているだろう。あのとき、おれもお前も忠義を尽くして出家のお供をしようなどとは思わなかった。実際にそうしたのは、義懐《よしちか》様くらいのものだ」

「わたしたちが出家したところで花山院はお喜びにならないでしょう」

「中宮様は？　あの御方は出家されたと聞いたが、実際はどうなのだ？　出家の身で、帝《みかど》の子を産むなど聞いたことがない。あの御方をどう扱うべきか誰もわかっていないようだ」

「中宮様が望まれるなら、わたしも出家するわ」

その言葉はすんなりと出てきました。むしろそうできれば、面倒なことがらが、どんなにかすっきりしていたことでしょう。

けれども、わたしは知っていました。

中宮様は決して御自らの願いで世を捨てたのではありません。ご家族を救うために、ご自身を盾にされたのです。そしてそのことを、一条帝も、道長様も、ご存じのはずでした。

則光が深々と溜息をつきました。彼の考えをわたしに伝えられるか、さっぱりわからない、という感じです。そしてその様子から、かえってわたしは則光の言わんとすることを察しました。

(道長様の側につけ――)

結局それが則光の意見であり、元夫としての勧めでした。

(今の自分のように。花山院が出家された後、兼家様や道隆様の側で働いたように。中宮様のために訳の分からない草子など書くのはやめて、おれや斉信様とともに、道長様とそのご一族に喜ばれるような働きをしろ)

黙って酒を飲む則光の体のどこからか、はっきりそういう思いが漏れ出て、わたしの心を侵すようでした。

つまり、『枕』が評判になったことで、わたしのような存在が、道長様の視野に入ったということなのです。

道長様のなされようは、言ってみればきわめて単純でした。

中宮様からお力を奪うため、その身辺の人を奪う――。

ご家族、乳母《めのと》、中宮職の官吏、下々の働き手、そして中宮様の華をお支えする女房たち。そういった人々を、自分の陣営に引き入れ、何が何でも中宮様を孤立させる。

斉信様がわたしを追いかけることの背景には、道長様のそうした意図がおありだったのでしょう。何しろ、伊周様たちが配流となったあと、斉信様はますます出世を果たしたのですから。いったいどれほど道長様の意に沿う働きをされたことでしょう。

（わたしは中宮様の番人だ）

そう叫べたらどんなに気分が楽だったことか。わたしは重苦しい思いを抱えながら、

「……わたしがここにいることは、誰にも言わないで。お願いだから」

ただ繰り返し、そう頼むことしかできなかったのです。

「わかっているさ」

則光はそっぽを向いて、不機嫌そうに言いました。

そして、ちっともわたしの気持ちなどわかっていなかったことが、たった数日のうちに明らかになったのです。

夜更けのことでした。突然、広くもない屋敷の門を乱暴に叩く者が現れ、なんだろうと思えば、則光が使わした男で、蔵人所に所属する滝口《たきぐち》の侍だったのです。

「則光殿からの手紙です」

とのことで、わたしは召使いからその手紙を渡されました。家人はとっくに寝ており、わたしは灯を持ってこさせて、眠い目をこすりながら読みました。

『斉信様が宮中の物忌《ものい》みのためにこもっておいでで、ずっとおれのそばにいて、清少納言の居場所を言えとおっしゃる。もはやとても隠せそうにない。本当のことをお話しすべきか否か。お前の指示に従う』

なんだこれは。馬鹿なことを言うな、というのがわたしの正直な思いでした。

斉信様の追及が厳しいのではなく、経房様と違って、本気で隠そうという気がないの

です。

むしろ居場所を伝えたほうがわたしのためになると思っているのでしょうし、そうすれば、さぞ則光も、斉信様や道長様の覚えがめでたくなることでしょう。

わたしは腹が立ち、返事は書かず、ただ召使いに言ってワカメを一寸ばかり紙に包ませて、使いの侍に持たせました。

その数日後にまた則光が屋敷に現れ、

「一晩中、斉信様に責め立てられたのだよ。物忌みの後で、なんとか言い訳するためにお前が居もしない場所へ適当につれていって、余計に叱られてしまった。それにしても、なぜワカメなど贈って寄越したんだ？　あんなものを包んで贈るという法があるものか。誰か他の者と間違えて贈ったのか？」

わたしは御簾の向こう側で勝手にまくしたてる則光に、またもや絶句してしまいました。

ただし今回は、

(この人は、そもそも、わたしのことを全然わかっていなかったのだ)

かつて夫であったということが、むしろ余計に、怒りに火をつけたのでしょう。

あまりに腹立たしく、わたしは衝動に任せて硯箱《すずりばこ》の中の、押し紙の切れ端を取り、
かづきする海女《あま》のすみかをそことだに

ゆめいふなとやめを喰《く》はせけむ

と書いて御簾の外へ差し出しました。

水に潜る海女のように、世間から身を隠しているわたしの住み処《か》を、そこ（底）だとすら決して言うなという意味で、目くばせした（ワカメを食わせた）のですよ――。

もちろん則光自身が告げた、ひたすらワカメを食べてごまかしたという件にかけた歌です。そのことにも気づかないあなたに呆れているのだと率直に書いてやったわけですが、一方で、これが則光に対する最大の嫌がらせにもなりました。

何しろ、大の歌嫌いで知られた男に、無言で歌を差し出したわけですから。

「おれに歌を詠むのか。絶対に見ないぞ」

則光はなんと、歌を書いた紙を扇であおいで、御簾の内側へ戻してしまいました。

普通は付箋《ふせん》などに使う押し紙に歌を書くわたしもかなりの無礼者ですが、その歌を手に取るものかと扇であおぎ返す則光も相当なものです。

則光は、わたしの意図を汲《く》むとか、理解して味方になってくれるとかいったことは何一つせず、そのままさっさと立ち去ってしまったのでした。

お互い持ちつ持たれつの間柄ではありましたが、こうしたことがあって、則光とは、手紙のやり取りさえぎごちないものになっていきました。

最後の手紙が来たのは、それからしばらく後のことです。

『お互い不都合なことがあっても、やはり「妹兄」の固い約束は忘れず、人前ではこれまで通りおれのことを扱って欲しいものだ』

と言うのが則光の意見であり、勝手な都合でした。

わたしと仲違いしたなどと噂が立っては、そもそも斉信様に嘘をついたことがばれますし、わたしを中宮様から引き離すという点でも役に立たなくなります。

わたしはこの言い分に、今度こそ本気で腹を立てました。

かねてから則光は、歌についてはこんなふうに言い捨てるのが常でした。

「おれを好いてくれる女性は、歌など詠むべきじゃない。おれに歌を詠むやつは、誰だって仇《かたき》のように思ってやる。『これっきり別れてしまおう』と思うなら、おれに歌を詠めばいいいさ」

歌が全然詠めないわけではなく、要は、人前で歌を披露したり、歌で心を通じ合わせるといったことが大嫌いなのです。

わたしはそうした則光の性格を知り尽くした上で、歌を書きました。

　崩れよる妹兄の山の中なれば
　さらに吉野のかはとだに見じ

もはや崩れ始めた二人の仲なのです。吉野川の両岸にある妹山と兄山が崩れれば、川

(彼《か》は）は土に埋もれて見えなくなるように、あなたを見ても仲良く振る舞うことはしません——。

この歌を則光が見たかどうかはわかりません。見ずに捨てたのかもしれません。則光からの手紙は絶えました。

六位の蔵人がよくするように、則光もずいぶん猟官したのでしょう。のちに則光は遠《とお》江《とうみの》権守《ごんのかみ》となり、国司として京を出て任地に赴いたのです。

冬が終わる頃、妹兄などと呼ばれた二人の仲も、終わりを迎えたのでした。

四

春になっても、わたしは相変わらず里にいて『枕』を書き続けていました。

中宮様からの仰せもないままに。経房様はわたしの『枕』を面白がって、わたしが新たな草子を造るたびに持っていって下さいますが、洗練に洗練を重ねる宮中では、いつか飽きられるだろうと覚悟していました。

そのときこそ、自分が本当に無為な存在になるときであると。気づけば、そんな自分のことを『枕』に書くようになっていました。

どうしようもないもの。

自分から思い立って宮仕えに出た女房が、ふさぎ込んでしまって、宮仕えをおっくうがっているの。

養女にしたのに意外と可愛くない顔をしているのは、もうどうしようもないわ。

なかなか気が進まなかった人を、無理やり婿に迎えておいて、「なんか上手くいかない」と嘆くのも、困ったものね。

こんなふうに、わたしの『枕』は自分に対しても他人に対しても、どんどん遠慮がなくなっていきました。心のどこかで思っていることを、あらいざらい言葉にすることで、不謹慎だけれども笑ってしまう。それが結局は、苦しむ者にとって心の救いとなることを、わたしは確信するようになっていました。

強者の驕《おご》りも、貧者の辛苦も、男の振る舞いも、女の嘆きも、わたしが言葉にして書いたところで何一つ解決しません。

ですが普段は心の中に押し込めているものを、表に出すとき、それが他愛のない言葉であればあるほど、何か真実を得るような気がするのです。

御前に出ることができず、辛《つら》さやもどかしさを抱えたまま長い時が過ぎて初めて、わたしは、自分の考えや言葉をそこまで信頼するようになっていました。

あるいは、信頼できるものがそれしかなくなってしまった、というべきでしょうか。財務に安心を求めるのとはまた違う、寂しく孤独であるからこそ、よく見え、はっきり心に浮かぶものごとがあるのだということを、わたしは知ったのです。

どうせ、はじめから無為な者だったのだ。もし中宮様から飽きられてしまっても、わたしはこの『枕』を書き続けよう。それが中宮様との約束なのだし、わたしの心が求める限り、このなんとも名付けようのない言葉の群れをつむいでいこう。

そんな強気な、すっかりやけになったような思いが芽生えた頃、経房様から驚くべきことが伝えられました。

「一条帝が大赦を下される。伊周殿と隆家殿は、罪を許され、京に戻ることになるだろう」

わたしは呆気に取られました。

確かに、お二人が咎められてからほぼ一年が経ちます。お二人にとっては無限のごとき期間であったでしょう。しかし、殿上人たちからすれば、

「もう大赦か」

目を剝《む》くばかりの短さであったはずです。

これには、母君であられる詮子様のご意向が強かったとか。そもそも伊周様と隆家様に対する嫌疑のうち、詮子様を呪った、という点が本格的な咎の始まりだったのです。

ですが詮子様は、道長様を「内覧」の役目に推したことをはじめ、ご自身が一族の決裂を招いたことを悔やむようになっていたとか。

また、詮子様はこのところ病気がちで、むしろ伊周様たちを配流にさせたことで恨み

を受けているのでは、と恐れを抱いていたとも聞きます。

あるいは一番の理由は、中宮様が帝の子をお産みになったことかもしれません。

詮子様は、皇女でありご自身の孫であるその子に、一条帝よりも早くお会いになり、深く慈しんだそうです。

なんであれ一条帝は、伊周様と隆家様に大赦を下され、道長様もこれを妨げることはできませんでした。

わたしはこのことで大いに安心し、中宮様のお心も同じように安らぐことを願いました。

そのときの中宮様の決意も知らずに。

四月になると、経房様がおっしゃった通り、正式に大赦が下されました。先に戻られたのは隆家様で、その月のうちに京に入られました。

伊周様は、道長様を警戒してか、体調が優れないとかで、お戻りが遅くなるようだと経房様がおっしゃったのを覚えています。

それからしばらくして暑い日々を迎えた六月のことです。

経房様からお手紙がきて、なんの気なしに読んだところ、

『中宮様が、内裏に戻られる』

と書かれていました。

その一文に、わたしは打たれたような衝撃を覚え、咄嗟に何も考えられなくなりまし

た。

もちろん、一条帝が中宮様を呼んだのです。

そうでなければ、ありえないことなのですから。

確かに中宮様は御髪を断ちましたが、これは本当に出家する一歩手前でもありました。

いわば見習いのようなもので、本当に出家するなら、詮子様のように受戒をもって尼とならねばならないのです。男女のいさかいから髪を切った女が、その後、別の男と結ばれたという話は聞きますから、一条帝もそのようにみなしたということでしょう。

ですが、そうした女はひどい陰口を叩かれるのが普通です。高貴なる御方が同じような真似をして、歓迎されるはずがありません。一条帝も中宮様も、ありとあらゆる人々から途方もない非難の雨を浴びるに違いないのです。

本当だろうか。一条帝はどういうおつもりなのだろう。これもまた道長様の遠回しな嫌がらせであり、罠《わな》なのではないのか。

わたしは様々な想像をし、大いに心を乱しました。

中宮職の使いの女が屋敷に現れたのは、そんなときでした。

下女を束ねる「長女《おさめ》」で、ひどく用心した様子でわたしに手紙を渡し、こう言いました。

「中宮様から、宰相の君を通して、こっそり賜りましたお手紙です」

わたしは何かひどく熱いもので胸を衝《つ》かれたような思いを味わいました。

中宮様の仰せごとなどまるでなくなっていたせいか、どきどきして仕方ありません。震えながら、急いで開いたところ、紙には何も書かれていませんでした。ただ、山吹の花びらが一枚、包まれていただけです。そしてその花びらに、

言はで思ふぞ

たった一言、記されていました。
それを見たわたしの目から、みるみる涙が溢《あふ》れ出しました。

山吹の花色衣ぬしや誰
問へど答へずくちなしにして

という『古今和歌集』の中の歌が、花が山吹である理由でした。山吹色はくちなしで染めるもので、「口なし」ゆえに衣の主は答えないという戯れの歌です。
わたしが長らく、「参上せよ」との仰せに応《こた》えなかった理由はわかっている、と可憐《かれん》な花弁一枚を通して、おっしゃっているのです。

心には下行く水の湧き返り
　言はで思ふぞ言ふにまされる

　心には地中の水のように秘めたる思いが湧き返る。言わずに想うこの気持ちは、たやすく口にすることより、ずっと強いのだ——。

　花に書かれた歌のほうも、わたしの里居についておっしゃっていました。わたしの中宮様への思いを。

　そしてそれはまた、中宮様ご自身の思いもお告げ下さっていたのです。

　このときどのような政治が宮中で繰り広げられていたか、わたしには正確なところはわかりません。ですが確かなことは、一条帝の中宮様に対する愛情は、決して変わらなかったのだということです。

　そしてまた、中宮様はその愛情に応えるお覚悟を抱かれていたのだと。

（一番大切だと思える相手から、一番に愛されよう。そう心がけるものですよ）

　わたしは、かつて中宮様が下さったお言葉を、はっきりと思い出しました。わたしにとっての「一乗の法」でもある心得を。絶対的な愛情を求めるということを。

　無事、中宮様が伊周様と隆家様というご兄弟を守ることができた今だからこそ。

　たとえ、朝廷の全てを敵に回しても——。

（この御方は、戦う気なのだ）

わたしは中宮様の御心を察し、小さな花びらを前にして、涙が止まりませんでした。

ただひとえに最も愛する相手から最も愛されるために、敵意の燃え盛るまっただ中に赴く。

だから共に来てくれと、まるで同志に呼び掛けるようにして、参上を促しているのです。

（これが最後になる）

則光と縁が絶たれたように、もしこのお手紙に返事をしなければ、中宮様は二度とわたしを呼ばないだろうと確信しました。

（お前はまだ中宮様の女房なのか？）

あの憎たらしい問いがよみがえり、

（わたしは中宮様の番人だ）

今こそ大声で叫んでやりたい気持ちでした。

誰憚ることなく、それこそがわたしの全てなのだと。

使いの女は、泣きじゃくるわたしを見守るようにして優しく言いました。

「中宮様は、何かにつけて、あなた様のことを思い出してお話しなさるそうでございますよ。皆様方も、長すぎる里下がりだとおっしゃっています。どうぞ参上なさって下さいな」

そして泣きながら応えることもできないわたしを気遣い、

「少し出かけてきますので、また後ほどお伺いします」

と言って退出しました。

わたしはさっそく返事を書くため硯を用意させましたが、そこでふと考え込んでしまいました。歌の上《かみ》の句がさっぱり思い出せなかったのです。

「変だわ……こんな有名な歌が思い出せないなんて」

すると硯を持ってきてくれた少女が、

「下行く水と申すのですよ」

得意げに教えてくれたものです。

有名な恋の歌ですが、本来は笑いを誘うたぐいの他愛のない歌ですから、かえって子供のほうがすぐに思い出せるのでしょう。そういう歌を、他ならぬ中宮様がわたしにお送り下さったということが、とても面白く感じられたものでした。

少女は家人の娘で、わたしの身の回りの世話を進んでやってくれていました。わたしが御前に参上するときは付き添いとしてついて行くことを彼女も両親も望んでいるのです。でも肝心のわたしが里にこもったままなので、すっかり諦《あきら》めているようでした。

「ありがとう、すっきりしたわ」

わたしは礼を言いながら、

（ようやく連れていってあげられるわよ）

そう心の中で付け加えました。わたしの娘はまだ幼く、乳母に養育を任せるしかない分、年ごろの少女の面倒をみてやれるのを嬉しく感じていました。

かくして無事にお返事をしたためたわたしは、使いの女に託したときにはすっかり覚悟ができていました。

（我こそは中宮様の番人だ――）

それから数日の後、わたしは早々に準備を整えました。そしてゆいいつ無二のあるじたる中宮様のおられる場所へ参上したのでした。

五

出仕したわたしは、勢い込んではいたものの、やはり長い里居のせいで、御前に侍っていた頃に比べてずいぶん気が引けてしまいました。

局《つぼね》から出るのもおっかなびっくりで、まるっきり振り出しに戻った気分です。とはいえ同僚たちに対しては気兼ねもありません。とにもかくにも中宮様のご機嫌はいかがなものだろうかと冷や冷やする思いでした。

そのため、まずとにかく御几帳《みきちよう》の陰に隠れてご様子を窺《うかが》おうとしていたのですが、きっとすでに他の女房たちがお知らせしていたのでしょう、中宮様はそんなわたしの存在にすぐにお気づきになられました。

「あれは新参の者かしら？」

などとお笑いになって、わたしを近くへお招き下さるのです。

実に、一年近くにもなる里下がりを経ての参上でした。でも、そうとは思えないほど自然な気持ちで、そのときわたしは中宮様のお顔を拝見することができたのです。

中宮様は、まるで不幸なことなど何一つ起こらなかったかのように微笑んでおられました。

わたしは長い暇《いとま》を詫《わ》びるよりも先に、いただいた歌の御礼を申し上げ、ただそれだけで、畏れ多くも中宮様とわたしの心が互いに通い合うような、何ともいえない安心を覚えたものです。

「あの歌は好きではないのだけれど、わたくしの気分にぴったりでしたから使ってみたの。よく来てくれたわね。あなたがいないと気分が落ち着かないの」

中宮様は、本当に、以前とお変わりない笑顔でそうおっしゃって下さいます。

もちろん変わらないわけはありません。

中宮様の御髪を見れば、状況の苛烈《かれつ》さは明らかなのですから。半ばから断たれた御髪が、一年で元に戻るはずもなく、まるで身の一部を切り落とされたかのような痛ましさです。

また、わたしが参上した場所は、職《しき》の御曹司《みぞうし》でした。

本来、中宮職の事務のための場所です。

中宮様が亡き道隆様のため喪に服されたときなど、以前にも宿としたことはありましたが、常居する場所ではありません。実に手狭で、かつて中宮様がお暮らしになられていた登花殿や梅壺、あるいは焼失した二条北宮とは、住み心地は比べものになりません。

これは、ひとえに一条帝の御心ゆえでした。

出家されたはずの中宮様を再び内裏にお迎えになるという行いは、全貴族のみならず世の人々からも咎められることなのです。このため内裏ではなく、そこから道を一つ隔てた外側にある、この職の御曹司に、中宮様をお迎えになられたのです。

正式には「入内《じゅだい》」ではない、というのが一条帝の苦しい言い分でした。後宮に入っているわけではないのだと。

また中宮職の者たちも、そもそも中宮様は出家などしていないという態度で、中宮様と一条帝を庇《かば》って下さいます。

貴人の方々は当然、この処置を歓迎しませんでした。

あるいは道長様などは、恐怖すら覚えたことでしょう。しかしこのとき道長様には、一条帝のご決断を覆せない理由があったのです。

というのも一条帝にはいまだ男子はなく、妃たちの中で、女子といえど御子を産むことができたのは中宮様だけでした。

一方で、前帝の花山院も、東宮方も、一条帝の血筋ではなかったのです。このままでは一条帝の血筋が絶え、伯父《おじ》方である冷泉院の血筋に帝位が移ってしまうのは明らかでした。

一条帝もその父帝も、帝として望ましい聡明《そうめい》な方々でしたが、冷泉院の血筋には不安がつきまといました。継嗣の花山院の乱行は有名で、退位ののちも貴人の方々から「正気ではない」と批判されるほどなのです。

一条帝に、血筋の保持という課題がある限り、道長様もうかつに後宮について口出しできません。真っ向から一条帝と対立すれば、周囲の貴人の方々はすぐさま道長様失脚の機会とみなし、どんな行動に出るかわかりません。

そんなふうに依《よ》って立つべき権力の礎を失ってしまうことを、道長様は恐れたのです。

まさに中宮様がお持ちになった運命の強さと申すべきでしょうか。

一条帝から絶大な愛情を受けることによって、皇統の保持という朝廷の最重要事において、決して無視できない存在であられたのです。

道長様も当然、ご自身の娘を早く入内させたかったことでしょう。

けれども道長様の娘はまだ幼く、子を産むことができません。他の妃たちにも懐妊の兆しはなく、いえ、一つはありましたが、結局は間違いだと判明したのです。

ある意味、この事態は、きわめて特異なことでした。

本来、天皇は一人の女性を愛してはならないはずなのです。力を持つ貴族の娘たちを等しく受け入れ、できるだけ多くの子孫を残さねばならないのですから。

しかし一条帝と中宮様の愛は、お二人が出会ってからずっと深まる一方でしたし、後宮の状況は、中宮様にとって、常に、きわめて有利だったのです。

そしてそれゆえかえって、これ以後、道長様を筆頭とする貴人の方々の批判と嫌がらせは、中宮様に集中したのでした。

中宮様が職の御曹司にお移りになられるとき、一条帝は殿上人たちに同行をお命じになられましたが、実際に従ったのは、たった一人だったといいます。

また、中宮様のものになるべき財の受け渡しが、なぜかひどく滞るようになりましたし、人を雇っても次々に辞めていきました。

道長様お一人が仕組んだことではなく、自然と、貴人の方々の反感が反感を呼び、刺々《とげとげ》しい空気が中宮様を取り巻いていったのです。

わたしたち女房の第一のお役目は、そんな批判をものともせず、ただただ楽しむことでした。

後宮と政治のもつれはさておき、わたしたちのような女房の存在は、まぎれもなく内裏の華でした。亡き道隆様も中宮様も、まだこのとき京には戻られていない伊周様も、風雅さでは誰にも負けません。そんな中宮様のご一族に鍛えられたわたしたちです。他の妃の女房たちには、断じて真似のできない華がありました。

結果、殿上人たちはもちろん、公卿《くぎょう》の方々も足しげくわたしたちに会いに来ました。用事があろうとなかろうと、昼も夜も来客があり、誰も来ない日などありません。

女房同士の遊びも、内裏の一歩外にいるということを最大限に利用しました。

何しろ大通りが目の前にあるのです。行列が頻繁に行き交い、先払いの声だけで誰が来たかを当てることが、わたしたちの楽しい遊びとなりました。

暗い時間に、女房たちだけで庭や大通りに出て散策をするのも、内裏のまっただ中ではできなかったことです。

不遇を嘆くなど、中宮様には似合いません。

むしろ以前より自由になった分だけ、さらに洗練された華を見せるのです。そういう女房たちの自負と誇りは、並大抵のものではありませんでした。

ところで、いっとき密告者という噂を流されたわたしでしたが、そんな疑いもすっかり晴れていました。

というのもこの頃には、密告者たちが道長様のはからいで取り立てられるなどして、誰がどのような働きをしたか明らかだったのです。

それより驚いたのは、わたしの『枕』が想像を遥《はる》かに超えて評判であったということでした。

職の御曹司を訪れる殿上人たちからも続きはないのかとせっつかれるほどで、そのため他の女房たちも、わたしを中宮様の華を支える貴重な存在とみなしてくれるのです。

中宮様が、大勢の女房たちの中から特にわたしを呼んだりするときも、かつてのようにからかったり皮肉を言ったりするのではなく、さもあらんという態度をするのです。

密告者などという嫌な噂を真に受けていたはずの一部の女房たちまでもが、そんなことなど忘れた顔で、

「あなたのような人こそ、中宮様のおそばにお仕えすべきね」

などとわたしを誉めたりするのですから、ちょっと呆れたものでした。

よい扱いを受けるのはもちろん嬉しいことです。ただその分、怖いこともありました。

その秋のことです。

わたしは他の女房たちと同じように、冬に備えて身辺のものを揃えるため、いったん里に下がりました。そこへ、中宮様からお手紙が届けられたのです。

「早く戻りなさい」

という内容で、ついでにわたしのおふざけをからかうお言葉が届けられました。

ある暁に、他の女房たちと一緒に職の御曹司を出て、有明の月を見るなどして遊んだのですが、そのときのわたしの様子を思い出されて、

「あなたはまるで、年寄りみたいでしたよ」

とおっしゃるのです。

わたしは、朝霧の中を歩いていたのですから、

朝ぼらけ仄《ほの》かに見れば飽かぬかな
中なる少女《おとめ》しばしとめなむ

という歌のように、てっきり中宮様の目には、少女のように見えていたと思っておりました――などと、冗談混じりにお返事を書きました。

するとまたお手紙が届き、

「歌を台無しにするようなことを言っていないで、ともかく今夜のうちに何もかもうち捨てて戻りなさい。さもないと、本気であなたを嫌いになってしまいますよ」

と冗談めかしながら、これまでにない強い調子で帰参をお命じになるのです。

覚えがめでたくなればなるほど、それだけ咎められるときの勢いも増す――。主従とはそういうものだと改めて思い知ったわたしは、驚き慌てて舞い戻ったものでした。

またその冬、実に嬉しいことがありました。

伊周様がようやく帰京されたのです。

かくして中宮様は、お父君が亡くなられて以来、やっとご兄弟たちとともに久々の団らんのときを過ごされたのでした。

中宮様がお産みになられた脩子《しゅうし》様も健やかで、つつがなく内親王となり、一条帝とその母君・詮子様のお二人の愛情を独占するかのようです。

中宮様のご様子は明るく、どのような嫌がらせにも負けずにその華を優雅に保つ一方、この頃、道長様は病気がちで、公務をお休みすることもしばしばでした。

不思議なことに、中宮様のご様子がよくなると道長様のほうはお悪くなり、道長様のご様子がよいときほど中宮様はお悪くなるようでした。政治的なことだけでなく、ご体調までそうなるというのは、これはもう前世からの因縁に違いないのだと思います。

他ならぬ道長様ご自身も、その因縁を感じていたのかもしれません。あるいはそれは、亡き道隆様との因縁であったでしょうか。

道長様は、権力が盛んになればなるほど、そのお体が不調を訴える、ということが度重なるようになっていました。不調を被《こうむ》るたび、道長様は僧や陰陽師《おんみょうじ》に祈禱《きとう》させ、あるいは寺に寄進したといいます。道隆様がご自身の華を世に知らしめるためにしたのとは違い、道長様はひとえにご自身を病から守るため、神仏の加護を求めたのでしょう。

そうしながら道長様は、ひそかに、また執念深く、策略を張り巡らせていたのでした。ご自身の不調の原因が中宮様にあると確信して。

「中宮様さえいなくなれば万事は上手く行く。あの方はそう信じているのだよ」

あるとき経房様が、こっそりわたしに告げて下さった通りに。

思えば道長様はこのときすでに、朝廷の伝統を破壊してでも中宮様を追い落とす決心を抱かれていたのです。

六

年が変わり、春が過ぎると、わたしにまたもや大きな変化が訪れました。

『枕』を書き始めたときと似て非なる変化で、いうなれば長年のくびきから、ようやく解放された、といえばよいのでしょうか。

　五月のことです。きっかけは雨でした。

　息災を祈る御精進《みしょうじん》の法事のため、ご本尊の絵など懸け、二間《ふたま》続きの部屋を特別に飾ったりと、それ自体はありがたく面白いのですが、他にすることもなく退屈でした。

「暇だから、ホトトギスの声を聞きに行きましょうか」

　わたしが言うと、われもわれもと女房たちが賛同しました。

　そんなわけで五日の朝、中宮職の役人に車を用意させ、わたしと宰相の君と二人の女房の四人で出発することになりました。

　行き先は松ヶ崎という七瀬祓《ななせのはらえ》の名所です。というのも女房の一人が、

「あの嫌な名前の場所があるじゃない」

　と提案したからでした。嫌な名前というのは、「待つが先」と何か得体の知れないものが待つように読めたり、「末《まつ》が先」と不吉な感じのする名が、かえって面白く思われたものです。

　他にも行きたがる女房たちがいて、

「もう一台くらい車を出して下さればいいのに」

　しきりに言っていましたが、

「駄目よ。大勢で出かけて何かあったら大変です」

中宮様がそうおっしゃってお許しにならず、わたしたちは恨みがましい女房たちのことなど知らん顔で出かけました。

松ヶ崎のほうには、中宮様の伯父君であられる高階明順《あきのぶ》様のお屋敷があります。かねがね面白いお屋敷だと聞いていましたので、

「行ってみましょう」

とわたしが提案し、急遽《きゅうきょ》お邪魔することになりました。

明順様は、高階家や伊周様たちが断罪されたとき、まったく何のお咎めもなかった、ただ一人の方です。一条帝の覚えがめでたいばかりか、中宮様と道長様の両方と親しく、

「明順殿が、誰かと争ったところを見たことがない。老子《ろうし》のような人だ」

などと人々から感心される御方なのです。

そんな明順様のお宅は見るからに田舎くさく、古風で質素で、なんとも貧弱きわまりない建物でした。そのくせ、なんとも言えない風情をたたえていて、驚くほど居心地がよいのです。

しかも、庭にはホトトギスが沢山いて、うるさいほど鳴きかわしています。その心浮かれる賑《にぎ》やかさに、さすがにわたしたちも、中宮様や来たがっていた女房たちにこれを聞かせられないことが残念に思われました。

であれば、この様子を中宮様にお伝えするためにも、さっそく歌を詠むべきでしたが、そこで明順様が別の楽しみを次々に披露して下さったのです。

「こんな場所でしか見られないものもあるぞ」

明順様はそうおっしゃって、去年の秋に蓄えた稲をわたしたちに見せてくれました。家人たちが歌いながら稲扱《こ》きをするのですが、宮中でも里でもまず聞かない歌をみな面白がり、自分たちが詠むべき歌のほうはすっかり忘れてしまったのでした。

それから明順様は、唐国《からくに》風の食卓を用意させると、手ずから摘んだという小さな蕨《わらび》など山菜を料理してわたしたちに振る舞って下さいました。

そうするうちに雨が降り出し、わたしたちは車に戻りました。歌は帰り道にでも詠めばよいという気楽な調子で、そこでまた違う遊びを始めたのです。

卯《う》の花が沢山咲いているのを見つけると、枝を供の者たちに折らせ、牛車《ぎっしゃ》を飾らせたのでした。車の簾《すだれ》などに挿したのですが、あまりに沢山の花が咲いているため、どんどん車が花で覆われていきます。供の者たちも大笑いしながら次々に花を運び、ついには花の固まりから牛車の牛だけが顔を出しているような状態になっていました。

こんなに面白いことをしでかせば誰かに見せたくなるというものです。しかし御所が近づいても低い身分の者たちとしかすれ違いません。これでは宮中で「語り草」にならず、あまりに残念なので、一条大路を行く途中、藤原公信《きんのぶ》様のお屋敷に使いを出しました。

ところがお支度に時間が掛かるというので、待たずに車を進ませていると、

「しばし、しばし」

公信様が何人かの侍たちとともに慌てて走ってきます。

「早く進みなさい」

わたしたちは面白がって供の者たちをけしかけ、いっそう車を急がせました。公信様たちはさんざん息を切らしてようやく追いつき、車の有様を見て、大笑いしてくれます。

「ホトトギスの声を聞いてきたとか。歌は詠んだのですか？　ぜひお聞かせ下さい」

そういえばそうだったとわたしたちは顔を見合わせました。

「中宮様の御前で披露してからです。どうぞご一緒にお出《い》で下さい」

「こんな姿では参上できませんよ」

烏帽子《えぼし》姿の公信様が、情けなさそうにおっしゃいます。

「冠を取りに行かせればよろしいでしょう。さ、内裏へどうぞ」

わたしたちがからかっているうちに雨が本降りになり、供の者たちが濡《ぬ》れるのを嫌がって車を内裏に入れてしまいました。公信様が、落ちた卯の花の枝を手にぼんやり立ち往生する様子がおかしく、ついみなで笑ってしまったものです。

帰参すると、置いていかれて文句たらたらの女房たちが待ち構えていました。彼女たちに事の次第を聞かせ、みなで大笑いしていると、中宮様が呆れたようにお尋ねになります。

「それで、歌はどこ？」

わたしたちはあれこれ言い訳しましたが、かえって叱られてしまいました。

「情けないこと。ホトトギスの声を聞いたところで即、歌を詠むべきでしょう。今からでもいいから詠みなさい」

そういうわけで歌を詠もうと四人で相談していると、公信様から歌が届きました。

「まずこれに返しましょうか」

思案しているところへ雷雨が訪れ、慌てて格子をお下げして回り、歌を詠むどころではなくなっていました。夜になって、なんとか返歌を差し上げようとしたところ、今度は公卿の方々が「雷のお見舞い」にいらっしゃったので、そのお相手をしたまま、結局歌を詠めずじまいとなったのでした。

宮中にいながらにして、これほどまでに詠歌と縁のない日など滅多にありません。

「こうなっては、ホトトギスを聞きに行ったことを人に言わないほうがよいというものね」

すっかり開き直るわたしたちに、中宮様は呆れ顔でいらっしゃいます。

「お喋《しゃべ》りが大好きなあなたたちが、黙っていられるものかしら」

中宮様がおっしゃった通り、二日ほどすると宰相の君がこう言い出しました。

「そう言えばあの蕨だけど――」

途端に、中宮様がお笑いになり、

「よりによって思い出すのは食べ物のこと？」

さらさらと歌をお書きになって、わたしに下さいました。

下蕨こそ恋しかりけれ

という歌に、

「上の句をつけなさい」

そう中宮様がおっしゃるので、咄嗟に、

郭公《ホトトギス》たづねてききし声よりも

と書いて差し上げました。

「あら、どうして蕨にホトトギスをかけるのかしら？」

かえって中宮様にからかわれ、わたしはまるで初めて参上したときのような恥ずかしさを覚えました。

かと思えば、おそらく長いことわたしの中で引っかかり続けていたであろうものが、するりと言葉となって、わたしの口から飛び出したのです。

「わたしはもともと、人前で歌は詠みますまいと思っているのです」

自分でも意外なほど強い口調でした。中宮様は少し驚かれたようで、笑みを納めてわたしを見つめて下さいます。

わたしは言いました。

「父のような名人の子に生まれ、さすがと言われる歌を詠めるならともかく、わたしにはその才がありません。なのに名人の子だという顔をして、いっぱしの歌を気取り、我こそはと詠み上げますのは、亡き父に申し訳ないのです」

こんなふうに本心を申し上げるのは初めてのことでした。これまでは歌を詠まないことでお咎めを受けることを恐れていたのです。自ら歌才がないと口にするだけならまだしも、歌を詠むこと自体を嫌がるというのは、中宮様の女房として本来ありえない態度なのです。

しかしこのときの自分には、『枕』という、和歌とはまったく違うものを手に入れた強みがあったからでしょう。

わたしはこの上なく正直に口にし、その後で急に怖くなりました。

けれども中宮様は、まるでそんなわたしの気持ちなど、とっくの昔から知っていた、とでもおっしゃるように、くすくすお笑いになります。

「それなら好きになさい。わたくしも、詠めとは言いません」

この瞬間、わたしの心に起こったことを、どのように説明すれば人にわかってもらえるでしょうか。

ただ単に気が楽になったというのではないのです。わたしはこのとき本当に解放されたのです。金輪際、歌を詠みたくないというのではありません。

（これでやっと、本当に、歌が好きになれる――）

そういう激しい喜びがあったのです。とともに、ホトトギスの声を聞くために出かけたことや、行き帰りに起こった出来事、共にいた女房たち、顔を合わせた人々の全てが、とても愛《いと》しく感じられたのでした。

（ああ、これがわたしの『枕』なのだ――）

わたしが愛しいと感じる全てを書けばよいのだ。愛しさを通してなら、憎らしさも嫌なことも全て、面白いものに変えてしまえる。どれほど辛い思いも、笑いさざめく中へ放り込んでしまえばいい。

あの牛を飾った卯の花の山のように。その花の固まりの中から、わたしも首だけ出して、世を眺めるのだ。わたしが笑うとき、どんな人もわたしを見て笑ってしまえるように。

そう思ったとき、わたしはようやく父から解放され、そしてまた父を受け入れられたのでした。辛いときほど冗談を言って人を笑わせようとする翁《おきな》――。ときに物ノ怪《もののけ》のように思った、あのぞっとするような空しさですら、愛しさの中に呑《の》み込んでしまえばいい。

こうして初めて、和歌でも漢詩でもなければ、日記ですらない、あの脈絡のないわたしの『枕』に、本当の意味で、命が吹き込まれたのだと思います。

そうさせて下さったのは、中宮様でした。

中宮様はわたしに、ただ紙をお与え下さったのではありません。聖賢の王は、人に何かを与えはしないのです。その人を、その人にしてくれる。だから古来、人は聖賢の王を求めるのだ。そう思ったことを、今もはっきり覚えています。あの『枕』は、清少納言が中宮様のために書いたものだ。人はそう言うでしょう。実際、その通りなのです。しかしわたしの中の思いは、また少し違っています。

わたしと中宮様がともに見出《みいだ》した、愛しい記憶の全て。それがわたしの『枕』なのです。

七

歌を詠まないことを中宮様から許されてのちも、穏やかな日々が続きました。伊周様も参内を許され、頻繁に中宮様の御前にいらしては、わたしたち女房とともに過ごされたものです。

八月の、月が明るい夜のことでした。一条帝が中宮様のために遣わした右近《うこん》の内侍《ないし》という女房が、琵琶《びわ》を弾いていたのを覚えています。他の女房たちが笑ってお喋りしている中、わたしはあえて柱によりかかり、口をきかずに侍っていました。

「なぜ黙っているの？　何か喋りなさい。寂しいでしょう」

中宮様がおっしゃるのへ、わたしはここぞとばかりに、

「秋の月の心を拝見しているのです」

と返答したものです。

月影は同じ光の秋の夜を
　分きて見ゆるは心なりけり

同じ秋の月でも、心境次第でずっと美しくなる——そういう歌を引いてのお返事でした。

中宮様にとってかけがえのないご兄弟が無事に帰京され、一条帝の愛は揺るぎがなく、御子はご健康であられる……そういう喜びの全てが、わたしの目に映る月をいっそう美しくしてくれる。

歌を詠まなくてよいという自由な気分のままに、わたしはそんな返事をするようになっていました。しかも、かつて中宮様があえて格子を下ろしたままにされていたのと同じように、わたしのほうが中宮様のお言葉を頂けるよう、あえて黙っていたのです。

「その通りね」

中宮様はにこやかに微笑んで下さり、女房たちもくすくす笑ってくれます。

以心伝心というのでしょうか。この頃、わたしと中宮様だけでなく、その場にいた全ての者たちが、深く心を通じ合わせているという強い確信がありました。ことさらに説明せずともわかってくれる。どんな意外なことを言っても楽しんで受け入れてくれる。

辛く苦しいときがあったとしても……いえ、むしろそうであったからこそでしょうか、わたしたちはみな幸福な思いとともに通じ合っていました。

そしてそういう愛しい日々をもって辛苦の中でも中宮様の華をお守りすることが、わたしたち女房にとっての信仰に等しい使命だったのです。中宮様とわたしたち女房の信頼、そしてまた、中宮様と一条帝の互いへの愛情、そのどちらも絶対不変であると信じることが。

季節が過ぎ、年が改まると、やがて中宮様の周辺に大きな変化が訪れました。

同時に、道長様がいよいよその政略をあらわにし始めたのです。

というよりも、むしろ道長様にとっては、もう後がなかったといえるかもしれません。

その年の二月、またもや中宮様に御懐妊の兆しがあらわれたのです。

わたしたちにとってこれ以上の喜びはありませんし、道長様にとっては、最悪の恐怖であったことでしょう。

この頃の道長様は、娘の彰子《しょうし》様を一条帝の女御《にょうご》とすべく入内させることにあらゆる手を尽くしていました。

このとき彰子様はまだ十二歳。成人の裳着《もぎ》すら慌ただしく済ませた直後の幼い身であられたことから、どれほど道長様が焦っていたかわかるというものです。

そしてその焦りを、道長様はことごとく中宮様への攻撃に変えたのでした。

中宮様のもとで働く人々を威し、中宮大夫《だいぶ》すら辞めさせ、しかも後に任じられる方々はいないのです。中宮様のお世話が滞り、財務の管理すらままならないときもありました。

数々の悪い噂が流され、貴人の方々が中宮様を憎み嫌うよう仕向けられました。どれも巧みに貴人の方々の感情を刺激するよう考え尽くされており、わたしは腹が立つというより、しばしば、ぞっとしたものです。

道長様の心には、これほどの暗闇がおありだったのか……。悪口雑言《ぞうごん》のはしばしにひそむ邪《よこしま》といっていい御心には慄然《りつぜん》とする思いでした。

中でも特にひどかったのが、六月に内裏で火事が起こったときのことです。

内裏が焼失する激しい火事で、一条帝も遷御《せんぎょ》を余儀なくされるほどでした。そして火事が起こってすぐに、この災いは中宮様のせいだ——という噂が流されたのです。

噂を流して回ったのは、道長様の側近である学者たちで、

「則天武后《そくてんぶこう》が唐の宮廷に現れたことで、王朝は滅んだのだ」

中宮様のことを、唐の高宗《こうそう》の妻にして悪女たる則天武后に等しいといいふらすのです。

わたしは二条北宮が焼亡したときのことを思い出さずにはいられませんでした。

道長様方の者が放火したのではないかという疑惑。そしてまた、わたしが放火を手引きしたのだという、でたらめな噂。

あるいは、亡き道隆様が盛大な法事を催す最中に仕掛けられた内裏への放火も。

火を放つことは、朝廷での政治の争いの中、必ずといっていいほど起こることなのです。

もし内裏の焼亡が意図的なものだったら——今も想像するだけで恐怖を感じます。容赦のない悪意と、その激しい感情を生み出す、権力への野心に。

あるいは中宮様も、同じように想像されたことでしょう。けれども中宮様が怯《おび》えるところなど見たことがありません。御身を挺《てい》してご一族を守られた御方なのです。一条帝との愛に身も心もなげうつ覚悟に、一片の迷いとてあろうはずがありませんでした。

そして中宮様の御心の強さと、決して無視できない存在感ゆえに、かえって道長様の怒りと焦りはどこまでも激しいものとなっていったのです。

八月になると、中宮様は御子をお産みになるため職の御曹司からお移りにならなければなりませんでした。

そしてなんと道長様は、それすら妨げたのです。

今度こそ皇子が生まれるかもしれない。その恐れが、道長様を駆り立てたのでしょう。表立って一条帝と対立せぬよう、用心に用心を重ね、貴人の方々に根回しをし、あるいは威《おど》しつけ、中宮様のお供をさせないようにしたのでした。

もともと中宮様がどこかへお移りになるたび、道長様はあえて何かしら催し事をして人を集めました。中宮様のもとへ行く者が出ないように。あるいは誰が今、中宮様のお味方をしているかを炙《あぶ》り出すために。

結果、中宮様がようやく内裏を離れて辿《たど》り着けたのは、平生昌という男の邸宅でした。生昌という男は、最後まで中宮職として残った人で、中宮様のために働くという点では貴重な存在でした。

しかしそれ以前に、この生昌こそ、伊周様を捕縛させるため密告をした男なのです。道長様にとって生昌は意のままになる男でした。本来、中宮様がその邸宅にお移りになることなどあり得ない、低い身分の者なのです。

下衆《げす》の密告者。そういう男を、あえて中宮様のお世話をする人物に据えたのです。これが道長様の悪意でなくてなんだというのでしょう。

当然、生昌の邸宅に高貴な御方をお迎えする用意などあるはずもなく、何もかもが急ごしらえで、手狭で、人手がないという有様でした。

わたしたち女房は、このような事態に陥っても嘆くことは許されません。

この頃、中宮様にお仕えした者たちの使命感と団結心は、今思い出しても信じがたいほどの強さでした。あるじのため、わたしたちもまた、とことん戦うつもりでいたのです。

とはいえ、悪意に悪意を返すことはありません。たとえ道長様方が、中宮様をお辛い境遇に貶めようとも、わたしたちがそこを風流で笑いのある場へと変えるのです。

わたしたちは生昌を大いにからかい、中宮様の御身のお世話をしながら、たとえ粗末な屋敷であっても、様々な遊びや風流を試みました。

こうして、わたしたちが中宮様をお支えせんとしているとき、道長様も必死の働きをみせていました。

まだ年若い娘の彰子様を、強引に入内させたのです。

これがどれほど強引なことか道長様もおわかりだったのでしょう。それゆえ娘に箔《はく》をつけることに必死でした。嫁入り道具の屏風《びょうぶ》に、そうそうたる貴人の方々に詠ませた和歌をまんべんなく貼らせることまでしたといいます。

本来、屏風のために歌を詠むなど、高貴な方のすべきことではありません。これはひとえに道長様が権力の限りを振るい、娘の入内を正しいことだと知らしめるためでした。

入内のときには大勢の公卿たちに随伴させ、ここでも中宮様のお味方をさせないよう、あらゆる手を尽くしたとか。

思えば、滑稽《こっけい》な話です。

文武に秀で、屈強で威厳もあり、いまや朝廷随一の権勢を誇る御方なのに、今やその十二歳の娘ただ一人が、ご自身の栄華を完成させるゆいいつのすべであったのですから。

かつて中宮様も、一族の要《かなめ》としてそうした責務を背負われていました。そして本当に一条帝の愛情を得ることができたのは、結局、後にも先にも中宮様だけだったのです。

かくしてその年の十一月、彰子様は従三位《じゅさんみ》というご身分で入内されました。

一条帝からすれば、あまりに幼い少女です。ただちに子を産めるはずもなく、一条帝も道長様に配慮して彰子様をお迎えになったものの、やはり、愛情という点でも、ご自身の血統を保つという点でも、中宮様を頼りにされているのは明らかでした。

それでも一条帝が初めて彰子様のもとをお訪ねになった日、道長様は、己の娘と帝が結ばれたことを祝って盛大な宴《うたげ》を開いたといいます。

中宮様のおられる場所から、一条帝のもとへ、使いの者が報せを届けに走ったのは、その最中のことでした。

「男子出産」

中宮様が、皇子をお産みになられたのです。

八

皇子誕生の報せが届くや、一条帝は快然としたご様子となり、

「祝いに贈るものを用意せよ」

すぐさま、蔵人頭の行成様にお命じになりました。

一方、道長様は報せに凍り付いたようになり、一言も口がきけなかったとか。

よりにもよって娘と帝が結ばれるというとき、恐れに恐れたことが起こったのです。

その失望と怒りは、どれほどのものであったでしょうか。

わたしは、先のお産のときにお仕えできなかったこともあって、喜びは格別でした。

わたしたち女房はみな嬉しさのあまり涙を流し、まともに喋ることもできません。

御力を尽くされた中宮様をおいたわしく思い、また皇子が元気よく上げる産声への感動で、激しく身を震わせていたものです。

いったいなんという御方でしょうか。

伊周様のご健在とご帰京。御髪を断たれてのちの一条帝との再会。そして皇子出産。

道長様ほどの御方が、あらゆる手を尽くして妨げんとしてきたこと全てを、中宮様はただただお一人の御力でもって、ことごとく実現させてしまったのです。

一条帝は、皇子のためにあれこれお命じになってからようやく、

「彰子を女御とする」

思い出したように、遅れてその勅《ちょく》を発されたのだとか。

一条帝にとってはもちろんのこと、道長様のお味方をするのが常であった詮子様にとっても、この皇子誕生は喜ばしいことでした。

皇子は敦康《あつやす》様と名付けられ、一条帝は貴人の方々にも祝いを促しました。

しかし道長様をはじめ、ほとんどの方がこれに抵抗しました。道長様が祝福を妨げただけでなく、亡き道隆様の血筋が再び権力を持つことを望まない人々も多かったのです。

道長様はそうした方々と謀り、なんとしてでも中宮様を貶めようとしました。

「出家したはずの中宮様が、なんでまた子を産むような事態になるのだ」

そういう批判を、ことごとに朝廷に広めさせたのです。

もちろん中宮様は本当に出家したわけではありません。髪を半ばまで断ったのち還俗《げんぞく》した例は幾らでもあります。

「果たして中宮様は、還俗したのか、していないのか」

こういう議論を起こさせた上で、

「還俗はしていない」

と結論させることが、道長様にとって、皇子出産という究極の一事に対抗するゆいいつのすべであったのです。

そして、一条帝、中宮様、道長様の三者の間に立たされたのが、蔵人頭たる行成様でした。

行成様はよく知られるように、無愛想で風流を解さないと思われていたため、当初は女官や女房たちからひどく嫌われたものです。たまたま最初に取り次ぎをしたのがわたしだったので、以来、何かあるとわたしにばかり話しかけるのも、憮然《ぶぜん》としているように思われて、ますます女性から避けられてしまうのでした。

わたしが再び御前に参上した頃も、まだそうした様子が見られたものです。

ですが、わたしは行成様の本当の奥ゆかしさを知っていました。

というのも行成様の御祖父は歌の名人として知られていましたが、行成様ご自身は歌才に恵まれているとはお世辞にも言えなかったのです。

いつだったか、行成様が職の御曹司にいらっしゃって、わたしと長話をして下さったときのことです。蔵人頭としてお忙しいこともあって、

「明日は宮中の物忌みでして」

などと下手な言い訳をして内裏へ戻ってしまわれました。

わたしは、様々な殿上人と親交がありますから、宮中の物忌みでないことは知っています。ただ単に早く戻らねばならなかっただけなのです。

特に咎める気はありませんでしたが、行成様ご自身が、見え透いた言い訳であったと思われたのでしょう。翌朝早く、わたしのもとへ手紙が届けられました。

『もっと沢山お話ししたいことがあったのですが、鶏《にわとり》の声に急《せ》かされてしまったのです』

そんなふうに長々と、なんとも見事な筆遣いで書かれていました。

行成様は、歌才はないけれども歌を愛する心は人一倍お持ちでした。そして詠歌の代わりに、手蹟《しゅせき》の技を磨きに磨いて、歌を書きとどめることに御力を注がれたのです。

まるで、わたしが父の歌名に見合わぬ己の歌才を恥じ、いつしか歌ではなくあの『枕』にささやかな華を見出したように……。

その手紙の返事に、わたしはこう書いてやりました。

『夜更けに鳴きました鶏の声とは、孟嘗君《もうしょうくん》のことですか』

これは『史記』にある、斉《せい》の王族の孟嘗君について書かれた一節です。孟嘗君と三千人の食客が秦《しん》から脱出する際、一人が鶏の鳴き声を真似て函谷関《かんこくかん》の門を開けさせることに成功し、無事に逃げることができた――。

そういう逸話を引くことで、要は、

「早くわたしから逃げたかったのでしょう」

と冗談で言い返してやったのでした。

すると行成様は、感心するような生真面目さで、

『昨日の関所は函谷関などではありません。私とあなたの逢坂《おうさか》の関です』

などと返してきたものです。

むきになって、いかにも男女の仲に慣れているのだと言わんばかりの言葉が、まったく慣れていない様子をうかがわせます。

斉信様の巧みでいながら、どこまでも露骨で自分勝手な口説き方とは真逆の、若者の純情そのもののような態度に、わたしは面白くなって気づけば自然と歌を返していました。

夜をこめて鶏《とり》のそら音《ね》ははかるとも
　世に逢坂の関はゆるさじ

夜通し鶏の鳴き真似でわたしを騙《だま》そうという気でしたか？　わたしの関所は厳しいですから、あなたと一線を越えることはありませんよ——。

こういう、自分でも笑ってしまうような歌のついでに、

『函谷関の番人なんかより、わたしはずっと賢い番人のつもりですから』

つい若者めいた冗談もつけ加えてやりました。

もちろん行成様を嫌って書いたものではありません。こういうときは、まず女のほうで丁重にお断りしてみせることが、いわば宮中のたしなみであり、男女の語らいなのです。

これに行成様が返した歌には、正直驚きました。

逢坂は人越えやすき関なれば
鶏鳴かぬにもあけて待つとか

逢坂の関はとっくに廃止されていて誰もが通り抜けられるではありませんか。あなたも、鶏が鳴くまでもなく開けっぴろげに誰でも受け入れるのではないのですか？

（よもや、これほど下手か——）

というのが、わたしの正直な気持ちでした。

やたらと歌題をこねくり回した挙げ句、とんでもない失言のかたまりのような歌なの

です。にもかかわらず、その筆蹟の達者なことといったらありません。

真面目すぎるあまり不謹慎な歌を作ってしまう行成様も、この上なく下手な歌がこの上なく流麗に書かれてあることも面白くて、わたしはさっそく中宮様にお話ししました。

すると最初の手紙のほうは、話を聞いた隆円《りゅうえん》様という僧都《そうず》が頭を下げてぜひ譲ってくれとおっしゃるので、渡してしまいました。

歌のほうは、中宮様が手蹟にいたく感心されるので、献上しました。

もともとわたしは筆蹟を見るのが得意でしたし、だからこそ行成様も、わたしに手紙を出すときは、ひときわ気持ちを込めた筆遣いを見せてくれるのです。

行成様の悪口を言う女房たちも、その筆蹟には目をみはるのが常でしたし、行成様が当代きっての能書家とみなされるようになると、わたし宛てに来る行成様の手紙を譲って欲しがる人が後を絶たなくなったのでした。

さすがに行成様の逢坂の歌には、返せずじまいでした。かと思えば行成様当人が現れ、

「あなたの歌は、殿上人たちみなに見せてしまいました。素晴らしい歌でしたから」

などと言ってきましたので、こう言い返してあげました。

「あら、そんなにわたしのことを想って下さっていたの？　嬉しいことです。我ながら面白い歌ができたと思っていましたから。逆に見苦しい歌が広まってはいけませんから、あなたの歌は大事に隠して人には絶対見せないつもりですよ」

「それはそれは」

「わたしたちの友誼《ゆうぎ》は、見せる見せないの違いはあるけれども、すっかり気心がわかり合っていると言っていいんじゃないかしら」

「なんと。さすがです。人に歌を見せたりして、怒られるかと思っていましたよ」

「まさか」

「私の歌をお隠しになったのも嬉しいことです。あれが人目に触れるのは辛いですから」

「ええ、まったく――」

と、そこまで言葉を交わし、二人して思わず笑い声を上げてしまったものです。

もちろんお互い冗談を言い合っているのですし、わたしが行成様の歌を中宮様に差し上げたことも薄々感づいているのでしょう。

本当に、男性とこのように心を響かせ合うことがあるなんて、不思議な気分でした。

恋人であるとか、想い合っているとかいった以上に、この人なら本心から信頼できるし、それこそ大事なものをなんでも預けてしまえると思わせてくれるのです。

わたしたちはそんな互いの気持ちを、「遠江《とおとうみ》の浜柳《はまやなぎ》」とこっそり呼んでいました。

刈っても刈っても、あとから生えてくる川柳のように、切っても切れない男女である……という『万葉集』から引いた言葉です。

この言葉はすぐに女房たちにばれて、さんざんからかわれました。

中宮様までもがおからかいになるので、わたしもむきになって、決して男女の仲などではなく、人間としての信頼をあらわしているのだ、などと抗弁したものです。

そしてそれは、まぎれもない真実でした。

やがて行成様が、わたしにとって、最大の裏切りを働くことになるとしても――。

九

十一月のはじめに敦康様がお生まれになってのち、一条帝が皇子のために牛車を遣わす宣旨を与えたのは、翌年の二月のことでした。

中宮様とわたしたちは敦康様とともに、内裏が焼亡してのち一条帝がお移りになられたため「今内裏《いまだいり》」と呼ばれる場所へ参上しました。

そこで一条帝は敦康様のため、御百日の儀を行われたのです。

先にお生まれになった脩子様のためにも膳《ぜん》が調えられ、このご姉弟に対する一条帝の愛の深さは、わたしたち女房にも伝わるほどでしたから、中宮様にはまさに長年の尽力が報われた至福のひとときであったことでしょう。

中宮様と一条帝が、二人の子供とともに穏やかな日を過ごされている。このことに感涙しない女房はおりませんでした。

一条帝は得意の笛を吹かれ、その音色を聴くと、中宮様を貶めるどのような不遇も緊張もなかったことであるかのように思われたものです。

そして、その一条帝の笛に、敦康様が小さな手を伸ばされたときのご様子といったら、どれほど愛おしいといってもいい尽くせないほどでした。

なんと輝かしく美しいご家族であることかと、わたしは、かつて初めて中宮様のご家族を拝見したとき以上の感動に身が熱くなるのを覚えました。

ですがそのときすでに、道長様はこれまで誰も考えたことのないような手を打たれていたのでした。

娘を中宮とする。

そのために今の中宮であられる定子様を、皇后の地位に据えようというのです。

本来、中宮と皇后という言葉は同一のものです。ですが道長様は、それらの言葉を別々に扱うことで、一条帝の足下をすくい、中宮様を押しのけようとなさったのです。

このような例はいまだかつてなく、当然、道長様のお考えにすぐさま誰もが賛同したわけではありません。ですが道長様の最も恐ろしい点は、信じがたいほどの執念で、じわじわと根回しをしてくるところなのです。

伊周様のときと同じく、道長様はまず、一条帝の母君であられる詮子様を説得することから始めました。そして詮子様をなんとか説得することに成功するとともに、反発が起こらぬよう貴人の方々に片っ端からご自分の考えを吹き込んでいったのです。

そうして一条帝を取り囲むようにして説得せんとしていたとき、最後の決め手となったのは、他ならぬ行成様でした。

蔵人頭として、帝と朝廷の人々とを結び、言葉を伝える役にあった行成様は、いまやただ一条帝の命を伝えるだけの存在ではなかったのです。

一条帝、道長様、中宮様、詮子様……そして多くの貴人の方々にとって、重要なご意見役となっていたのでした。

行成様にとって忠誠を尽くすべきは一条帝でした。若い頃にずっと不遇の身であった行成様は、常々わたしにも、その忠誠心の強さを語ってくれたものです。

「女は己を愛する者のために化粧をし、男は己を知る者のために死ぬ、という古い言葉を、私は何よりの宝としているのですよ」

行成様はそんなふうに一条帝への思いを口にしていました。

一条帝も、そのような忠臣を大切にしないわけがありません。一条帝にとって行成様の意見は、いつしか道長様の意見よりも強く、その御意志に影響を及ぼすようになっていたのです。

そして道長様は、この行成様を自分の陣営に引き込むべく、それこそ考え得る限りのことをしたことでしょう。

具体的にいかなる甘言や威嚇があったのか、わたしには想像することしかできません。なんであれ、家勢もなく、ただ一条帝への忠誠のみを頼りとする行成様のような若者が、道長様のような強権を持つ人に逆らいながら朝廷にいられるはずがありません。

またそれ以上に、行成様にとって重要なのは一条帝でした。必ずしも、その周囲の女性たちではなかったのです。

（一条帝と道長様は、互いに必要な存在だ）

おそらく行成様は、そう思われたのでしょう。

もし道長様が失墜したとしても、次の誰かがその座を手に入れ、自身を栄えさせるために一条帝を利用するに違いないのです。あるいは、一条帝を廃位させ、冷泉帝の血筋を利用することも考えられました。

道長様が決して一条帝と対立せず、むしろできれば協調したいとお考えになっていることから、むしろ一条帝ではない他の帝を擁立しようとする方々もいたのです。

そうした方々からすれば、道長様こそ、一条帝をお守りする盾でした。

しかし同時にその道長様こそ、一条帝から中宮様を奪おうとしている御方なのです。

行成様は、心身が衰えるほど悩まれたことでしょう。悩みの深さに負けて蔵人の職を辞そうと思ったことも一度や二度ではなかったといいます。

ですが最後の最後で行成様は、こう決断されました。

「私は一条帝のため、道長様にご協力いたします」

道長様は躍り上がるほど喜び、行成様に厚く礼を述べられたのだとか。

「そなたの恩には、子々孫々に至りても必ずや報いよう」

行成様がどのような思いでその言葉を受け取ったかはわかりません。きっとあの方のことですから、ほとんど聞き流していたでしょう。わたしにとって中宮様が絶対であるのと同じように、行成様にとっては一条帝だけが、絶対の存在であったのですから。

「中宮と皇后を別々のものとする」

この道長様の提案について、ほどなくして一条帝は、行成様にご相談なされました。

そして行成様は、このように答えることとなったのです。

「我が国は、神国であり神事をもって治められるべきです。中宮定子様はゆいいつ無二の正妃ではありますが、出家された身であり、ゆえに勤めるべき神事を勤めていらっしゃいません。なのに帝の御恩によって地位も称号も変わらぬまま、国財を費やしておいでです。もう一人、后を立てて新中宮とし、神事を勤めていただくことが、よろしいかと存じます」

中宮様は還俗していない。そういう断定のもと、政治、神事、財務の三つを根拠に、この上なく正しい論旨を述べられ、さしもの一条帝もご納得せざるを得なかったといいます。

あるいは、行成様の曇りなき忠誠心によって、説得されたのかもしれません。

道長様と不和になることで予想外の勢力の台頭を招き、帝位を危うくさせてはならない。

中宮様を追放せよとはいっていない。道長様にとってもぎりぎりの妥協なのだ。政治において協和を保つため、中宮定子様を「出家」とみなして神事から永遠に遠ざける——。

行成様が一条帝に述べたことは、結局、そういうことなのです。

当然、新中宮とは彰子様に他なりません。神事を勤めるというのなら、他の年上の女御たちだってその位を得る権利はあるはずです。しかしこの提案は、道長様と一条帝が本当に協和するか、それとも最後の最後で決裂するか、という問題だったのです。

「朕《ちん》はそなたの言を信ずる」

それが一条帝のご決断でした。主従両者、苦渋の決断であったとわたしは信じています。

そうして、二月の終わり頃。

まさに一条帝と中宮様のひとときの団らんのさなかに、彰子様は中宮となられ、中宮定子様は皇后となられることが宣言されたのです。

もちろん「中宮様」はわたしにとって定子様に他なりません。他の女房たちも同じです。わたしたちは、あくまで定子様を「中宮様」と呼び続けました。もともと皇后と中宮は同じ言葉ですし、その二つを厳密に使い分けろという勅は出されなかったのですから。

道長様がここまで強引な挙に出たのは、ひとえに彰子様が幼く、一条帝の愛を勝ち取るには至らなかったということも、わたしたちにはわかっていました。

彰子様の御意志は皆無でした。全て、父君である道長様によって決められた人生であり、それに応えられる年齢になる間もなく、たった十三歳にして中宮となられたのです。

定子様とて十四歳で中宮となられましたが、そのときすでに一条帝は、道隆様の権力を頼りにするというよりも、定子様への愛情を芽生えさせていたのです。

一条帝は、彰子様を受け入れ、丁重に扱われました。しかしそれは決して彰子様の幸せも愛も約束しなかったのです。だからでしょうか。彰子様は道長様の期待に応えようとせず、当初は一条帝にさえ心を開かなかったといいます。

それこそ道長様にとって最大の盲点だったでしょう。ご自身の栄達のため娘に頼るしかないのに、その娘は父君であられる道長様に従順であったとは限らないのです。

道長様はこの後も、彰子様のおられる後宮に一条帝を訪れさせるよう、様々な手を講じ続けねばなりませんでした。

豪華な建物、貴重な本、贅沢《ぜいたく》な楽器……。気品ある血筋の女房たちや、美女を取りそろえることで、彰子様のいる場所に一条帝が来ることを願ったのです。

なんと滑稽なことでしょう。そこには彰子様の御心も、一条帝の御心もないのです。あるいはそれが、帝と后《きさき》の本来の姿なのでしょうか。中宮定子様と一条帝の愛こそ、朝廷にとっては非常な、驚くべきものであったのかもしれません。

彰子様が中宮の地位になられたことで、道長様は、貴人の方々を集められるだけ集め盛大な祝宴を催しました。

そしてその同じときに。

みたび、中宮様の御身に、懐妊の兆しがあらわれたのです。

十

僅か数年で、三人の御子をお産みになる。

もちろん多産の女性には、よくあることです。それでも、わたしはこの頃、ひどく切なく、胸が騒ぐような気持ちになることがありました。

今思えば、まるで中宮様と一条帝が、ひどく生き急ぎ、愛情を育《はぐく》むことに命を使い切ってしまおうとしているかのように思われていたのです。

その年の三月の終わり、皇后となられてのち、中宮様は早くも内裏を出ねばなりませんでした。懐妊の兆しが出てしばらくは移動を控えるのが常なのに、ひどく性急な里下がりを強いられたのです。

道長様が手を回したことは明らかでした。彰子様を中宮にしたことといい、この頃の道長様はそれまで以上に荒っぽく強引な手を打つようになっていました。むろんそれだけ怒りと焦りに駆り立てられていたのは間違いありません。

（流れろ。孕《はら》んだ子など流れてしまえ――）

様々な嫌がらせの向こうから、そんな道長様の怨念《おんねん》じみた声が聞こえてくるようでした。

そもそも、ようやく伊周様を追い出せたと思ったら、中宮様は無事に皇女をお産みになり、その上で一条帝の愛を獲得し続けたのです。そして、彰子様が女御になられたよりにもよってその当日、中宮様は皇子をお産みになったのでした。

さらに道長様がなんとかして幼い彰子様を守《も》り立て、他の女御たちと差をつけんとして、中宮と皇后を分けたにもかかわらず、そこでみたび、中宮様が懐妊された——。

道長様にとって、もはや中宮様の存在自体が悪夢でしたでしょう。もし可能なら、すぐにも命を奪ってしまいたかったはずです。

それなのに、朝廷一の権力者たる道長様ですら、中宮様に対して忌まわしい手段に出ることはできませんでした。

最愛の者を失った花山帝が激しく荒れ狂い、退位させられたことが念頭にあったのかもしれません。あるいは万一、本当に一条帝と対立すれば、道長様も共倒れになるしかないのです。

結局、道長様にとって、間接的な威嚇や嫌がらせ、あるいは誹謗《ひぼう》中傷、つまりは政治的に貶めることだけが中宮様を排斥するすべでした。

どれほど家勢が衰えても、お味方が減る一方であっても、皇后と呼ばれようが、中宮様はただご自身の御心を守り続けることによって、一条帝から絶大な愛を勝ち取り、それにより御身の命すら、ご自身で守り抜いたのです。

そしてこのとき、中宮様は自ら守り抜いた命と愛の全てを、激しく費やそうとしておられるかのようでした。

そもそも度重なるご心労に、御懐妊が加われば、疲労しないわけがありません。なのに中宮様のお体が、御懐妊を選んだ――そんなふうに、わたしには感じられたのです。

残された全てを振り絞って、道長様には決してできないことを――一条帝の絶対の愛を獲得し、その血筋を残すことを――やり遂げようとしているのではないかと。

再び生昌の邸宅にお移りになられる際、中宮様の御身は見るからにお辛そうでした。悪阻《つわり》がひどく、お声の調子も弱まり、食も細くなる一方で、わたしたち女房はもちろん、伊周様や隆家様もひどくご心配されました。

けれども祈禱に集められるのは中宮様の弟君や叔父《おじ》君ばかりで、いまや僧たちですら、道長様の怒りを恐れ、中宮様のために働こうとはしなくなっていたのです。

それでも中宮様は気丈に、お強く、明るく振る舞おうとしておいででした。

番人を自任するわたしのほうが情けなく思えるほど、身も心も弱ってゆく中宮様が、むしろ偉大に感じられたものです。

ただ一人の人との絶対的な愛を求める――。

わたしにとっての「一乗の法」を、果たしてわたしは中宮様のように求めることができるでしょうか。そもそも他のどんな御方なら、中宮様と等しく、何もかも失ったとしても、愛だけは失わずにいられるというのでしょうか。

わたしの心は、この頃いっそう中宮様に引き寄せられていたのかもしれません。その内なる激しさに共感し、見届けねばならないという胸の騒ぐ思いを抱いていたのです。

とはいえ、お辛い御懐妊の時期ですから、表面上はみな粛々と穏やかにしていました し、わたしも中宮様のご負担になるような騒々しい遊びは控えていました。

五月に入り、菖蒲《しょうぶ》の節句を迎えた日のことです。

わたしたち女房は敦康様と脩子様のためにお着物を菖蒲で飾ったり、薬玉《くすだま》をこしらえたりしていました。中宮様の末の妹君であられる御匣殿《みくしげどの》もいらっしゃって、わたしたちとともに楽しい一日を過ごして下さったのを覚えています。

訪れる貴人の方々も少ないとはいえ、節句を祝って中宮様に贈られた献上品は、皆無ではありませんでした。わたしは品々の一つに、青ざしという麦の粉で作った菓子があるのを見つけ、ふと思いつきました。

青い薄紙を用意させ、洒落た硯の蓋《ふた》に敷き、その上に青ざしを載せて、中宮様に差し出したのです。

「これは、ませ越しの麦でございます」

わたしが申し上げると、中宮様は穏やかに微笑まれました。

ませ越しに麦はむ駒のはつはつに
及ばぬ恋も我はするかな

柵《さく》越しになんとか麦を食べようとするが届かない馬のように、わたしもあなたに届かぬ恋をしている——そんな歌を引いて、菓子を差し出したのでした。

このときのわたしの気持ちを、どう説明したらよいでしょうか。

中宮様が大きな愛を勝ち取っている一方で、わたしはいまだにそのような愛を得ていない、といった同志としての賛嘆と羨望《せんぼう》が強くあらわになっていたように思います。

あるいは、馬が柵越しにどうにかして麦を食べるように、中宮様にも、お辛いのは重々承知で、この菓子くらいは口にして欲しいと願ったことも間違いありません。

けれども、そういう羨望の思いや、中宮様に元気になって欲しいという願い以上に、いつかわたしに問われたことへの答えでもあったのです。

かつてわたしは絶対の愛を求める「一乗の法」をからかわれ、中宮様からも、

「一番に愛してやろうか、どうしようか」

と問われたことがありました。

わたしはそのとき、中宮様がお目をかけて下さるなら、九品蓮台《くほんれんだい》の末端でも構わないということを正直に申し上げたものです。

しかしこのときは違いました。

（一条帝に対する中宮様の愛情すらも、わたしは欲しています。中宮様の一番の女房であり、ゆいいつの番人でありたいのです——）

言葉にすると、そのような思いであった、ということになるでしょうか。

一番に思う人から、一番に思われなくてはならない。中宮様に対し、冗談にしても畏《おそ》れ多いことを、どうしてこうもあらわに申し上げることができたのか——。

わたしは中宮様の愛を、このときに至って、お止めしたかったのかもしれません。

これ以上、お命を削らせまいと。僭越《せんえつ》であり、それこそ裏切りとなるかもしれないのに。

中宮様には、今このとき、一条帝ではなく、ご自身を愛して欲しい。

どうか、その御身の命を惜しんで欲しい。

最後まで切ないばかりの番人の願いが、そうして口をついて出てしまったのです。

中宮様は、決してわたしの願いなど聞き入れては下さらないとわかっていながら。

わたしはそのとき、表面上はあくまで粛々と、穏やかで、明るく振る舞っていたと思います。けれども胸中では、中宮様の愛の行く末を悟って激しく心を乱していたのです。

あるいははっきり悟らずとも中宮様の御身が秘める激しい愛を感じ続けるうち、せめて今何かしなければいけないと切実な思いに駆られていたのでしょう。

中宮様は微笑まれたまま、青ざしを載せた紙をそっと破ると、

みな人の花や蝶《ちょう》やといそぐ日も
わが心をば君ぞ知りける

そう歌をお書きになり、わたしに下さいました。

今まさに、道長様の娘が中宮となって、誰もが花や蝶やともてはやしているこのときも、あなたはわたくしの心を知ってくれている――。

それだけで満足だ。

まるでそうおっしゃるような歌に、わたしは咄嗟に気の利いた言葉をお返しすることもできずにいました。ただ、中宮様を見つめて微笑みをお返しするばかりでした。今にも大声で泣き出してしまいそうになりながら。

この偉大な御方が、信じた愛に生き続けることを、最期のときまで見届けるために。

それが結局、わたしが番人として抱けるゆいいつの覚悟だったのです。

十一

八月になり、中宮様のお加減もだいぶ安らいできた頃、わたしたちは中宮様に従って一条帝のおられる今内裏へと移りました。

一条帝が、特別に中宮様をお招きになったのです。妊娠中の穢《けが》れという点では異例のことであり、まるで花山院が懐妊した女御を無理やり招いて死なせたときのようだと、朝廷では噂になったとか。

もちろん一条帝が、中宮様の御身を損なうようなことをするはずはありません。中宮様にとっては、衰えた身に新たな力を注がれるようなお気持ちであったと思います。

中宮様がそのとき内裏におられた期間は、二十日間でした。

帝とお過ごしになられることを考えれば長い期間でありましたが、お二人の愛を考えれば、切ないほど短いひとときであったでしょう。

このときの中宮様は決して弱々しいお姿ではなく、むしろ凜然《りんぜん》として、これまで以上に自信と活力に満ちておられるようでした。まるで御身が秘めていた愛の激しさが、いまや外へ外へと発せられてゆくように。道長様ですら、その二十日間を縮めることも、途中で遮ることもできなかったのです。

一方で、わたしも中宮様の激しい思いに、いよいよ引き寄せられたのか、自分自身でも意外なことが起こりました。

そもそものきっかけは、その年の三月のことです。

ある朝、日が出るまで式部《しきぶ》のおもとと一緒に一間《ひとま》だけの廂《ひさし》で寝ていると、ふいに仕切りが開かれ、なんと一条帝と中宮様がいらっしゃったのでした。

わたしたちが驚きながらも、起きるに起きられないのを一条帝も中宮様もお笑いになりました。一条帝は、夜具なども積み上げたままのわたしたちのそばへいらっしゃると、

「朕がいることを悟られるな」

わたしたちに命じ、門を出入りする人々を、物陰からご覧になっています。

殿上人たちも、まさか一条帝と中宮様が共におられるなどとは夢にも思わず、御簾《みす》の

向こうで立ち止まっては、気軽に話しかけてくるのでした。

御簾の内側では、そんな殿上人たちの様子を一条帝と中宮様が面白がっておいでで、わたしたちまで思わず笑い声を上げてしまいそうになったものです。

そうしてお二人ともたっぷり楽しまれてのち、ようやく出ておゆきになりました。

わたしたちは化粧などもできぬままでいましたので、お供はせず、呑気《のんき》にこの出来事について話していました。

ふとそこで御簾の隙間から誰かが覗《のぞ》いていることに気づきましたが、見知った誰かだろうと思い、気にしませんでした。すると相手がぬっと顔を差し入れてくるので、改めて見ると、なんとにこにこ笑いながら行成様がこちらを覗いているのでした。当然、蔵人頭として一条帝に従っていらっしゃったのです。

「呆れました。顔は見せないように気をつけていましたのに」

わたしは慌てて几帳《きちょう》を引っ張りながら、思わず笑ってしまいました。

というのもかねがね行成様が、

「私たちほど気心がわかり合った者同士、何を恥ずかしがることがあるでしょう。ぜひお顔を拝見したい」

などと言って御簾の内側に入ってきたがるのを、わたしが拒んでいたのです。

「わたしは不器量ですよ。そういう人は好きになれないとおっしゃっていたので、お目にかかれずにいるのですよ」

わたしがいつまでも拒むので、

「では見るのはやめます」

行成様はあるときだしぬけにそう言って、ぴたりと御簾の内側に入ろうとするのをやめてしまいました。そればかりか、うっかり顔を合わせてしまいそうなときなど、あえて袖《そで》で隠すといった有様で、つくづく生真面目でなんでも本気にする方だと呆れたものです。

そんな行成様が、気づけば御簾の内側に顔を突っ込み、

「素晴らしい。しっかりお顔を拝見しましたよ」

してやったりという調子でおっしゃるので、わたしは、見ないと言われたとき以上に呆れ、ちょっと悔しくもありました。

「油断しました。見ないと言っていたのに。そんなふうに見つめるのはやめて下さい」

「女の寝起き顔は滅多に見られるものではないといいますから。主上がおいでのときからいたのですが、気づかなかったのですね」

化粧もしていない寝起きのむくんだ顔を好んで見せたい女などいません。

なのに行成様は、そんなわたしの顔を穴のあくほど見つめるのです。わたしは困惑するやら恥ずかしいやらでしたが、式部のおもとが別室へ逃げてしまった後も、結局、開き直ってそのまま行成様とお話ししたのでした。

それが三月のことです。八月に再び内裏に参上すると、行成様は、当然のようにわた

しの局の御簾をくぐって来ました。

「またお顔を見ることができましたね」

行成様は、心底嬉しそうに微笑んでいました。そのくせ、談笑していると、ひどくお辛そうに宙を見ていることがあるのです。

道長様に荷担するかたちで、彰子様を中宮とすることを提案したのが行成様であることは、すでにわたしも知っていました。道長様が、殿上人たちにここぞとばかりに吹《ふい》聴《ちょう》したのですから、当然でしょう。

そのせいで行成様は自責の念に駆られていたのかもしれません。でもだからといって、わたしまで行成様を責めてあげるほど、お人好《よ》しではありませんでした。わたしは中宮様の女房であり、行成様は一条帝の忠臣であったのですから。わたしはそのことについて、何も言う気も、問い質す気もありませんでした。

そして行成様と初めて夜を共にしたとき、

「皇后様は還俗された……」

行成様は一度だけ、そう口にしようとし、わたしはそっとそれを止めました。

それぞれの主君に仕えるため、わたしたちはそのとき、そこにいたのです。

わたしは、女房として働いて以来、初めてといっていいほど何の抵抗もなく、行成様をいっときの恋人として受け入れました。

斉信様でも経房様でもなく。歌を贈って下さった貴人の方々の誰でもなく。

この生真面目で歌が下手で不器用で、自分が信じた主君に対して、どこまでも忠実な行成様を、まるで己の分身のように感じていたのかもしれません。

行成様は以前から、わたしによくこう言いました。

「女は自分を愛する者のために化粧をする。男は自分を理解してくれる者のために死ぬ。そう昔の人は言っていますよ」

これは、わたしが中宮様のために『枕』を書き、行成様が一条帝のために働くことを言っているだけではありませんでした。

『史記』における、友誼の言葉なのです。自分を理解してくれた者に報いる。つまり、わたしと行成様の友誼について言っているのでした。

わたしと行成様は恋人である以前に、同胞のようなものだったと思います。もし二人が夫婦になれたなら？　そう考えたことがないとはいいません。その頃、わたしにとって行成様は、ただ理解し合える相手という以上に、そもそも同じ心を持ち合わせているのだと思わされる方でした。まるで鏡に映る自分の顔を見るように。

あるいはそれもまた、中宮様と一条帝という方々がおられたからでしょうか。后と帝として互いをお求めになるお気持ちが、わたしと行成様を結びつけて下さったのかもしれません。

だからこそ、片方があるじを失えば、それはもう鏡合わせではなくなるのです。

それは、命という命が燃え立つような八月でした。

中宮様に一条帝が時を惜しんで会いに来られ、わたしの局にはほとんどいつも行成様がいらっしゃいました。あれほど激しく、愛に満ちた日々を、わたしは他に知りません。永遠に続くかのように思われた二十日間。それが、中宮様と一条帝、そしてその女房と蔵人が結ばれた、最後のひとときであったのです。

八月の終わり、わたしは中宮様とともに内裏を離れ、生昌邸に戻りました。

わたしたちは最後まで明るく振る舞いました。

どれほどの不遇の中にあっても決して華を失わず、ここに中宮様がおられるのだということをかけがえのない誇りとして。

十二

中宮様が御子をお産みになったのは、十二月の半ばのことでした。

生まれたのは二人目の皇女です。

立ち会われた伊周様にとっては男子でなくて残念だったことでしょう。しかし何より大事なのは安産であることと、産後の中宮様の御身がご無事であるということでした。

元気な産声が響き渡り、中宮様も、お産みになった子を見つめ、ただ無言で微笑まれていました。

伊周様は神仏に祈り、ひれ伏し、寺になけなしの祈禱料を贈らせています。わたしたち女房も中宮様のために祈りました。みな出産に力を尽くされた中宮様をいたわり、誰かが伊周様に命じられて薬湯を用意しました。

けれども、その薬湯を中宮様がお飲みになることはありませんでした。

みな愕然《がくぜん》として、狼狽《うろた》え、声を交わし合いましたが、誰がどんなことを言っていたかは思い出せません。みな、夜の静けさが四方から迫り、凍り付くような沈黙が訪れるのが怖くて、ただなんでもいいから口にしようとしていたのだと思います。

なすすべとてなく中宮様をお見守りするうち、やがて夜が明けてきた頃です。伊周様が女房たちに灯《あか》りを持ってこさせ、中宮様のお顔を覗き込まれました。

そのときにはもう、わたしも他の女房たちも、全てを悟っていたのだと思います。

わたしは、伊周様が言葉にならぬ叫び声を上げ、中宮様の御身を抱き上げるのを呆然《ぼうぜん》と見ていました。

命の限りを燃やし尽くした後の、わたしの愛しいあるじの亡骸《なきがら》を。

まるでこの世から音という音が消えたようでした。伊周様も、女房たちも、一斉に嗄《か》れんばかりの声を上げ、もはやわたしの耳は何も聞き取ることができませんでした。

わたしも泣いていたはずです。けれども、あまりに激しい思いばかりよみがえり、そのときのわたし自身のことは何一つ思い出せないのです。

ただ、中宮様の御身からお命が消えた、という事実を受け入れることに心の全てを傾けていたのだと思います。船が嵐に遭ったとき、乗っている者はただ身近にある物に必死にしがみついているしかないように。あるいは火災や地震など、ひどい天変地異に遭ったとき、まず現実を拒む己自身の心に苦しみ、何が起こったのか理解することに考えを振り絞らねばならないのと同じだったと思います。

けれども心のどこかで、中宮様の魂魄《こんぱく》がお離れになったのだから、もしかするとこの様子をどこからかご覧になっているのでは、と考えていたようにも思います。

悲しみや恨みは御身の亡骸とともに全て現世に置き、まっとうされた愛のみをお持ちになって、浄土へと旅立たれていったのだと。

そう考えれば、中宮様の最期の安寧を、受け入れないわけにはいかなかったのです。

たとえ、残されたわたしが、二度と何も献《ささ》げることができないとしても。

わたしはこのとき本当に、柵越しになんとか麦を食べようとするが、決して届かない馬になったのです。あの世とこの世という柵に隔てられながら、届かぬ恋を続ける馬に。

こうしてその朝、わたしの至上の華は、この世から去りました。

そのお命を捧《ささ》げて皇女をお産みになり、帝に一番に愛されるという御身と一族の使命を最期まで果たしながら。

このときのことを思い出そうとするたび、決まって、あの朝顔の歌がよみがえります。

朝顔の花が、はかなく枯れたことを嘆き、いっそ花を見ねばよかったと恨むあの歌です。

その心持ちには、確かに今も昔も、涙を誘われます。ですが、やはりわたしは花を見たことを恨みはしません。花は、確かにそこに咲いていたのです。わたしは、花を見ることができた己の人生を喜び続けます。花を愛しく思うことを決してやめません。花を通して夢見たもの全てが、そのときも今も、そしてきっとこれからも、わたしをわたしでいさせてくれるのですから。

わたしの主君が薨《こう》じたその朝は、朝廷の方々にとっても忘れられないものとなりました。

前夜、一条帝の母君であられる詮子様の邸宅が、火災に遭い、焼亡したのです。これにより行成様は、詮子様のために夜を徹して駆け回っていたとか。そしてその最中に、中宮様の御危篤の報せを耳にされたのでした。

行成様が、急いで御前に参上したとき、一条帝はまさに、慟哭《どうこく》の中におられたのです。一方で、道長様はその日、参内をしなかったそうです。いえ、しなかったのではなく、できなかったのです。

理由はなんと、物ノ怪に襲われたからでした。女房の一人が、突如として何かに取り憑《つ》かれ、髪を振り乱しておどろおどろしい声を上げながら、道長様に襲いかかったのです。

まさに、中宮様が命と引き替えに御子をお産みになり、詮子様が炎によってお屋敷を失ったそのとき、

「道隆だ！　兄が化けて出た！」

道長様は、恐怖のまっただ中にあって、震えながら僧の加持祈禱を受けていたのだとか。

本当に、誰にとってもただ何かにしがみつくしかない、嵐の一夜でした。

ですがそれも、永遠には続きません。

朝が訪れるとともに、わたしが愛した華は世を去りました。そして朝廷は、わたしの見知らぬ新しい時を迎えたのです。

終

中宮様が薨《こう》じ、深い雪の中で葬儀が営まれてから、しばらく後のことです。

――別れよう。

そのとき心に訪れた思いに、わたしはほっとしました。あの、男たちのよく言う、安《あん》堵《ど》の念を覚えたわけです。かつて最初の夫である則光との別れを決めたときと同じように。

それは、朝廷との別れであり、女房として働く日々との別れでした。

わたしが愛した華は、もうどこにもない。そう心が悟った瞬間でもあったのだと思います。

道隆様だからこその華でした。中宮定子様だからこその華でした。わたしはお二人の華を愛したのです。

そしてその決心が訪れたとき、やっと、わたしはいっとき自分に空想を許すことができたのでした。いつか一条帝と中宮様と伊周様が語らっていた春の日のことを。

あの輝かしさが、千年も続いていく……そんな空想を。

そうして朝廷を去るときには、三人目の夫――最後の夫――を持つことも決心していました。

相手は、父の友人であり、しばしばわたしに文をくれた、藤原棟世です。

彼は、いつか蕨《わらび》を食べさせてくれたあの高階明順様のように、中立を保てる人でした。争わず、与《くみ》せず、超然としていられることが、わたしに棟世を受け入れさせたのでしょう。

行成様は、いっときの恋人でした。そしてそれ以上に、永の友人でした。

中宮様がもっと長くご存命だったら、あるいはもしかして……そう考えることもないではありません。それもまた、中宮様がわたしに見せてくれた夢なのです。中宮様が世を去られたとき、その夢はただ心にしまっておくべきものになりました。

行成様は、引き続き主君に仕えました。皇子が世を去るまで、ともに一条帝の命で、中宮様がお産みになった皇子のために働いたそうです。皇子が世を去るまで、懸命に、生真面目に。中宮様の還俗《げんぞく》を認めることができなかった後悔を、心に抱き続けながら。

わたしは、地方へ赴任する夫についていくことに決めました。

それ以来、内裏には昇ってはいません。夫の赴任や位に合わせて、あちこち住み処《か》を移りました。女房として働いていたのですから、住まいを変えるのは慣れたものです。

やがて夫を亡くしてからは、もうずっと、あるじが眠る地のそばで――あの御方が弔われた野辺を望んで、暮らしています。

朝廷を去る――そう決めたとき、わたしは自分が何をすべきか、はっきりと悟りました。そしてそれは、今も変わりがありません。

かつて道隆様が、雨に濡《ぬ》れた造花を惜しげもなく捨てたように、わたしは『枕』をちゃんと整理しなければいけないのだと。

愛《いと》しい日々。中宮様がお望みになられたもの。わたしの知らないところで人が読み、思わず笑いをこぼす、他愛ない言葉たち……。

それらに、悲しみは不要なのです。濡れた紙の花は、風に盗ませるに限るのです。

朝廷を去ってのちも、わたしは『枕』を整え続けてきました。多くのことがらを新たに書き加え、さらにより多くを破棄しながら、何度となく書き直してきたのです。

『史記』が最も古い世から始まり、最も新しい世へ至るのとは違って、わたしの『枕』は、今あるものから思い出へと自由に移っていきます。

ばらばらで、整理されることなく、その時その時で姿を変えながら。

最も素晴らしく、愛しい思い出だけを残してゆくのです。愛した華のすべてが、千年ののちも輝き続けてくれることを願って……。そうして、他愛ない言葉たちは、わたしの見果てぬ夢となり、本当の祈りとなったのでした。

今書いているこの一文も、きっとほどなくして捨てられることでしょう。

というのも、朝廷を去ってずいぶん時が経った今、ようやく、この『枕』とも別れることに決めたのです。

もう、書き加えることも書き直すこともない……自然と心がそれを悟ったのです。

最後に、冊子に整えた『枕』に、始まりの一節を書き加えたら――長年思案してきたそれを清書し終えたら――そのときが、この『枕』とのお別れになります。

そのために使う紙は、もう決まっています。かつて中宮様から頂いた紙の最後の一枚を、とっておいたのです。

いえ、わたし自身、あえてとっておこうとしたのではありません。朝廷を去ってしばらくして、気づけばその一枚だけが、ひっそりと硯箱《すずりばこ》の一つに眠っていたのです。以来、なぜかずっと、失われず、損なわれもせず、わたしのそばにいてくれた紙でした。

もうかなりくすんでしまっているのに、こうして見つめていると、それが新しく、真っ白い紙に見えてくるから不思議です。わたしを幸福な気持ちにさせてくれる白い美しい紙。それがまるでつい先ほど中宮様から下されたような気がして、笑みがこぼれるのです。

娘を身ごもり、白紙の束を胸に抱いて車に乗り、つい今しがた家に帰ってきたかのように。

まるでこれから何かが始まるのだと紙が告げているようで、心浮き立つ気分もありますが、やはり、少しばかり寂しくもあります。だって、もし本当に何かが始まったとしても、わたしはもうそれを見届けられるほど若くはないのですから。

代わりに、最後の『枕』を書き終えたら、しばらく目を閉じていようと思います。

わたしが愛した華を心ゆくまで思い出し、夢見るために。
このささやかな『枕』という華を添えて。
和歌でも、漢詩でも、日記でも、物語でもない。
このわたしの愛しい『枕』と、わたしが夢見た千年の華に、感謝を献《ささ》げながら。

春は、
あけぼの——

参考文献

『源氏物語の時代　一条天皇と后たちのものがたり』山本淳子　朝日新聞出版
『平安の春』角田文衞　講談社学術文庫
『枕草子入門』稲賀敬二・上野理・杉谷寿郎　有斐閣新書
『枕草子　上下』校注　萩谷朴　新潮日本古典集成
『枕草子　新編日本古典文学全集』校注・訳　松尾聰　永井和子　小学館
『枕草子全注釈　一～四』田中重太郎　角川書店
『清少納言　人と文学』萩野敦子　勉誠出版
『枕草子　女房たちの世界』谷川良子　日本エディタースクール出版部
『清少納言』岸上慎二　編　日本歴史学会　吉川弘文館
『清少納言全歌集　解釈と評論』萩谷朴　笠間叢書

解説

山本《やまもと》　淳子《じゅんこ》（京都学園大学教授）

冲方丁《うぶかたとう》氏書く清少納言《せいしょうなごん》伝、『はなとゆめ』。『天地明察』『光圀伝』という全部漢字のタイトルの後の、この全部ひらかなのタイトルを目にして、即座に腑《ふ》に落ちた。実は平安《へいあん》時代、ひらかなは「女手《おんなで》」と呼ばれた。女性が一般にひらかなを使ったからである。冲方氏に清少納言が入っている。だからタイトルは自然にひらかなになったのだ。

清少納言は、平安時代中期、今の皇后にあたる地位にいた定子《ていし》に、侍女として仕えた。小説は清少納言が定子に導かれ成長してゆく道のりと、やがては定子を支え守る存在となる心意気を描く、いわば平安時代のキャリアウーマン小説である。清少納言は定子にほれ込み、それはほとんど恋と言えるほどだ。だが二人の置かれた状況は、どんどん険しくなってゆく。その様子を冲方氏は、『アンネの日記』に似ている、と言う。新聞連載前、対談の折に聞いた言葉だ。「暗い時代、暗い状況だから暗いものを書くかというと、そうではない」「アンネは『日記』の中で、「私はそれでも人間の善意を信じる」って書くんですよ。それは清少納言が『枕草子』に書こうとした、「美しいもの、尊いもの、価値のあるものを私は信じる」という姿勢に、非常に似てるんじゃないかと思うんです」。確かに清少納言と定子は、アンネ・フランクにも通じるような、四面楚歌《しめんそか》ではとんど絶望的といってよい状況を生きた。だがそこで、清少納言は不幸ばかりを見つめたわけではなかった。「はなとゆめ」を彼女は見つめ、愛したのだ。冲方氏は、その清少納言の一途《いちず》な思いに寄り添い、言葉を紡いでいる。氏に清少納言が入っていると書いたのは、その意味だ。

清少納言は、つくづくあっぱれな部下だったと思う。と言っているのは、二一世紀に生きる平安文学研究者である私だけではない。清少納言から二〇〇年後、鎌倉時代の初めに書かれた文芸評論作品『無名草子』は、『枕草子』には清少納言の心の程が表れていると言う。そして次のように続ける。

あんなに素敵で感動的で見事で最高の出来事を残らず書き記した中に、実は配慮が見て取れる。中宮定子様が今を盛りに愛されていらっしゃったことだけは鳥肌が立つほど書き並べて、父の関白殿が亡くなったり、兄の内大臣殿が流刑になったりした折の落魄《らくはく》については、口が裂けても言い出さない。清少納言は大した心がけの人物だ。

（『無名草子』大意）

本書『はなとゆめ』で清少納言が何度か口にする言葉「わたしは、中宮様の番人だ」

には、実はこの意味も含まれている。定子が生きている限り、清少納言は定子に寄り添い定子を守り続けた。だがその命が絶えた後は、清少納言は人々の心に残る定子の記憶を守り続けた。『枕草子』を書き続けることによって、である。『無名草子』が言うとおり、現実としての定子の人生はある時から悲劇に転じ、最後は客観的には悲惨な状態だったと言える。が、清少納言はそんな時期のことすら『枕草子』には「中宮様はお笑いになった」「不如意なことは何一つなかった」などと記した。

そんなことはありえない、と怒ったのが紫式部《むらさきしきぶ》である。「清少納言こそは、得意顔でとんでもない人だったようですね」と始まる『紫式部日記』の清少納言評。「あんなに大変な境遇にあったのに『あはれ』や『をかし』ばかりを並べたてて、嘘だらけ」と決めつけ、果ては「こんな嘘つきの成れの果てが真っ当なはずがない」と、まるで呪うがごときである。なぜか。清少納言の「嘘」が、リアルタイムで力を発揮しつつあったからだ。定子の死後、その生前とは逆に、貴族社会は定子の時代を懐かしく思い出すようになった。「あの頃は、気の利いた女房たちがいたものだね」と。

これが『枕草子』の力である。人々は清少納言が自宅から書いては世に流す『枕草子』によって、悲劇のきさき・定子の記憶を薄れさせ、良かったことばかりを思い出すようになった。清少納言は世間の記憶の書き換えに成功したのである。定子の死後、きさきとして君臨するはずだった彰子《しょうし》も、彰子に仕える紫式部も、『枕草子』が記す定子の幻影に阻まれた。それが紫式部を苛立《いらだ》たせたのだ。

清少納言に聞けば、いや、嘘など全く書いていないと答えただろう。清少納言にとっては、定子は本当にいつも笑っていたに違いない。不幸の日々にも折々の心の触れ合いがあり、笑いが湧いたことは事実だったろう。そうした事柄を拾い集めて、清少納言は清少納言の信じる「真実」である『枕草子』をしたため、広めたのである。

だが、おそらくは『紫式部日記』の影響だろう、時が過ぎるにつれ清少納言は世から誤解されていった。明治時代には国文学者から、不幸から目をそむけ過去の栄華ばかりを追った作者と見られて「利己的で思いやりがない」「自慢話ばかり」と批判された挙句「きっと不細工に違いない」とまで酷評された（藤岡作太郎『国文学全史』）。昭和には「春って曙よ！」と、清少納言をミーハー女子高生になぞらえた現代語訳（橋本治『桃尻語訳　枕草子』）が刊行されてベストセラーとなり、軽くて底が浅く騒ぎ立てるばかりのイメージが広まった。だが、清少納言は天上から、これらの事態を微笑みながら眺めていたに違いない気がする。『枕草子』が軽いエッセイと見なされるのと対のようにして、定子の悲劇は世から風化していった。教科書には「春は、あけぼの」に始まる初段が大方載っていて、生徒に暗唱させたりする学校も多いが、教室で定子の人生が教えられることはあまりない。『枕草子』は清少納言という作者の個性的な美意識一つが生み出したものとされて、その辺りは清少納言もくすぐったいところだろうが、要するに定子の記憶を浄化するという清少納言の企ては成功の一途をたどったのである。

となると、定子の悲劇と清少納言の献身を真正面から描いた本書『はなとゆめ』は、清少納言にとっては迷惑千万な小説ということになるのかもしれない。彼女は天上界で顔をしかめるかもしれない。だが私は、そんな清少納言に言ってやりたい。もういいではないか。もうあなたは十分頑張った。だからこれからは、あなたの本当の姿を世の中の多くの人に知ってもらおうではないか、と。そして、『はなとゆめ』はそんな本なのだと。

例えば本書の中で、清少納言は定子に仕え始めた当初、恥ずかしさで萎縮《いしゅく》していた。それがやがて才能を開花させたのは、ひとえに定子の指導によるのである。それを本書は、清少納言の言葉として記している。「必ず、その人なりの才を発見し、柔らかに導いてしまう。その人自身に、その人ならではの華があることを悟らせる——。それが、中宮定子様であるのだ」。『枕草子』の章段「宮に初めて参りたる頃」を読めば、その行間からはっきりと浮かび上がってくることである。また清少納言は、宮廷で定子や貴族たちからしばしば雅《みやび》な難問を投げかけられた。本書はそうした場面での清少納言の、緊張で手が震える様子を記しているが、それも『枕草子』の中に明記されていることである。難問を出され、うろたえながら答えて、定子に褒められほっとする。それが『枕草子』の「自慢話」と言われるもののパターンである。

清少納言は身分社会にあって、家柄は決して高くはない。和歌の家に生まれたが、だからこそ自身に許す和歌の基準は高くて、自信が持てない。『枕草子』の中には偽物を意味する「えせ」という言葉が何度も使われるが、それは清少納言自身に「えせ」意識があったためではないかと思う。だがそんな彼女に人生の指針を与えてくれたのが定子だった。『枕草子』は、本書の言い方を用いるなら、清少納言が定子から見出《みいだ》された「華」をもって著した作品である。自分がただ一つ本物となれる道を示してくれた、それが定子だったのだ。たとえ定子自身の「華」つまり栄華が、永遠には続かぬ「夢」つまり無常のものであったとしても。

本書の背景となる史実を、かいつまんで記す。中宮定子（九七七～一〇〇〇）は、平安時代中期、藤原《ふじわら》氏全盛の時代に二五年間にわたって帝位にあった一条天皇《いちじょう》のきさきである。清少納言が定子に仕え始めたのは、定子の入内《じゅだい》から三年後の正暦《しょうりゃく》四（九九三）年、推定年齢二八歳頃のことと考えられている。長徳《ちょうとく》元（九九五）年、持病により定子の父が死亡し、翌年、後に「長徳の政変」と呼ばれる事件が起きて、兄・伊周《これちか》が大宰府《だざいふ》に左遷され、定子の一家は没落した。定子はこの時出家して尼となったが、定子への寵愛《ちょうあい》のやまぬ天皇に翌年ふたたび迎えられる。その後は、貴族たちから批判され、なかでも藤原道長《みちなが》からは露骨な嫌がらせを受けつつ、ただ天皇の愛一つにすがって生きた。そして天皇の第三子を産んだ床で、難産のため崩御した。享年二四であった。

また『枕草子』の成立の経緯についても整理して示そう。『枕草子』は、定子の生前、彼女が人生で最も困難な時期にあった折に、清少納言が定子に捧《ささ》げた作品である。道長側への内通疑惑をかけられ自宅にひきこもった清少納言に、定子は信頼の言葉を書き送った。また、上質な紙を与えた。常日頃から紙への偏愛を吹聴《ふいちょう》していた清少納言は即座に立ち直り、それを「草子」にしたてた。もとより定子に「枕」というものを書いて献上することは約束済みであった。これらのことを、清少納言は『枕草子』の中に断片的に書き記している。各所の文脈をつなぎ合わせると、清少納言がひきこもりのさなか、かつての約束を果たすために奮起して最初の『枕草子』を執筆したこと、それをひそかに献上すると同僚からの疑惑も晴れ復職が叶《かな》ったことが知られるのである。なお、この時期の『枕草子』については、現在のブログのように、五月雨《さみだれ》式に書き継いでは発表されたものと想像するとわかりやすい。そしてその書き継ぎは、定子の死後まで続いたのである。本書はこれについても、『枕草子』そのものに忠実に記している。

それにしても、人生でこれだけ心酔できる人と出会うということは、大きな幸せに違いない。本書の清少納言は、華と夢を見せてくれた定子への感謝を抱く時、心に「幸福に満ちた思い」がよみがえるという。そしてその思いは彼女の目を現世《うつつ》に向けさせるという。本書は清少納言の人生賛歌なのである。

本書を読んだ後に、ぜひ『枕草子』を開いていただきたい。多くの読者にとっては、教科書以来再びのこととなるだろう。だが本書を読んだ後には、『枕草子』そのものへのまなざしも変わっているはずである。「春は、あけぼの」。あけぼのとは、朝日がさす直前のまだ暗い時間帯を言う。そこに光の気配がきざした瞬間を、清少納言は作品の冒頭に掲げたのだ。どんな夜の底にも光は訪れる。まるでそう言っているようではないか。

一方で『枕草子』には、「日は、入日」という章段もある。

日は、入日。入り果てぬる山の端《は》に、光なほとまりて、あかう見ゆるに、薄黄ばみたる雲のたなびき渡りたる、いとあはれなり。（『枕草子』二三四段「日は」）

（太陽は、落日だ。沈みきってしまった山の尾根がまだ残照を宿して赤く輝いている。そこに、薄く黄に染まった雲が一面にたなびいている。それが深く私の胸を打つ）

太陽は落日こそが美しい。この言葉も定子に捧げたものであったと私は思う。残照も含めて、清少納言は人生を慈しんだ。『枕草子』もやはり、清少納言の人生賛歌なのである。

本書は、二〇一三年十一月小社刊の単行本を、
加筆修正のうえ、文庫化したものです。
本書は史実をもとにしたフィクションです。
（編集部）

はなとゆめ

冲方《うぶかた》丁《とう》

平成28年 7月25日　初版発行

発行者●郡司 聡

発行●株式会社KADOKAWA
〒102-8177　東京都千代田区富士見2-13-3
電話 0570-002-301（カスタマーサポート・ナビダイヤル）
受付時間 9:00～17:00（土日 祝日 年末年始を除く）
http://www.kadokawa.co.jp/

角川文庫 19854

印刷所●旭印刷株式会社　製本所●株式会社ビルディング・ブックセンター

表紙画●和田三造

ISBN978-4-04-104114-7　C0193

角川文庫発刊に際して

角川源義

第二次世界大戦の敗北は、軍事力の敗北であった以上に、私たちの若い文化力の敗退であった。私たちの文化が戦争に対して如何に無力であり、単なるあだ花に過ぎなかったかを、私たちは身を以て体験し痛感した。西洋近代文化の摂取にとって、明治以後八十年の歳月は決して短かすぎたとは言えない。にもかかわらず、近代文化の伝統を確立し、自由な批判と柔軟な良識に富む文化層として自らを形成することに私たちは失敗して来た。そしてこれは、各層への文化の普及滲透を任務とする出版人の責任でもあった。

一九四五年以来、私たちは再び振出しに戻り、第一歩から踏み出すことを余儀なくされた。これは大きな不幸ではあるが、反面、これまでの混沌・未熟・歪曲の中にあった我が国の文化に秩序と確たる基礎を齎らすためには絶好の機会でもある。角川書店は、このような祖国の文化的危機にあたり、微力をも顧みず再建の礎石たるべき抱負と決意とをもって出発したが、ここに創立以来の念願を果すべく角川文庫を発刊する。これまで刊行されたあらゆる全集叢書文庫類の長所と短所とを検討し、古今東西の不朽の典籍を、良心的編集のもとに、廉価に、そして書架にふさわしい美本として、多くのひとびとに提供しようとする。しかし私たちは徒らに百科全書的な知識のジレッタントを作ることを目的とせず、あくまで祖国の文化に秩序と再建への道を示し、この文庫を角川書店の栄ある事業として、今後永久に継続発展せしめ、学芸と教養との殿堂として大成せんことを期したい。多くの読書子の愛情ある忠言と支持とによって、この希望と抱負とを完遂せしめられんことを願う。

一九四九年五月三日